Gerhard Krumschnabel

Endlich leben

Roman

Bibliografische Information der Deutschen Nationalbibliothek:
Die Deutsche Nationalbibliothek verzeichnet diese Publikation in der Deutschen Nationalbibliografie; detaillierte bibliografische Daten sind im Internet über
http://dnb.dnb.de abrufbar.

Verlag: BoD · Books on Demand GmbH, In de Tarpen 42,
22848 Norderstedt, bod@bod.de
Druck: Libri Plureos GmbH, Friedensallee 273,
22763 Hamburg

ISBN: 978-3-7693-5428-7

Für Annemaria

Die Krankheit war nichts anderes als ein Versuch der Natur, den Menschen an das Sterben zu gewöhnen.
Joseph Roth

Mut ist, wenn man Todesangst hat, aber sich trotzdem in den Sattel schwingt.
John Wayne

Hiob

„Ich fürchte, ich habe keine besonders guten Nachrichten für Sie, mein lieber Herr Jelinek."

Dr. Kovaleva blickte ernst über den Rand ihrer Lesebrille, spitzte die Lippen und wandte die Augen wieder zurück auf die Papiere, die vor ihr auf dem Schreibtisch lagen.

„Warten Sie!", beeilte sich Julian einzuwerfen, ehe Dr. Kovaleva weitersprechen konnte. „Ganz sicher habe ich nicht mehr oft die Gelegenheit, diesen Scherz anzubringen, ich darf daher diese hier jetzt nicht ungenutzt lassen."

Die Ärztin schaute verblüfft auf, runzelte die Stirn und sah ihn fragend an.

„Sie wollen mir so etwas sagen wie: Musik zu hören könnte in meiner Situation jetzt zwar sehr beruhigend sein, aber eine Langspielplatte brauche ich mir eher nicht mehr aufzulegen, richtig?"

Mit etwas Verzögerung umspielte ein Lächeln Dr. Kovalevas Mund, sie schüttelte den Kopf und sagte: „Den kannte ich noch gar nicht, dabei habe ich ehrlich schon so einige Witze dieser Art gehört. Aber nein, ganz so schlimm ist es zum Glück auch wieder nicht. Ich möchte Ihnen das hier jetzt ganz genau erklären, so wie Sie sich das gewünscht haben, einverstanden?"

Julian dachte zurück an ihr letztes Treffen, als sie ihn überzeugt hatte, eine weitere Gewebeprobe zu entnehmen und einige zusätzliche Tests durchführen zu lassen.

„Wir müssen einfach Klarheit gewinnen, sehen, woran wir genau sind", hatte sie argumentiert, „dann können wir auch über konkrete Behandlungen nachdenken und verschiedene Optionen abwägen."

Es war über eine relativ lange Zeit gut gegangen, mehr als zwei Jahre schien alles stabil, waren die relevanten Werte unverändert geblieben, hatte alles darauf hingedeutet, dass er den Krebs besiegt hatte. Er war schon so oft bei diesen halbjährlichen Kontrollen erschienen – es waren wohl erst fünf, fühlte sich für ihn aber an, als hätte er nie etwas anderes gekannt – dass sich das anfängliche ungute Gefühl, das Kribbeln in seinen Eingeweiden, schon gar nicht mehr einstellte, wenn er die Praxis betrat. Es war wie die Kontrolle beim Zahnarzt geworden, viel eher lästig denn furchterregend. Aber diesmal war es anders, der PSA-Wert war wieder deutlich angestiegen, die MRT-Untersuchung schien den Verdacht zu bestätigen, wie ihm die Ärztin erklärt hatte, und es war Zeit für eine erneute Biopsie geworden.

„Ich verstehe schon", hatte ihr Julian damals zurückgegeben, „aber wenn wir das tun, müssen Sie mir eines fest versprechen, und zwar, dass Sie mir schonungslos sagen, wie es um mich steht und wie die Aussichten für mich sind. Sie dürfen mich keinesfalls in Watte packen und die Tatsachen beschönigen, ich werde dann nur misstrauisch. Außerdem wissen Sie, dass ich sowieso selbst dazu recherchieren werde."

„Ja, das ist mir klar", hatte Dr. Kovaleva diese Forderung mit einem Seufzer quittiert, „Sie sind nicht gerade das, was man einen einfachen Patienten nennt, wahrlich nicht. Aber ich kann Ihnen versprechen, dass ich Ihnen reinen Wein einschenken werde, so gut es eben geht, es gibt da kaum jemals nur Schwarz oder Weiß in diesen Dingen, aber das wissen Sie selbst."

Nun war es also Wirklichkeit geworden, die Befürchtungen schienen sich zu bewahrheiten, der Frühling, während dessen Julian sich immer am glücklichsten fühlte, läutete in diesem Jahr vielleicht nicht das Erblühen neuer Hoffnungen und Wünsche ein. Julian lehnte sich in seinem Stuhl zurück und umklammerte mit seinen Fingern die Armlehnen, so fest, dass die Knöchel weiß hervortraten.

„Dann schießen Sie los, Frau Doktor. Und wie ausgemacht: keine Beschönigung!"

Dr. Kovaleva nickte, holte tief Luft und sagte: „Der Krebs ist ganz eindeutig wieder da, Sie haben ein sogenanntes biochemisches Rezidiv, es hat sich erneut ein Tumor gebildet. Allerdings ist dieser, und das ist die besonders schlechte Nachricht dabei, etwas anders beschaffen als jener, den wir zuvor erfolgreich bekämpft haben." Dr. Kovaleva blätterte die Seiten des Befundformulars um, fuhr mit dem Zeigefinger die Zeilen des enggedruckten Texts entlang.

„Das Übel des Ganzen ist, dass Sie nun ein fortgeschrittenes Stadium des Krebses erreicht haben, eines, das auf verschiedene Standardbehandlungen nicht mehr so gut anspricht, weil die Zellen resistent dagegen geworden sind. Außerdem ist die Gefahr groß, dass sich der Krebs nun ausbreitet, falls er das nicht schon getan hat, das müssen wir noch abklären. Das heißt, dass wir nun nicht einfach das Gleiche noch einmal machen können, das hätte nämlich kaum die Wirkung, die wir uns wünschen, und ganz sicher keine bleibende Wirkung."

„Und gibt es auch eine gute Nachricht dazu?", fragte Julian an dieser Stelle und sah die Ärztin erwartungsvoll an.

„Ja, die gibt es, wenn es sich so verhält, wie ich vermute und hoffe. Und zwar, dass die Mutationen, die ihre

Tumorzellen aufweisen, genau jene sehr häufigen sind, für die ein neuartiges Medikament als besonders wirkungsvoll eingestuft wird. Ich kann Ihnen das hier zeigen." Sie nahm eine Broschüre zur Hand, legte sie seitlich für beide lesbar auf den Schreibtisch und deutete mit dem Zeigefinger auf eine Abbildung.

„Für Patienten mit einem Rezidiv, also einem erneut aufgetretenen Tumor, sind die Behandlungsmöglichkeiten beim Fehlen dieser Mutationen schon etwas eingeschränkt. Und wie diese Studie zeigt, ist die mittlere Dauer nach der Diagnose bis zum Zeitpunkt, wo der Krebs wieder voranschreitet, deutlich kürzer als bei Patienten mit den Veränderungen, die wir bei Ihnen glauben gefunden zu haben. Wir müssen das im Detail noch abklären, aber Sie scheinen zu dieser besser reagierenden Gruppe zu gehören."

„Ich verstehe", warf Julian zustimmend ein, überflog rasch lesend einige Zeilen der Broschüre und blieb dann mit dem Blick an ein paar Zahlen hängen, die ihm nicht gerade beruhigend erschienen. „Aber der Unterschied, der hier beschrieben wird, beträgt ja nur vier Monate und die gesamte Dauer bloß acht Monate. Und was kommt danach? Nach acht Monaten kann ich mich hinlegen zum Sterben?"

Die Ärztin schüttelte den Kopf und sagte: „Selbst dann kann man noch etwas machen. Aber Sie wollten die Wahrheit, hier ist sie. Die acht Monate beziehen sich auf die Zeit bis zum Progress der Erkrankung, und da besteht schon ein deutlicher Unterschied. Aber sehen Sie hier, die mittlere Überlebensdauer beträgt bei der Kontrollgruppe eineinhalb Jahre", Dr. Kovaleva deutete auf eine andere

Abbildung, „bei jener Gruppe, zu der Sie gehören würden, immerhin zwei Jahre."

„Was?", rief Julian erschrocken aus. „Dann habe ich also auch im günstigeren Fall nur noch circa zwei Jahre zu leben?" Julian musste schlucken, ehe er weitersprechen konnte und in einem ruhigen, resignativen Ton fortfuhr: „Aber Sie haben recht, dann kann ich mir sogar noch mehrere Langspielplatten auflegen, vielleicht endlich die Complete Works of Arnold Schönberg. Die habe ich einmal billig im Abverkauf erstanden, gedacht, dass ich sie mir irgendwann später einmal anhören könnte, wenn ich in Pension bin, zum Beispiel, wenn ich geduldiger sein würde solchen seltsamen Klängen gegenüber. Aber wenn ich mir das nicht jetzt bald anhöre, komme ich gar nicht mehr dazu, dann war das ein Fehlkauf, über den ich mich dann ein Leben lang ärgern werde."

„Schön, dass Sie immer noch Scherze machen können. Humor ist gesund, sagt man, auch wenn es in Ihrem Fall eher nach Galgenhumor klingt. Seien Sie nicht so pessimistisch, diese zwei Jahre sind nur ein Mittelwert, manche Patienten leben noch sehr lange nach dieser Behandlung, viel länger als diese zwei Jahre."

„Und andere dafür nur wenige Monate, nicht wahr? Jaja, ich weiß, wie so ein Mittelwert zustande kommt", beeilte sich Julian zu ergänzen. „Aber jetzt erklären Sie mir bitte, was das konkret bedeutet, welche Behandlung erwartet mich da nun…"

Der Vorzugsschüler

Die Besprechung mit Dr. Kovaleva ging noch fast eine Stunde weiter und endete in der Vereinbarung neuer Untersuchungen, die noch zu machen sein würden. Daran anschließend würde eine Diskussion dieser neuen Resultate folgen, ehe man in einem ‚Prozess der gemeinsamen Entscheidungsfindung', wie Dr. Kovaleva das nannte, das letztendliche Vorgehen abschließend festlegen würde. Tatsächlich zog sich alles noch über mehrere Wochen hin, und während dieser ganzen Phase lebte Julian fast so weiter, als wäre nichts geschehen in seinem Leben, als gäbe es nichts, worüber er sich Sorgen machen müsste. Er ging, lediglich unterbrochen von den medizinischen Terminen, die er wahrnehmen musste, weiterhin unverändert seiner Arbeit nach, traf seine Freunde und Bekannten und führte seine täglichen Routinen aus wie eh und je: vom morgendlichen Zähneputzen, während dessen er am Mobiltelefon die Nachrichten des Tages zu lesen pflegte, über den mittäglichen Spaziergang, der ihm ein Mindestmaß an Bewegung bescheren sollte zwischen den Stunden, die er am Computer saß, bis zur spätabendlichen letzten Entleerung seiner Blase, mit der er den Tag typischerweise beschloss. Und wenn er während dieser ganzen Zeit so völlig ruhig und unaufgeregt blieb, dann lag das an der stets präsenten Hoffnung in seinem Hinterkopf, dass sich letztlich alles doch noch als Irrtum entpuppen könnte, dass man entdecken würde, es wäre alles halb so schlimm, wie gedacht, und man müsste lediglich die Hormonbehandlung und die Bestrahlung, wie er sie bei der ersten Behandlung erlebt hatte, wiederholen und alles wäre wieder beim Alten.

Doch das Schicksal tat ihm diesen Gefallen nicht, die Analysen bestätigten die vorangegangenen Befunde, auch wenn man wenigstens noch keine Metastasen finden konnte, was ein sehr gutes Zeichen war, wie Dr. Kovaleva ihm versicherte.

„Mit etwas Glück könnten wir mit dem neuen Medikament sehr erfolgreich sein", schloss Dr. Kovaleva die jüngste Besprechung der Befunde ab. Sie sah Julian herausfordernd an, gestikulierte mit ihrer abgesetzten Lesebrille in der Hand und fuhr fort: „Wenn wir jetzt nichts finden konnten, bedeutet das zwar nicht mit 100-prozentiger Sicherheit, dass nichts da ist, aber vorerst einmal heißt es, in der Behandlung konsequent zu sein und positiv zu denken. Sie werden Ihre Plattensammlung sogar noch vergrößern können, und noch Gelegenheit für viele makabre Scherze haben, bevor der Schlussakkord ertönt."

Julian liebte es, dass die Ärztin ihn mit seinem eigenen Witz aufzog, seinem aus schierer Todesverachtung geborenen unernsten Zugang zu seinem Problem mit ihrem eigenen Humor begegnete. Auch wenn er über die slawische Seele nur so viel wusste, wie er aus den Büchern Joseph Roths oder Dostojewskis erfahren hatte, schrieb er dies vor allem ihren ukrainischen Wurzeln zu, dem Selbstvertrauen, sogar dem Teufel ein Schnippchen schlagen zu können, mit einem Quäntchen Gewitztheit und Hinterfotzigkeit dem Schicksal die gewünschte Wendung abtrotzen zu können.

Dabei hatte er anfangs gar nicht so geringe Bedenken gehabt, was die Wahl dieser Ärztin betraf. Schließlich schien es ihm eher ungewöhnlich, sich als Mann eine Frau zur Urologin zu wählen. Er hatte zuvor in seinem Leben noch nie die Expertise eines Urologen gebraucht, das war ihm stets als eine Angelegenheit für alte Männer erschienen, und als solcher hatte er sich mit seinen damals 43 Jahren noch lange nicht gefühlt. Das Wenige, das er wusste über Urologen, war, dass sie einem die Prostata abtasten würden. „Der Arzt steckt dir einen Finger in den Arsch, ganz tief hinein, und dann lässt er dich husten", wie ihm ein Freund berichtet hatte, und ob ihm dies von einer Frau durchgeführt Recht sein würde, darüber war er sich keineswegs sicher gewesen. Andererseits würde er das ja auch bei einem Mann nicht als angenehm empfinden, und er hatte außerdem die Vermutung, dass das auch für die Ärztin kein Honigschlecken war, ganz sicher nichts, was ihr Freude bereiten würde. „Sehr viele Frauen haben ja auch einen männlichen Frauenarzt", war der Kommentar seiner Hausärztin zu seinen Bedenken, „für den Arzt und die Ärztin sind Sie bei der Untersuchung einfach ein Patient, quasi geschlechtslos, soweit das in diesem Fall überhaupt möglich ist."

Es waren letztlich die Worte seiner Hausärztin Dr. Hartbacher, die den Ausschlag gaben, sie hatte ihm Dr. Kovaleva empfohlen und sich ja selbst als seine Ärztin sehr bewährt über die Jahre. Dr. Hartbacher war ihm schon über lange Zeit eine Vertraute in Bezug auf seine körperlichen und sogar seelischen Wehwehchen geworden, hatte ihn stets gut beraten und ganz sicher immer gut behandelt.

„Ich empfehle Ihnen Dr. Kovaleva nicht, weil sie eine Frau ist, sondern weil sie ihr Fach gut versteht. Ich habe außerdem das Gefühl, dass Sie bei einer Frau sehr gut aufgehoben sind. Sie sind eine empfindsame Seele, auch wenn Sie das vielleicht gar nicht so gerne hören. Und Sie brauchen jemanden, der dafür Verständnis hat."

Als auch die letzten Unsicherheiten beseitigt waren und das fortgeschrittene Stadium der Krebserkrankung nicht mehr länger in Zweifel gezogen werden konnte, begann Julian mit seinen eigenen Recherchen, sah sich auf einschlägigen Websites um, las Beiträge auf Selbsthilfeforen, deren Zahl sich seit seinem ‚ersten Krebs' um ein Vielfaches vermehrt hatte, und versuchte sogar, wissenschaftliche Studien nachzuvollziehen, um sich nicht ausschließlich auf die Werbebroschüren der Pharmaindustrie verlassen zu müssen. Am wichtigsten aber blieben ihm die Einschätzungen seiner beiden Ärztinnen, erst ihre in der Sache nüchternen, aber auf einfühlsame Art und Weise vermittelten Einschätzungen brachten Julian dazu, seinen Zustand zu akzeptieren und auch die Notwendigkeit des weiteren Vorgehens, das auf die gesicherte Diagnose der Erkrankung nun folgen würde.

Erst da endlich überwand er sich, seine tägliche Routine zu durchbrechen, schränkte er die Arbeit auf ein Minimum ein und nahm sich die Zeit, über seinen Zustand nachzudenken, darüber, was zu tun wäre, wie es mit ihm nun weitergehen sollte. Er hatte bislang mit keinem seiner Freunde über die Diagnose gesprochen, auch nicht mit seiner Exfrau, mit der er immer noch ein passables Verhältnis pflegte, und auch nicht mit seiner Tochter, die ohnehin außer Landes weilte, in London ein Studienjahr im Ausland zubrachte. Als er darüber nachdachte, fühlte er sich an die Schwangerschaft erinnert, die er als betroffener Vater mit seiner Ex durchlebt hatte, als es anfangs geheißen hatte, man möge mindestens zwölf Wochen warten, bevor man die freudige Nachricht verkünden dürfe, weil die Gefahr eines Scheiterns noch so groß sei. Diesmal hatte die Herausforderung nicht im Bändigen eigener Glücksgefühle bestanden, nicht darin, sich das Herausplatzen mit der erfreulichen Neuigkeit zu verkneifen, eines zunehmenden freudigen inneren Überdrucks Herr zu werden, seine Gedanken und Zukunftspläne mit jemandem zu teilen. Ganz im Gegenteil, diesmal musste er eine überaus unerfreuliche Nachricht für viele Wochen bei sich behalten, hatte sämtliche Untersuchungen abwarten müssen, um sicherzugehen, dass es tatsächlich schlimm um ihn stand, um nur niemanden unnötig zu beunruhigen. „Das erste Mal war die Geheimniskrämerei eindeutig schöner", rekapitulierte er, als er überlegte, wen er mit einbeziehen wollte und wem er es unbedingt weiter verheimlichen sollte. Aber selbst, wenn jemand Bescheid darüber wüsste, wäre damit keines seiner Probleme gelöst, bloß der Drang, sich jemandem mitzuteilen, wäre weggefallen. Es würden sich unabhängig davon eine Unzahl an Fragen auftun, Fragen, die dann jener an ihn und auch er sich selbst weiter stellen musste und für die er im Moment noch keine Antworten wusste. „Wie willst du jetzt weitermachen, was ist dein Plan? Wie lebst du weiter für den Fall, dass es nur ein paar Monate sind, wie, wenn du darauf vertraust, dass es sich noch um zwei Jahre oder mehr handelt?"

Es gab viel zu bedenken, und ein Freund könnte dabei tatsächlich hilfreich sein. Oder auch vieles noch komplizierter machen, das war auch nicht gänzlich auszuschließen. Ein Problem schien das nächste hervorzubringen, und er fürchtete sich davor, dass die Schwierigkeiten gerade erst begonnen haben könnten.

Julian, 45, Schreiberling

Julian war 45 und Schreiberling. Nicht als Schriftsteller oder Journalist, auch nicht als Verfasser eines Blogs, in dem er sich wie viele andere ‚Berufene' über die Themen des Alltags auskotzte, seine Ansichten zu Politik, Kultur oder dem Leben im Allgemeinen zum Besten gab. Tatsächlich hätte ihn das schon gereizt, hatte er kurz überlegt, einer der vielen zu werden. Doch für all diese Arten des Schreibens nahm er sich selbst nicht wichtig genug, hielt er seine eigene Meinung für zu wenig originell und sah auch keine Chance, damit sein eigenes Geld zu verdienen. Sein Schreiben blieb von ihm als Person entkoppelt, ja sogar von seinem Denken, es war ihm im Grunde fast einerlei, was er schrieb, solange es ihm sein Leben finanzierte. Julian arbeitete als anonymer Verfasser von Beiträgen, die auf den verschiedenartigsten Websites erschienen, oder als Text auf gedruckten Broschüren, die ungefragt in den Postkästen der Menschen landeten. Seine Texte reichten vom Bericht über die selbst nie getätigte Urlaubsreise nach Bali, die großartigen Gerichte beim neuen Italiener in der Innenstadt, über die Schilderung, welch große Erfüllung in der Zucht von Tulpen stecken mag oder vom Wert des Erlernens einer Fremdsprache, bis hin zur Übersetzung der Produktbeschreibung für ein Rudergerät und dem Verfassen von Erfahrungsberichten über dessen Gebrauch.

„Die Verwendung dieser Schnellfritteuse hat mein persönliches Kocherlebnis dramatisch rationalisiert. Der Hauptvorteil ist die superschnelle Erhitzung, die hilft, enorm viel Zeit zu sparen. Gerichte, die normalerweise 30 Minuten brauchen, können dank der leistungsstarken

Heizelemente und des effizienten Designs in weniger als 15 Minuten zubereitet werden. Mit der Fr-9020 gelingen knusprige Pommes, goldbraune Hähnchenflügel und sogar Tempura in einem Bruchteil der Zeit, die eine herkömmliche Fritteuse im Ofen oder auf dem Herd benötigt. ….."

Die Beschreibung des Kocherlebnisses mit der Fr-9020, von der er nie mehr gesehen hatte als die englische Gebrauchsanweisung, hatte Julian zuletzt ein Drittel seiner Monatsmiete eingebracht, dabei war er in seiner Routine, die er inzwischen erlangt hatte, kaum mehr als drei Stunden damit beschäftigt gewesen. Das Schreiben solcher Gebrauchstexte war mittlerweile seine Haupteinnahmequelle, seine wesentliche Beschäftigung, ja, nach einem überaus mühsamen Einstieg in diese Tätigkeit, tatsächlich zu seinem Beruf geworden.

Das Ganze hatte eigentlich schon früh angefangen, auch wenn die Anfänge seiner Existenz noch nicht unbedingt nach dem Leben eines Schreibers ausgeschaut hatten. Eines Lebens, dessen Umstände sich derzeit so charakterisieren ließen: Julian hatte zwei Geschwister, einen toten Vater und eine noch lebende, aber demente Mutter, deren Dasein in seinen Augen allerdings bereits in einer Art Zwischenreich angesiedelt war. Und zu alledem hat er noch eine Exfrau, eine bereits erwachsene Tochter, aktuell keine Partnerin, und Krebs. Gerne hätte er diesbezüglich getauscht, das heißt, eine Freundin gegen Krebs, in den meisten anderen Belangen war er bislang recht zufrieden gewesen mit dem Leben.

Als eines von drei Kindern eines gelernten Druckers und einer Stenotypistin – so die Bezeichnung in der Heirats-Annonce, die Julian aufbewahrt hatte-, die ab dem ersten Kind in das unbezahlte Fach einer Mutter und

Hausfrau gewechselt war, hätte Julian im Grunde unter ärmlichen Bedingungen aufwachsen und eine entbehrungsreiche Kindheit erleben können. Drucker wurden nicht besonders gut bezahlt, und den Erzählungen alter Zeiten zufolge barg das fortwährende Hantieren mit giftigen Bleilettern die Gefahr, ernsthaft krank zu werden und eine Bleilähmung, Verstopfung und Gelenkschäden davonzutragen. Doch sein Vater war umtriebig, neugierig und überaus kontaktfreudig, und als in der Wochenzeitung, für die er als Drucker arbeitete, die Stelle eines Redakteurs vakant wurde, gelang es ihm, diese provisorisch zu ergattern und so dem vermeintlich über ihm schwebenden, bleiernen Damoklesschwert zu entkommen. Schon nach wenigen Monaten, in denen er sich als Schreiber bewährt und zudem als Keiler für Inserate hervorgetan hatte, wechselte er auf Dauer zum Journalismus.

Eine Folge davon war, neben einem erheblich gesteigerten Familieneinkommen, dass sich für Julian bereits in jungen Jahren die Möglichkeit eröffnete, für Geld zu schreiben. Und zwar als Sportreporter, der schon im zarten Alter von 13 Jahren über die Heimspiele der lokalen Fußballmannschaft berichten durfte und sich damit schreibend und einige Fotos knipsend sein erstes Geld verdienen konnte. Dem nur mäßig sportbegeisterten Vater waren damit endlich die Wochenenden gerettet, dem Sohn ein mehr als üppiges Taschengeld gesichert. Dabei waren vor allem die mit einer alten Kamera des Vaters gemachten Schnappschüsse lukrativ, während die kurzen Spielberichte, deren Inhalt er ohnehin meist von einer Tageszeitung abkupferte, ziemlich schlecht bezahlt waren. Immerhin erlaubte ihm dieser kleine Job die ersten Fingerübungen im Formulieren und Umformulieren von Inhalten, und gab ihm schließlich mit 16, als journalistischen Höhe- und zugleich Endpunkt seiner Karriere bei der Wochenzeitung, sogar die Gelegenheit, einen ,politischen Bericht' zu verfassen. Da der Vater bereits mit einer anderen Veranstaltung beschäftigt und am konkreten Ereignis auch herzlich wenig interessiert war, durfte Julian an seiner statt von einer Autobahnblockade berichten, die als Demonstration gegen den überbordenden LKW-Verkehr veranstaltet wurde, der die Bevölkerung der heimatlichen Provinz belastete. Julian verbrachte beinahe den ganzen Tag auf der Demo, wieselte aufgeregt zwischen den beteiligten Menschen herum, befragte Demonstranten und einen überraschend aufgetauchten Lokalpolitiker und schoss Foto um Foto, in der Hoffnung, die zeitweise sehr aufgeladene Stimmung einzufangen. Hier ging es nicht um Tore in einer unteren Provinzliga, nicht um das Ergebnis eines Spiels, das schon eine Woche später nur noch den Beteiligten erinnerlich sein würde, hier ging es um das wirkliche Leben, hier wurde Politik gemacht, die Zukunft von Menschen verändert ....

Zu seinem Entsetzen aber fand Julian dann in der Zeitung neben dem von ihm aufgenommenen Foto mehrerer Polizisten, die einige ob der Störung ihres Vorankommens auf der Transportroute aufgebrachten LKW-Fahrer von den große Transparente schwenkenden und Parolen skandierenden Demonstranten abschotteten, nicht den von ihm verfassten leidenschaftlichen Report, in dem er eloquent dem Anliegen der Demonstrierenden und den Leiden der verkehrsgeplagten Anrainer eine Stimme verliehen hatte, sondern eine todlangweilige, im Stile einer amtlichen Verlautbarung verfasste Aufzählung von Fakten, die völlig unkritisch erneut vorgebrachten Versprechungen des Politikers, sowie die Anzahl der erschienenen

Demonstranten und der zur Bewahrung der Ordnung versammelten Polizeikräfte resümierend, ohne auch nur den flüchtigsten Hinweis auf die größere Bedeutung des ganzen Ereignisses.

„Das ist Zensur!", klagte er seinen Vater an, als dieser sich von der Arbeit heimgekehrt wie üblich in den Wohnzimmersessel fallen ließ und den Fernseher anmachte. „Das klingt nun ja so, als hätten da ein paar Verrückte völlig mutwillig den Verkehr behindert", fuhr er fort, „und es wird kein Wort darüber verloren, wie viele Opfer der Lärm und die Abgase der Bevölkerung abverlangen, oder darüber, dass die Politik seit Jahren trotz vieler Versprechen nicht das geringste dagegen unternimmt."

„Du hast einen politischen Kommentar geschrieben", entgegnete der Vater mit unbewegter Miene, er schien vom Aufbegehren seines Sohnes nicht sonderlich überrascht. „Das ist beeindruckend, ich hätte das in deinem Alter noch nicht gekonnt. Aber was ich gebraucht hätte, wäre ein objektiver Bericht gewesen, einfach eine Beschreibung dessen, was da vor sich gegangen ist. Wir verkaufen eine Wochenzeitung, die informiert, ganz sachlich und unvoreingenommen, und nicht eine politische Streitschrift."

Halb ermutigt vom Lob und zugleich enttäuscht vom Resultat der Einschätzung des Vaters, warf Julian diesem sein fehlendes Rückgrat vor, den Mangel an Mitgefühl mit jenen, die unter dem Verkehr zu leiden hatten, und schließlich äußerte er auch noch Zweifel an der journalistischen Integrität des Vaters, woraufhin dieser „Jetzt reicht es aber!" knurrte und die Anklage damit zu einem abrupten Ende brachte. Julian zog sich beleidigt in sein Zimmer zurück und trug zugleich mit seinem Abgang das gerade erwachte Interesse am politischen Journalismus zu Grabe. Erst Jahre später erfuhr er von den engen Banden, die den Besitzer der Wochenzeitung mit Vertretern des lokalen Transportwesens verknüpften, und dass möglicherweise der Chefredakteur der Zeitung und gar nicht sein Vater der Urheber des zensorischen Eingriffs gewesen war. Doch weil sein Vater die Angelegenheit nie mehr zur Sprache brachte und Julian seinerseits die mögliche Ungerechtigkeit seiner Anklage stets davon abhielt, dies selbst zu tun, nahm der Vater das Wissen darum, wie es tatsächlich gewesen war, letztlich mit in sein Grab. Genauso wie es nun Julian vielleicht bald selbst mit seinem spät erwachten schlechten Gewissen tun würde.

Der zweite Ansporn, Julian vom Schreiben und Lesen zu begeistern, kam von seiner Mutter, selbst Tochter eines Lehrers für Griechisch und Latein und immer bestrebt, auch den eigenen Kindern so etwas wie eine kulturelle Vorbildung weiterzugeben. Und wenigstens bei Julian, der sich immer irgendwie als ihr Lieblingskind gefühlt hatte, fiel dies auf fruchtbaren Boden. Mit Twain und Kipling fütterte sie ihn an, und mit Dostojewski und Mann zog sie ihn gänzlich hinein in die Welt der Literatur. Und mit lieblichen Melodien von Mozart und Bach köderte sie ihren Sohn für die Musik, die sie so liebte, auch wenn sie seine später entfachte Leidenschaft für Beethoven und Mahler nicht mehr uneingeschränkt teilen konnte.

„Es ist wirklich schade, dass wir uns kein Klavier leisten können", versuchte seine Mutter ihn zu trösten, als er erstmals Interesse am Musizieren bekundete und statt mit einem Flügel mit einer billigen Gitarre abgespeist wurde. „Du hättest die wunderschönen Sonaten von Mozart spielen können, oder Beethoven oder Chopin…. Vielleicht wird das ja später einmal möglich sein."

Durchaus nicht allzu traurig, diese Träume der Mutter nicht ausleben zu können, lernte Julian im Eigenunterricht, die Gitarre zu spielen, und beschränkte sein klassisches Repertoire auf ein paar Stücke, die er zu Geburtstagen und bei Verwandtenbesuchen zum Besten gab. Und schließlich wurden im Zuge seiner ungestümen Jugendjahre seine literarischen und musikalischen Vorbilder deutlich weniger anspruchsvoll, er verschlang Kerouac und Christian Kracht, um etwas über das wahre Leben zu lernen, und beschallte sein Zimmer mit den Klängen der Pixies und von Nirvana, um den passenden Soundtrack dazu zu hören. Literatur und Musik waren seither ein wichtiger Teil seines Lebens geblieben und er selbst immer offen für neue Entdeckungen auf beiderlei Gebieten.

Das enge Verhältnis zur Mutter blieb auch nach dem frühen Krebstod des Vaters bestehen, ja vertiefte sich gar und ließ ihn sie vermehrt besuchen in dieser Zeit, die neben der tiefen Trauer um den Gatten auch zunehmend einen geistigen Verfall offenkundig werden ließ. Von der jahrelangen Last der Versorgung des Ehemanns befreit, die zugleich Lebensinhalt und Tagewerk bedeutet hatte, zeigte sich nämlich rasch eine schwindelerregende Zunahme ihrer Vergesslichkeit, die sie letztlich, nach einigen Jahren des einsamen Lebens in der einst von der ganzen Familie geteilten Wohnung, ins Altenheim führte.

Der Besuch der alten Dame

Hier saß er nun wieder, in der Cafeteria des Wohnheims, gemeinsam mit seiner Mutter, die gerade mit Eifer dabei war, ein Stück Kuchen zu essen. Hochkonzentriert war sie dabei, die nur einen Meter fünfzig große Frau, mit ihren weißen, aus Anlass des Besuchs frisch gewaschenen und gescheitelten Haaren, mit ihren von tiefen Falten zerfurchten Wangen und den wie von ständiger Traurigkeit mit dunklen Ringen untermalten Augen. Und auch wenn Essen, wie es Julian schien, zur letzten wirklichen Freude ihres Lebens geworden war, war sie deutlich geschrumpft in den vergangenen Jahren, sodass ihre Bluse viel zu groß und ihre Hose viel zu weit geworden waren und die Kleidungsstücke ihren ohnehin zarten Körper sogar noch etwas winziger scheinen ließen. Julian besuchte sie nach Möglichkeit jede Woche, rief sie stets kurz vorher an, um seinen Besuch anzukündigen, um sie dann, eine 45-minütige Zugfahrt später, bei seinem Eintritt in ihr Zimmer doch jedes Mal überrascht zu finden.

„Ah, Julian, was für eine nette Überraschung!"

Umständlich richtete sich die Mutter auf, nachdem sie eben noch mit geschlossenen Augen, aber keineswegs schlafend auf ihrem Bett gelegen hatte, blickte Julian mit weit aufgerissenen Augen an, lächelte und fragte: „Unternehmen wir etwas, haben wir etwas vor?"

Julian liebte diesen Moment, der ihm stets die noch immer vorhandene Fähigkeit seiner Mutter, Freude zu empfinden, verdeutlichte, etwas, das er in dem dumpfen Brüten, in das sie manchmal später im Verlauf des Besuchs zurückfallen konnte, schmerzlich vermisste.

„Selbstverständlich unternehmen wir etwas!"

Julian beugte sich zu ihr hinunter, umarmte sie und gab ihr einen flüchtigen Kuss.

„Ich dachte, wir könnten gemeinsam Kaffee trinken und Kuchen essen, und wenn du Lust dazu hast, auch noch ein Kreuzworträtsel lösen."

Sowohl die Eröffnung dieser Begegnung als auch der einleitende Dialog folgten seit Längerem der stets gleichen Routine, ebenso wie das anschließende gemeinsame Ankleiden, die Abmeldung der Mutter bei einer Pflegerin und die Fahrt mit dem Bus ins Zentrum der Kleinstadt, wo sie dann das immer gleiche Kaffeehaus besuchten. In dieser Phase erschien Julian seine Mutter stets kribbelig, sie genoss die Abwechslung, die sich ihr beim Blick aus dem Busfenster bot, und fieberte freudig erregt den kommenden Ereignissen entgegen. Beim Kaffeehaus angekommen, wurde die Aufregung von einer über lange Zeit eingeübten Routine abgelöst, sie blieb wie selbstverständlich vor der Kuchentheke stehen, suchte sich nach geübtem Blick über das Angebot den stets gleichen Kuchen aus und drängte zu jenem Tisch, der seit Langem der ihre war, früher auch der ihres Mannes.

Diesmal war der Besuchstag allerdings ein Sonntag und das Kaffeehaus im Stadtzentrum geschlossen, weshalb Julian mit seiner Mutter im Wohnheim blieb, und die dortige Cafeteria besuchte. Glücklicherweise herrschte wenigstens am Wochenende sogar dort ein recht reger Betrieb, sodass seine Mutter als Ersatz für den Ausblick aus dem Bus wenigstens die Menschen an den Nachbartischen beobachten konnte. Die Kuchenauswahl war zwar geringer und ihr Standardkuchen nicht im Angebot, aber nach kurzer Rücksprache mit Julian über den Fettgehalt einer interessant scheinenden Torte - sie schien immer Angst zu haben im Alter noch dick zu werden - hatte sie eine Wahl getroffen, die sie zufriedenstellte.

„Altes Apothekergewicht", las Julian vor, sie waren inzwischen beim Kreuzworträtsel angelangt.

„Das muss wohl die Unze sein oder das Gran", antwortete wie aus der Pistole geschossen seine Mutter. „Gibt es schon einen Buchstaben?"

„Du hast recht, es muss Gran heißen, der letzte Buchstabe war ein N", bestätigte Julian, der auf das entsprechende Feld tippte, woraufhin die Mutter mit zittrigen Fingern das G und das R und das A in die leeren Felder daneben malte.

Meist konnte er seine Mutter auf diese Weise eine knappe halbe Stunde beschäftigen, in dem Bestreben, ihren Geist zu trainieren und den weiteren Verfall wenigstens zu verlangsamen. Bis sie sich dann zurücklehnte, mit einem Seufzer „Jetzt kann ich nimmer" sagte und Julian sie nach der Versicherung „Willst du dich jetzt ausruhen gehen, zurück in dein Zimmer?" eben dorthin begleitete.

Manchmal blieb er dann noch eine Weile neben ihr am Bett sitzen und ließ seine Gedanken schweifen, bis die Mutter zum Abendessen abgeholt wurde, das man im Altenheim ja schon am späten Nachmittag servierte. Zuletzt hatte sich beim Sinnieren immer sein Krebs vorgedrängt und die Frage, was wohl aus seiner Mutter werden würde, wenn er nicht mehr fähig wäre, sie zu besuchen, oder wenn er dann gar nicht mehr wäre. Seine Geschwister waren weit weggezogen, sein Bruder in die Hauptstadt, seine Schwester ins benachbarte Deutschland, und beide hatten selbst Familie und wenig Gelegenheit, die lange Reise zur Mutter zu machen. Aber würde sie es denn überhaupt merken, wenn niemand mehr käme, fragte sich Julian, würde sie die Ausflüge vermissen? Und würde ihr überhaupt jemand mitteilen, wenn er seinem Krebs erlegen wäre, und sollte das überhaupt jemand tun?

Diese Fragen machten ihn traurig, und er war nicht sicher, ob es Selbstmitleid war oder Mitgefühl für seine Mutter. Julian spürte, wie es ihm die Brust zuschnürte, und er fühlte, dass es Zeit wäre zu gehen und sich nicht länger der deprimierenden Umgebung auszusetzen, der leise atmenden Mutter, von der er inständig hoffte, dass sie wenigstens in ihren Träumen Glück empfand, und dem kargen Zimmer, das ihn stets an ein Krankenhaus erinnerte und damit an das, was ihm nun selbst bevorstand.

Er erhob sich aus dem Stuhl, küsste die schlafende Mutter sachte auf die Wange, flüsterte ein „Bis zum nächsten Mal, liebe Mama" und verließ das Altenheim.

„Es nützt niemandem, wenn ich mich hier herunterziehen lasse", dachte er bei sich auf dem Weg zum Bahnhof, „auch nicht meiner Mama. Sie würde sicher wollen, dass ich mich bemühe, noch etwas Spaß zu haben im Leben. Ich sollte Hannes anrufen."

Genau in diesem Moment vibrierte sein Mobiltelefon und als er am Display ‚Hannes' aufscheinen sah, musste Julian lachen. „Ich weiß ja, dass es dich nicht gibt, lieber Gott, aber manchmal machst du es uns Atheisten echt schwer!", sagte er leise zu sich selbst und dann laut, sein Mobiltelefon am Ohr: „Hallo Hannes, was gibt´s? Willst du mir irgendetwas vorschlagen, das Freude in mein Leben bringen kann? Ich hätte gerade Bedarf."

„What the fuck?" Hannes klang ernsthaft verblüfft. „Kannst du Gedanken lesen? Oder hat dich Albert schon

angerufen, der alte Sack. Wir sollten uns auf alle Fälle treffen, da gibt es einiges zu besprechen."

Die heiligen Trinker

„Sei kein Spielverderber, wir hatten doch so viel Spaß beim letzten Mal."

„Hatten wir das?" Julian schaute Hannes skeptisch an. „Ich erinnere mich nicht, wir waren die ganze Zeit so betrunken. Ich weiß nur noch, dass wir in Frankreich waren und ein paar Fußballspiele gesehen haben, die meisten im Fernsehen, ein paar auch live. Ach ja, und daran, dass ich beim Spiel gegen Italien einem Herzinfarkt nahe war, als wir fast per Fallrückzieher den Anschlusstreffer erzielt hätten, der … ach, ich weiß nicht mehr, wer das war, hat eh nichts genützt."

„Aber das war wirklich ein Erlebnis, das musst du zugeben. Und so viel trinken wie damals, das können wir alle zusammen nicht mehr, das verträgt keiner mehr von uns. Und außerdem sind wir inzwischen alle erwachsen und vernünftig geworden." Hannes musste über die eigene Behauptung lachen. „Oder wenigstens halbwegs erwachsen", fügte er hinzu, „und zumindest ein bisschen vernünftiger."

Er wollte seinen Freund Julian zu einem Roadtrip überreden, gemeinsam mit zwei alten Kumpels, mit denen sie schon einmal Ähnliches unternommen hatten. Vor ewig langer Zeit, wie es Julian erschien, tatsächlich waren viele Jahre vergangen inzwischen, und aus den trinkfreudigen und abenteuerlustigen Jungspunden von damals waren besonnene und gut integrierte Familienväter und Stützen der Gesellschaft von heute geworden. Wenigstens dem äußeren Anschein nach, tief in ihrem Inneren waren sie immer noch jung und übermütig geblieben, zumindest empfand Julian dies bei den gelegentlichen Treffen so.

‚Erwachsen' werden vor allem flüchtig Bekannte oder ganz fremde Menschen, bei den eigenen Freunden scheint die erwartete Reifung nur schwer wahrnehmbar zu sein. Damals waren sie auch nach außen hin noch weit entfernt von jeglicher Vernunft, hatten sich ein Wohnmobil gemietet, - das billigste, das allen vier Männern Platz bieten konnte — in der Duschkammer des Fahrzeugs Paletten von billigem Dosenbier hüfthoch gestapelt und waren nach Frankreich gefahren. Um dort die WM-Spiele der Nationalmannschaft anzuschauen, für welche sie schon im Vorhinein Tickets erworben hatten. Dabei durchkreuzten sie das halbe Land des WM-Veranstalters, von St. Etienne im ersten Spiel (eine die Nerven übermäßig strapazierenden Begegnung mit Kamerun, in der erst in der Nachspielzeit der Ausgleich gelang), über Montpellier im zweiten (diesmal: eine die Nerven übermäßig strapazierenden Begegnung mit Chile, in der erst in der Nachspielzeit der Ausgleich gelang), bis nach Paris beim dritten und letzten Vorrundenspiel (erwartungsgemäß: eine die Nerven übermäßig strapazierenden Begegnung mit Italien, die mit Anstand 2:1 verlorenging, der Anschlusstreffer gelang in der Nachspielzeit). Danach war die Nationalmannschaft ausgeschieden, was ihnen wohl viele Gehirn- und Leberzellen rettete, weil sie dann wieder nach Hause fuhren. Und zwischen den Spielen der eigenen Mannschaft, die sie im Stadion erlebten, hatten sie gegessen und getrunken, in Seen gebadet und gedöst, geredet und gestritten und sich dann im Suff wieder versöhnt und gemeinsam im Fernseher in einer Bar weitere Fußballspiele angeschaut. Sich zwischendurch auch irgendwelche Sehenswürdigkeiten anzusehen, hatte nicht auf ihrem Plan gestanden, lediglich am Eiffelturm waren sie nicht vorbeigekommen, ohne Notiz von ihm zu nehmen, erst die endlos lange Schlange vor dem Tickethäuschen hatte sie davon überzeugt, doch lieber wieder in eine Bar zu gehen, zu trinken und Fußballberichte anzuschauen. Der Urlaub lag in Julians Erinnerung hinter einem undeutlichen Schleier insgesamt sehr erfreulicher Empfindungen, beides (sowohl der Schleier als auch die Freude) geschuldet nicht zuletzt dem übermäßigen Konsum von Pastis, mit dem sie ihren sonst durch das stets lauwarme Dosenbier konstant gehaltenen Pegel der Besäufnis zwischendurch immer wieder auf dem Delir nahe Höhen getrieben hatten.

Nun, zwanzig Jahre später, war einem von ihnen die Idee gekommen, einen ähnlichen Trip ein weiteres Mal zu machen, diesmal allerdings ohne Live-Spiele, weil man Tickets für diese inzwischen nicht mehr einfach kaufen konnte, sondern nur mehr in einer Lotterie „gewinnen", wobei die Gewinnchancen mikroskopisch klein schienen. Sie würden auch nicht durch Russland fahren, wo die WM dieses Mal stattfand, sondern erneut durch Frankreich, „in Memoriam 1998", wie es einer der beiden anderen Begleiter formuliert hatte.

„Wir bleiben diesmal mehr im Süden, vor allem auch am Meer, und schauen uns noch ein paar andere Fußballstadien an. Bordeaux, Toulouse, Marseille…, alles etwas entspannter und zivilisierter. Aber auf den Spirit kommt es an!"

„Das Trinken ist nicht das Problem", antwortete Julian, „das ist nicht der Grund, warum ich nicht mitkommen kann."

„Was heißt ‚können', du willst nicht!", rief Hannes aus. „Du kannst dir jederzeit selbst freigeben, wenn du willst, das hast du uns oft genug unter die Nase gerieben, wenn du dich über uns Angestellten lustig machen wolltest. Und es ist ja noch wirklich eine lange Zeit hin, mehr als ein Jahr. Aber wir sollten nur schon früh genug planen, vier Menschen mit einem Job, das muss man gut vorbereiten."

„Das stimmt ja alles, du hast ja recht, aber ich kann wirklich nicht."

„Warum nicht?", Hannes hatte den ernsten Ton in Julians Stimme registriert, schaute seinen Freund nun selbst mit ernstem Gesicht an und fragte: „Was ist los, was hast du denn?"

Julian sah zu Boden, überlegte, dass es nun wohl unvermeidlich geworden war, seinem besten Freund reinen Wein einzuschenken.

„Der Krebs ist wieder zurück", sagte er mit zögerlicher Stimme, „und diesmal scheint es schlimmer als beim ersten Mal. Ich muss wieder eine Therapie machen, aber selbst dann kann es sein, dass ich die WM nach der in Russland gar nicht mehr erlebe."

„Ja, aber… Katar interessiert eh kein Schwein, da ist es nur heiß und was Alkohol betrifft, sicher auch nicht nach unserem Geschmack." Die Antwort war aus Hannes ohne viel Nachdenken geradezu herausgeplatzt, mit etwas Verzögerung schien ihn nun die eigentliche Nachricht zu erreichen. „Aber okay, das klingt jetzt tatsächlich sehr… suboptimal, möchte ich sagen. Das tut mir leid. Wann beginnst du mit der Therapie, wie lange geht sie, wie wirst du beisammen sein? Beim letzten Mal war das ja nicht so toll."

„Das weiß ich nicht, das Medikament ist neu, aber es sind einfach Tabletten, die ich nehmen muss, da gibt es noch nicht so viel Erfahrung. Beginnen werde ich schon nächste Woche, aber wie die Nebenwirkungen aussehen, das kann ich nicht vorhersagen. Aber wenn es wirkt, dann werde ich das Zeug auf Dauer einnehmen, hat die Ärztin gemeint, oder bis ich geheilt bin. Oder bis ich sterbe, was immer dann zuerst eintritt."

„Tabletten, nicht Infusionen oder so etwas? Das klingt schon mal gut. Dann könnten wir ja doch fahren, zum Tablettenschlucken brauchst du kaum Hilfe, nehme ich an. Und, ganz ehrlich, falls du wirklich stirbst, dann hast du wenigstens noch einmal etwas erlebt. Und wenn du unterwegs den Löffel abgibst, dann *wir* ganz sicher auch. Denk mal darüber nach, herumsitzen und auf Besserung warten, das wäre ein Scheißplan, vor allem wenn dann gar keine Besserung kommen sollte." Hannes hielt inne in seinem Redeschwall, schaute Julian mit einem kritischen Blick ins Gesicht und kratzte sich am Kinn. „Entschuldige, du hast dir sicher schon deine Gedanken dazu gemacht. Für mich ist das jetzt neu. Aber wenn du schon weißt, was du tun willst, sag es mir, ich bin dabei, unterstütze dich, wo immer ich kann."

„Danke", antwortete Julian, „ich weiß es eben noch nicht. Zuerst wollte ich mal schauen, wie es mir geht mit den Tabletten. Außerdem wollte ich mich dann mit dir besprechen, es ist für mich auch das erste Mal, dass ich den Rest meines Lebens plane. Kann sein, dass es nur ein paar Monate gut geht, kann auch sein, dass es Jahre sind. Oder ich werde wieder gesund, aber das scheint eher nicht zu erwarten. Also, was soll ich tun, was machen wir nun?"

Planspiele

Erneut saß Julian Dr. Kovaleva gegenüber, wieder hielt sie Papiere in ihren Händen, blätterte vor und zurück, und Julian beobachtete sie dabei konzentriert, betrachtete die goldene Uhr an ihrem Handgelenk, eine zierliche, antike Uhr, wie er inzwischen wusste. Ihm war schon bei früheren Begegnungen mit der Ärztin aufgefallen, dass sie neben der Uhr keinerlei Schmuck trug, und das entsprach nicht den Erwartungen, die er Frauen aus dem Osten Europas gegenüber hegte. Die slawischen Frauen in seiner Vorstellung waren überaus modebewusst, üppig mit Schmuck dekoriert, mit falschen Wimpern und Schönheitsflecken angetan, für die westlichen Augen oftmals viele Jahre im Hintertreffen mit ihren modischen Statements und von barocker Übertreibung. Als er Dr. Kovaleva schon etwas besser kennengelernt hatte, fragte er sie einmal geradeheraus, ob sie denn Schmuck nicht schätzen würde, wie so viele Osteuropäerinnen es täten, oder ob gerade Ukrainerinnen die ihm unbekannte Ausnahme wären. Sie sah ihn überrascht und sichtlich amüsiert an, lachte kurz auf und sagte: „Sie sollten mich einmal am Abend sehen, in einem feinen Restaurant oder wenn ich in die Oper gehe. Da glänze und funkle ich und bin behangen wie ein Weihnachtsbaum. Ich besitze viele kostbare Schmuckstücke, Halsketten, Ringe, Ohrringe, die schon seit Generationen in der Familie weitergegeben werden. Es wird von mir erwartet, dass ich diese wertvollen Erbstücke manchmal zur Schau stelle, und ich muss zugeben, dass ich es liebe."

Sie hielt inne, schenkte Julian ein entwaffnend offenes Lächeln und fuhr fort: „Ich bin außerhalb dieser Mauern genauso, wie Sie sich das vorstellen. Aber hier darf ich den Schmuck nicht tragen, wenn ich Patienten untersuche oder wenn ich operiere, da würde Schmuck stören und wäre auch hygienisch ein Problem. Diese Uhr hier ist das einzige, das ich bei der Arbeit trage, eine wertvolle Uhr, die schon meine Großmutter getragen hat. Sie geht oft falsch und ich muss sie immer wieder nachstellen. Aber sie erinnert mich immer daran, dass die genaue Zeit nicht alles ist, es geht mehr darum, was man mit seiner Zeit macht, wie man lebt. Deshalb lasse ich sie auch nicht reparieren, manche Dinge muss man nicht reparieren, wenn sie gar nicht kaputt sind."

Julian nickte zustimmend, wusste nicht, was er darauf antworten sollte, und erst da schien sie ihn wieder richtig wahrzunehmen, räusperte sich und fuhr fort zu sprechen: „Aber lassen wir die Uhr ticken, wie sie will, jetzt geht es darum, Sie zu reparieren, Herr Jelinek, oder Sie wenigstens halbwegs in Schuss zu halten. Wie ich schon zuletzt erklärt habe, es ist im Grunde ganz einfach. Sie müssen jeden Tag zwei Tabletten schlucken, eine morgens, eine am Abend, am besten zum Frühstück und zum Abendessen, aber ob sie wirklich etwas essen, ist egal, es muss nur regelmäßig sein."

Dr. Kovaleva fixierte Julian mit ihrem Blick, gleichsam um die Wichtigkeit ihrer Aussage zu betonen. „Es kann nämlich gut sein, dass Sie gar keinen Hunger haben, weil Ihnen schlecht ist oder einfach so. Aber jedenfalls schlucken und gleich wieder erbrechen, das geht nicht, das Medikament muss schon eine Weile drinnen bleiben, damit es ins Blut übergehen und wirken kann. Und Sie dürfen es auch nicht zerkauen, einfach als Ganzes schlucken und unten behalten, das ist das Wichtigste dabei."

„Das scheint ja nicht allzu schwierig", antwortete Julian, „aber irgendein Haken ist immer dabei, das klingt viel zu einfach, um wahr zu sein."

„Ganz und gar nicht!" Dr. Kovaleva schüttelte verneinend den Kopf. „Das nennt man medizinischen Fortschritt. Nebenwirkungen gibt es natürlich auch, Ihnen kann übel werden, Sie fühlen sich müde, haben Kopfschmerzen, Durchfall… Manches davon ist sogar eher wahrscheinlich. Dazu kann auch noch ein Hautausschlag kommen, Bauchschmerzen, und dann gibt es noch diverse Veränderungen im Blutbild, die Sie nicht direkt wahrnehmen, aber vielleicht indirekt. Aber denken Sie zurück an die Therapie vor zwei Jahren, da war alles viel komplizierter, die OP, die Bestrahlungen, und die Nebenwirkungen waren auch nicht gerade angenehm. Ich will nicht behaupten, dass diesmal alles besser ist, weil das nicht wahr ist. Ihre Krankheit ist fortgeschritten und ob wir sie stoppen können, ist noch völlig unklar. Aber die Therapie wird diesmal einfacher sein, Sie nehmen regelmäßig die Tabletten und kommen ab und zu zur Kontrolle zu mir. Und wenn es gutgeht, können Sie die Kontrollen auch bei Dr. Hartbacher machen, ich möchte Sie nur am Anfang regelmäßig sehen, da passiert naturgemäß am meisten, was die Nebenwirkungen betrifft."

Julian nickte zustimmend und sagte: „Okay, das klingt zwar seltsam für mich, aber ich möchte Ihnen gerne glauben. Bloß waren Tabletten für mich bisher immer etwas, das man gegen Kopfschmerzen einnimmt, von mir aus auch gegen einen Infekt, wenn man Antibiotika schluckt. Aber gegen eine richtige Krankheit, gegen so etwas wie

Krebs, da schien mir nur etwas mit Nadeln und Schläuchen wirksam, oder so eine große Maschine wie dieses Bestrahlungsgerät vom letzten Mal." Julian blickte um Bestätigung heischend in Dr. Kovalevas Augen, doch als er sah, wie sie leicht den Kopf schüttelte, hob er gleichsam sich ergebend die Hände.

„Hier wird der Wirkstoff eben durch den Darm aufgenommen, dann spart man sich die Nadeln und andere Dinge", antwortete Dr. Kovaleva. „Wie gesagt, das ist der medizinische Fortschritt, der uns allen zugutekommt."

Erneut nickte Julian und dann begann er die Ärztin nach dem Zeitplan zu befragen, danach wie rasch er mit den Nebenwirkungen zu rechnen hätte, wie ausgeprägt diese auftreten könnten, wie oft er zu den Kontrollen erscheinen müsste, und schließlich nach dem, was ihn im Augenblick am meisten zu interessieren schien: „Wenn ich dann nicht mehr jede Woche hier antanzen muss, wenn einmal alles halbwegs abgeklärt ist, kann ich dann auch wegfahren von hier, ins Ausland, kann ich dann Urlaub machen? Mir ist schon klar, es ist möglich, dass mir gar nicht nach Urlaub zumute ist, dass es mir schlecht geht und ich vielleicht nicht einmal aus dem Bett steigen will am Morgen. Das habe ich beim letzten Mal auch so erlebt, aber da war das ja nur vorübergehend, die Therapie zeitlich beschränkt. Wenn ich das richtig verstehe, ist dem diesmal nicht so, und wenn ich Glück habe – sozusagen Glück im Unglück - dann werde ich das Zeug ewig nehmen, naja, vielleicht nicht ewig, aber bis zu meinem Tod, also quasi ewig, was mich selbst betrifft."

Dr. Kovaleva lachte kurz auf und sagte: „Jaja, ewig scheint trotz allem irgendwie ein relativer Begriff, wenn es nicht um das Weltall geht oder um die Zeit nach uns. Aber

Sie haben recht, wenn die Tabletten wirken, dann werden Sie sie ‚ewig' nehmen müssen", sie betonte das ‚ewig', indem sie mit beiden Händen Gänsefüßchen in die Luft malte, „wenn das Tumorwachstum stoppt oder gar eine Remission zu sehen ist, dann werden Sie sich viel besser fühlen und sehr viele Dinge machen können. Urlaub gehört natürlich auch dazu, Sie sollten Ihr Leben genießen, solange es geht. Denn es kann immer sein, dass die gute Wirkung nicht anhält, dass der Krebs wieder mutiert und auch gegen das neue Medikament unempfindlich wird."

Wieder blickte die Ärztin Julian streng an, wieder war deutlich, dass ihr wichtig war, dass er verstand, was sie sagte: „Sie wollten ja, dass ich ehrlich mit Ihnen bin. Es ist gut möglich, dass die Behandlung nur für eine kurze Weile wirkt und dann alles wieder schlimmer wird. Ich finde daher die Idee, Urlaub zu machen, sogar sehr gut. Zumindest, wenn Sie dazu imstande sind, wenn die Nebenwirkungen Sie nicht zu sehr beeinträchtigen. Genießen Sie Ihr Leben so gut es geht, legen Sie sich alle Schallplatten auf, alle CDs, die Sie immer schon einmal hören wollten, halten Sie nichts zurück für irgendwann später einmal. Es ist nicht gewiss, ob es ein später einmal geben wird." Dr. Kovaleva hielt kurz inne, schien zu überlegen, was noch zu sagen wäre, und fuhr schließlich fort: „Aber das gilt ja eigentlich immer. Und für uns alle. Meinen Sie nicht?"

Die Bucket List

Hannes war sein bester Freund, sein ehemaliger Schulkamerad und der Leader der Band, mit der sie in ihrer gemeinsamen Schulzeit versucht hatten, die neuen Beatles hervorzubringen. Als das überraschenderweise bis zur Matura noch immer nicht gelungen war, übersiedelten beide in die Provinzhauptstadt, absolvierten ihre acht vorgeschriebenen Monate beim Heer und schrieben sich danach an der Universität ein. Nach ein paar Semestern eines halbherzigen Germanistikstudiums, in einer Zeit, in der Hannes Julian wegen dessen Ernsthaftigkeit und Pflichtbewusstsein im Medizinstudium nur mehr selten traf, verließ Hannes die Uni und beschloss, sich ganz der Musik zu widmen. Schon während des Studiums hatte er gemeinsam mit einem ähnlich lernverdrossenen Musiker immer wieder bei Hochzeiten und Partys gespielt, ein breites Repertoire an Hits und Evergreens verinnerlicht und sich einen Ruf als Stimmungsmacher für beinahe jede Form gesellschaftlicher Zusammenkünfte erarbeitet. Nun beschloss er, seine Karriere professioneller aufzuziehen, ergatterte einen wöchentlichen Gig in einer Studentenbar und schließlich ein saisonlanges Engagement in einer Ballermann-mäßigen Après-Ski-Bar im weltberühmten Skigebiet am Rande der Provinz, was ihn von sämtlichen, bis dahin stets virulenten finanziellen Sorgen befreite. Endlich konnte er anständiges Equipment kaufen – eine neue Gitarre, ein gutes Mikrofon und das so lange ersehnte Effektgerät -und sich von Kopf bis Fuß neu einkleiden. Und zum ersten Mal fühlte er sich richtig wertgeschätzt, wie es ihm das ungerechte Musikbusiness bislang hartnäckig verweigert hatte. Eine weitere

Konsequenz dieser Auftritte war, dass ihm die Herzen unterhaltungssüchtiger Touristinnen zuflogen und, weil häufig genug gleich der ganze Rest des Körpers dazukam, er neben dem allabendlichen und doch stets vergänglichen Ruhm des Bühnenstars auch noch ein ausschweifendes Sexualleben genoss. Zwar war Hannes keineswegs mit dem ebenmäßigen Gesicht eines George Clooney gesegnet oder mit dem durchtrainierten Körper eines Brad Pitt, aber er hatte das auf interessante Weise unperfekte Aussehen eines Jean-Paul Belmondo, eine um einen Hauch zu große, mit einem leichten Knick versehene Nase sowie volle, für Frauen unwiderstehlich zum Küssen einladende Lippen. Hinzu kamen die Persönlichkeit und die durch den wiederkehrenden Erfolg gefestigte Selbstsicherheit eines Charmeurs, gepaart mit der in den richtigen Augenblicken mysteriös scheinenden und empfindsamen Seele eines Künstlers.

Nebenbei, und von Herzen wegen eine Hauptsache in seinem Musikerleben, versuchte er es auch noch mit eigenen Songs, trat mit drei anderen Musikern auf, die so wie er noch nicht aufgegeben hatten, noch immer nach mehr lechzten, nach Erfolg, Ruhm und musikalischer Selbstverwirklichung. Diese Auftritte waren meist ein Erfolg beim Publikum, führten aber zu nichts. Kein neuer Brian Epstein, der die Beatles entdeckt hatte, saß im Publikum, kein Talent-Scout, der die Band irgendwohin vermittelt hätte. Was angesichts der Provinzstadt, wo sich all dies abspielte, wenig verwunderlich war. Um auch noch dieses Hindernis auf dem Weg zum Ruhm zu überwinden, nahm Hannes seine Songs im Heimstudio auf und versuchte, sie über das Internet populär zu machen. Was ihm allerdings auch keinen übermäßigen Erfolg bescherte. Mit den Jahren ließ der Reiz der kommerziellen Auftritte nach, er empfand die ständige Auseinandersetzung mit dem meist betrunkenen Publikum immer mehr als Belastung, und auch sein alternder Körper begann dem übermäßigen Konsum von Alkohol und gelegentlichen Stimulantien langsam seinen Tribut zu zollen. Und so nahm er schließlich, schon ein wenig resignativ, aber weiterhin von seiner Leidenschaft für die Musik dazu angetrieben, nicht aufzugeben, einen biederen Halbtagsjob an, als Rezeptionist in einem Hotel, der ihm ein Grundeinkommen und vor allem eine anständige Krankenversicherung garantierte.

Mit Julian hatte er seit dessen Abgang von der Uni wieder regelmäßig Kontakt, nicht nur bei Kaffeehaus-, Bar- und gemeinsamen Konzertbesuchen, sondern gelegentlich sogar bei gemeinsamen Auftritten als Pop-Duo, wenn sein üblicher musikalischer Partner verhindert war. Und während Hannes damit für Julian die letzte noch verbliebene und sentimentale Verbindung zum einst angestrebten Leben im Glamour der Musikszene darstellte, war Julian für Hannes die im Vergleich zu seinen Berufskollegen besonnene Stimme der Vernunft und ein verlässlicher und treuer Freund.

„Du weißt, was eine Bucket List ist?", fragte Hannes und blickte Julian erwartungsvoll ins Gesicht. „Das scheint gerade in zu sein, und ich weiß, dass du sowas eigentlich nicht magst. Aber wenn man es wirklich mal braucht, wie in deinem Fall, dann finde ich es doch ganz nützlich."

Hannes nickte die eigene Aussage bekräftigend und griff sich die Kaffeetasse, die vor ihm auf dem kleinen Tischchen stand. Nachdem er die erste Überraschung, die Julians Neuigkeiten für ihn bedeuteten, verdaut hatte, waren sie wenige Tage später in ein Kaffeehaus gegangen, um ihre Gedanken bei einem Cappuccino und in gebotener Ruhe weiter auszutauschen. Es war das übliche Kaffeehaus im Zentrum der Stadt, wohin sie zumeist dann gingen, wenn es noch zu früh war für Alkohol, aber schon zu spät für ein Mittagessen. Es war ein traditionelles Wiener Kaffeehaus mit Marmortischen, Thonetstühlen und einem Angebot an mehreren in Holzrahmen eingespannten in- und ausländischen Zeitungen, und sogar die Kellner waren angemessen unfreundlich, wenn sie auch keine Hauptstädter waren, sondern offenbar bloß auch in dieser Hinsicht gut eingelernte Ersatzkräfte aus den ehemaligen Ostblockstaaten.

„Jaja, der Begriff ist mir einmal in irgendeinem Film untergekommen, es geht um Dinge, die man noch erledigen sollte, bevor man… stirbt, heiratet oder irgendwas anderes Endgültiges macht. Naja, beim Heiraten ist das nicht so klar, dass das etwas Endgültiges ist, aber …"

„Genau das, eine Liste mit Sachen, die man wenigstens einmal im Leben gemacht haben sollte, ‚things to do before you kick the bucket‘, also Zeug, das du erledigen musst, bevor du den Löffel abgibst. Und das kann wirklich alles sein, ganz egal, was dir einfällt. Nicht, dass man dann auch alles tun kann, zum Mars fliegen wird sich eher nicht mehr ausgehen, aber alles, was realistisch ist, vielleicht aber zuvor immer zu aufwändig schien oder auch zu teuer, etwas, das man sich erst irgendwann einmal leisten wollte, wenn man Geld übrig hat. Aber wenn *irgendwann einmal* keine so verlässliche Option mehr ist, dann sollte man es vielleicht gleich tun, und wenn es teuer ist, was soll´s, das letzte Hemd hat keine Taschen, wie man sagt."

Hannes hatte seinen anfänglichen Schwung wiedergefunden, redete sich in Rage, gerade so, als versuchte er,

Julian etwas anzudrehen. „Wie ein Vertreter für Bucket-List-Reisen", ging es Julian durch den Kopf, und schon sprach er es aus: „Kriegst du von irgendwem Prozente? Oder hoffst du einfach auf mein großes Erbe? Da muss ich dich nämlich bitter enttäuschen …"

Beinahe zwei Stunden verbrachten sie damit, ihre Ideen für eine Bucket List zu wälzen, Dinge zu benennen, die man ‚gemacht haben sollte', Situationen, die man erlebt haben sollte. Hannes hatte vorgeschlagen, vorerst sehr unkritisch zu sein, nichts allzu schnell zu verwerfen, bloß weil es unrealistisch schien, nichts vorschnell auszuschließen, weil sich dessen Gewichtigkeit nicht sofort aufdrängte.

„Ich behaupte ja nicht, dass das wirklich wichtig ist, aber viele Männer würden das durchaus als erstrebenswert einstufen, als einen von wenigstens zehn Wünschen an die berühmte Fee, wenn sie mal endlich vorbeikäme."

Hannes schüttelte energisch den Kopf und hielt beide Arme in einer dramatischen Geste in die Höhe, um sein Unverständnis zu unterstreichen.

„Ich ganz sicher nicht", erwiderte Julian resolut, „ich glaube, das schafft es nicht einmal unter meine Top 40. Ich wüsste nicht, wo da der große Reiz liegen sollte. Ich habe einen Schwanz und zwei Hände, ich weiß nicht, was mir zwei Frauen bieten sollten, das ich nicht auch von einer bekommen kann. Nein ehrlich, einen Dreier brauchen wir definitiv nicht auf diese Liste zu setzen."

„Schon gut, schon gut, das ist dein Schaden, nicht meiner, bei mir wäre das sicher auf der Liste, wenn ich nicht schon …. Aber du bist einfach mehr der Romantiker, offenbar selbst dann noch, wenn es ans Eingemachte geht. Sich ein Blind Date zu wünschen, wie unspektakulär. Das hättest du ja immer schon haben können."

„Klar, aber das hat sich eben noch nie ergeben. Und das soll sich ändern. Du erinnerst dich, davon hat uns einmal dein Freund Gabriel erzählt, von etwas Ähnlichem wenigstens. Er hat über das Internet eine neue Freundin gesucht, über irgendeine Dating-Plattform, wo man sich zuerst online kennenlernt und dann später in echt, wenn die Online-Anbahnung einigermaßen vielversprechend war. Oft war das trotzdem noch fast wie ein Blind Date, hat er gemeint, manche waren nicht sehr geduldig beim Online-Kennenlernen, wollten gleich wissen, woran sie sind."

„Ja, das weiß ich noch, er war allerdings nicht sehr erfolgreich dabei, wenn ich mich recht erinnere."

„Das ist ja sowieso nicht der Punkt in meinem Fall. Ich will nicht wirklich eine neue Beziehung, das wäre gerade jetzt besonders schräg, findest du nicht? ‚Komm, nimm mich auf in dein Leben, liebe mich und schau mir zu, wie ich sterbe!‘ Und eine Online-Suche fände ich ehrlich gesagt überhaupt recht seltsam, so als würde man seine Frau aus einem Katalog aussuchen, nach Alter, Größe, Haarfarbe, Figur, ob romantisch, sportlich, was auch immer. Denn diese Dinge erfährt man schon, bevor man den ersten Kontakt miteinander aufnimmt, und bei den meisten sieht man auch schon ein Foto, wenn auch irgendwie nur unscharf, wie Gabriel erzählt hat."

„Aber was willst du dann bei der ganzen Aktion, was soll das bringen?", fragte Hannes.

„Ich will einfach die Situation erleben, sehen, wie es sich anfühlt, wenn zwei sich treffen, die sich nicht kennen, aber voneinander wissen, was sie eigentlich wollen. Wobei das in meinem Fall jetzt nur mehr gespielt sein würde, aber anders geht es eben gar nicht mehr."

Hannes nickte mit einem nachdenklichen Ausdruck in seinem Gesicht, seufzte kurz auf und sagte: „Na gut, dann müssen wir dich wohl auf den Markt werfen, dich als begehrenswert anpreisen, sodass sich die heißesten Schnitten darum raufen werden, sich mit dir treffen zu dürfen. Wie auch immer wir das schaffen sollen, wir werden lügen und betrügen müssen, eventuell Fotos nachbearbeiten, deinen Lebenslauf beschönigen…"

Julian lachte auf, warf ein unernstes „Du Arsch!" dazwischen und fuhr fort: „Am besten fragen wir Gabriel, wie er das gemacht hat. Selbst, wenn er am Ende keine Frau von sich überzeugen konnte, hat er sich immerhin mit einigen getroffen, zumindest so weit ist er ja gekommen." Und nach einer kurzen Pause ergänzte er: „Vielleicht weiß ja auch sonst jemand ein nettes Mädel, das gerne jemanden kennenlernen würde, das soll es ja auch noch geben."

Als sie schließlich auseinandergingen, hatten sie eine ziemlich lange Liste geschrieben, vieles davon nur vorläufig, wie Julian betonte, manches durchaus ernstgemeint und endgültig. Und überraschend vieles, das gar nicht besonders schwierig erreichbar schien, wie Hannes abschließend feststellte.

„Einiges davon müssen wir nicht lange aufschieben, das können wir bald angehen, ich werde mich darum kümmern, soweit ich kann." Hannes wedelte mit der Liste vor Julians Gesicht und sagte weiter: „Und du schaust inzwischen, wie es mit deiner Therapie gehen wird, wie lange du fort sein darfst, beziehungsweise wie weit weg, und natürlich wie du dich dabei fühlen wirst. Dann können wir zum Beispiel das mit dem Urlaub am Meer schon bald planen, auch wenn ich das für einen sehr bescheidenen Wunsch halte, eigentlich nichts, was auf so eine Liste gehört."

„Ein Urlaub am Meer hat mir immer besonders gut gefallen und das würde ich eben gerne wenigstens einmal noch machen in meinem Leben. Lieber wäre mir das schon mit einer Frau, muss ich zugeben, aber im Notfall bin ich auch mit dir zufrieden. Jeden Tag in der Morgensonne frühstücken, online die Zeitung lesen, solange man Lust hat, ganz ohne Stress. Dann stundenlang lesen am Strand, dazwischen ins Meer springen und schwimmen, abends ausgehen und trinken… Und würde mich eine Frau begleiten, wäre das alles immer wieder unterbrochen von Sex, morgens, mittags, abends, wann immer man Lust darauf hat. Aber du brauchst keine Angst zu haben, ich werde nicht im letzten Augenblick noch die Seiten wechseln. Außerdem bist du nicht mein Typ."

Hannes lachte, nickte zustimmend und erwiderte in einem ernsten, fast feierlichen Ton: „Das machen wir, und du wirst sehen, dass es dir Spaß machen wird. Und mir auch, da kannst du dir sicher sein. Außerdem, manches von der Liste werde ich mir auch nicht entgehen lassen, wenn wir schon dabei sind."

Darwins Rache

Mit dem Versprechen, sich weiter Gedanken zu machen, sich weitere Highlights zu überlegen, die es wert sein könnten, erlebt zu werden, verabschiedeten sich die beiden Freunde schließlich und gingen ihrer Wege. Hannes hatte einen Auftritt in einem nahen Tourismusort zu absolvieren, in einem Hotel, wo er den vom Schifahren in der warmen Frühlingssonne ermüdeten Deutschen und Holländern das Abendessen mit bekannten Melodien ihrer Jugend verschönern würde. Julian fuhr zurück in seine Wohnung, um sich einem noch offenen kleinen Auftrag zu widmen und vor allem um zum zweiten Mal eine der Tabletten zu sich zu nehmen, die ihm Dr. Kovaleva am Morgen gegeben hatte. Mit der Einnahme der ersten Tablette, noch im Beisein der Ärztin, war alles erst zur Wirklichkeit geworden für Julian, war aus der Diagnose der Erkrankung, der Besprechung des Vorgehens dagegen und dem Abwägen seiner Zukunftschancen, war aus den theoretischen Erwägungen zur Erkrankung ihre lebensbedrohliche Praxis geboren. Nun hatte sein zweiter Kampf gegen den Krebs begonnen, nun würde er zum zweiten Mal um sein Leben kämpfen und bangen, nun wäre zum zweiten Mal sein Tod ein möglicher Ausgang des Geschehens.

„Der Tod mag eine ernste Angelegenheit sein, aber er ist stets auch eine vorübergehende." Es war schon eine Weile her, dass Julian diese Zeilen in einem Buch gelesen hatte, aber so unmöglich das klingen mochte, soweit es sein eigenes bisheriges Leben betraf, konnte Julian dem Spruch im Großen und Ganzen zustimmen. Wenn man vom Tod eines anderen Menschen erfuhr, war man zuerst vor allem oft geschockt, dem Grad der Verbundenheit entsprechend und je nach den Umständen und dem Alter des Betroffenen. Dann besuchte man, wenn man es nicht ohnehin schon zu spät erfahren hatte, die Trauerfeier oder das Begräbnis, war auch dort in angemessener Weise traurig und mitfühlend, blieb, je nach eigener Verfassung und der Bedeutung der gemeinsamen Vergangenheit, für eine Weile leicht betrübt und melancholisch und wechselte schließlich, meist völlig rückstandslos, zurück in jene gefühlskalte und ignorante Einstellung dem Tod gegenüber, die man sonst das ganze Jahr über pflegte. Wenn man etwa in der Zeitung von einem Eisenbahnunglück erfuhr, das sich in einem weit entfernten Land ereignet hatte, von den zahllosen Todesopfern eines Hurrikans in der Karibik, von den schon zur Routine gewordenen ertrunkenen Flüchtlingen im Mittelmeer oder von sonst irgendeinem Tod, der fremde Menschen betraf (nie in der Einzahl!), in großer Entfernung stattfand (nie in unmittelbarer Nähe!) und auf nicht untypisch grausame Weise eingetreten war (sämtliche Bewohner eines afrikanischen Dorfs wurden mit Macheten dahingeschlachtet).

Wenn einem der eigene Tod bevorstand, oder sich zumindest das Gefühl festgesetzt hatte, dass die Möglichkeit seines Eintretens nicht mehr bloß eine abstrakte Vorstellung bleiben könnte, änderte sich das. Plötzlich war der Tod nicht mehr länger eine vorübergehende Angelegenheit, das Leben keine sich ins Ungewisse erstreckende, einem möglichen Ende allzu ferne Kette unendlicher Augenblicke und Erlebnisse mehr. Ganz im Gegenteil, die Tatsache, dass ihm, wie jedem und zu jeder Zeit, nur eine endliche Lebensspanne gegeben war, drängte sich nun unbarmherzig nach vorne in Julians Gedanken, das

Bewusstsein der eigenen Endlichkeit verdichtete sich in nicht mehr zu ignorierender Weise in seinem Kopf.

Hinzu kam, dass er sich immer wieder auf die Frage zurückgeworfen fand: Warum ich? Schon damals vor mehr als zwei Jahren, als er die Diagnose zum ersten Mal bekommen hatte, obwohl ihm da versichert worden war, dass die Prognose ausgezeichnet, ein Überleben und selbst eine Heilung höchst wahrscheinlich wäre, hatte er sich immer wieder gefragt: Warum ich? So wie es wohl die meisten Menschen tun, wenn sie erfahren, dass sie Krebs haben, diese so schwer fassbare tödliche Bedrohung. Hatte er irgendetwas falsch gemacht, hatte er sich irgendwelchen Bedingungen ausgesetzt, die den Krebs wahrscheinlicher gemacht hatten, war er in irgendeiner Weise besonders unvernünftig gewesen? Aber nein, das war es alles nicht, er lebte nicht besonders gesund, aber auch nicht gerade ungesund, wenigstens nicht mehr als andere, es war einfach Zufall, das wusste er in seinem Kopf, es war nur schwer, das auch gefühlsmäßig hinzubekommen. Dabei ist die Wahrscheinlichkeit, Krebs zu bekommen, mittlerweile fast schon so groß, dass man mit gleichem Recht fragen könnte: Warum nicht ich? Die Chance, im Laufe des Lebens an Krebs zu erkranken, hier im reichen Teil der Welt, wo die Menschen so alt werden, wie es von der Natur kaum vorgesehen war, betrug schon beinahe 40%, wie Julian im Netz lesen konnte. Nicht in seinem Alter, das stimmt, die Wahrscheinlichkeit Krebs zu bekommen, nimmt ja mit dem Alter zu, aber er gehörte zu den unglücklichen 12% aller Männer, die überhaupt je Prostatakrebs bekommen. Und er war offenbar der unglücklich auserwählte Eine unter 451, der schon unter 50 davon betroffen ist. Also wirklich, ernsthaft, muss das sein? Warum nicht der eine von 500, der mit einem sechsten Finger geboren wird? Diese Alternative hätte er mit sechs-fingrigem Handkuss genommen! Und noch viel lieber, ganz ohne Zweifel, der eine unter 1461, der am 29. Februar Geburtstag hat, sich alle vier Jahre dieselben blöden Sprüche anhören muss, dieselben dummen Rechnereien, was sein Alter betrifft. Oder der eine unter 10.000 jedes Jahr, der sich auf der Toilette ernsthaft verletzt, nicht tödlich, aber peinlich genug, um als Strafe gelten zu können. Denn genau so fühlte es sich für ihn an, wie eine Strafe, wobei er nicht wusste, wofür, aber dennoch das Gefühl hatte, sie sich auf irgendeine Weise verdient zu haben.

Aber nein, sagte er sich selbst mit Nachdruck, es war natürlich keine Strafe, es war bloß Biologie, es war nur Statistik, und der liebe Gott, an den er ohnehin nicht glaubte, hatte keineswegs etwas gegen ihn persönlich, dafür wäre er gar nicht wichtig genug. Die Menschen sind bloß nicht gemacht für so ein langes Leben, sind dazu entworfen, sich spätestens in ihren Zwanzigern fortzupflanzen, sich eine Weile um den Nachwuchs zu kümmern, so lange, bis dieser selbst dazu in der Lage ist, und dann sind die Erzeuger überflüssig geworden und können abtreten von dieser Welt. Wenn sich danach die vielen kleinen Schäden in ihrer DNA, die sie im Laufe ihres Lebens angehäuft haben, zu fatalen Mutationen summieren und einen Tumor wachsen lassen, der den Menschen den Garaus macht, dann ist das für den Fortbestand der Art völlig einerlei. Zumindest behaupten das schlaue Bücher über die Evolution des Menschen, die Julian gelesen hatte, und es klang eigentlich ziemlich plausibel für ihn. Aus diesem Grund verschleißen die Gelenke jenseits der Dreißig, verkalken die Gefäße, werden die Knochen brüchig. Es ist noch gar nicht so lange her, da waren die Menschen, wenn sie sich erst einmal vermehrt hatten, für die Sippe, mit der sie lebten, nur mehr eine Belastung, ein weiteres Maul, das es zu stopfen galt. Im besten Falle konnten sie noch mit ihrer Weisheit von etwas Nutzen sein, „Nehmt die blauen Beeren, aber lasst die roten in Ruhe, davon wird euch schlecht!" Oder sie fielen zurück auf der Flucht vor einem Räuber und wurden dessen Opfer, um damit das erfolgreiche Entkommen der übrigen Sippe zu ermöglichen. Dass die Menschen im Heute so lange leben, bezahlen sie mit den vielen Wehwehchen, die ihnen mit zunehmendem Alter zusetzen, mit dem meist schleichenden Abbau ihrer Fitness, des Körpers wie auch des Geistes, und eben mit Krebs. Das alles schien Julian plausibel, ja überaus natürlich. Und er wusste auch, wenn man schon die Statistik bemüht, um die Grausamkeit des Schicksals zu beklagen, dann sollte man vielleicht auch darüber nachdenken, dass man in einem der reichsten Länder der Erde geboren worden war und in Luxus und Sicherheit gelebt hat, was auch nicht gerade selbstverständlich war. Aber am Ende, wenn der Krebs zu einem kommt und einem all dies nichts mehr zu nützen scheint, fragt man sich dann trotzdem wieder: Warum ich?

15 Minutes of Fame

„Einmal im Fernsehen erscheinen, ich hätte nicht gedacht, dass du auch so einer bist. À la Andy Warhols ‚Fifteen minutes of fame' meinst du, verstehe ich das richtig?" Hannes blickte auf Julian mit einem skeptischen Ausdruck im Gesicht, schüttelte leicht den Kopf und sprach weiter: „Und du willst dafür natürlich niemanden umbringen, weil das moralisch verwerflich wäre, und dich auch nicht selbst am Times Square mit Benzin übergießen und im Namen eines guten Zweckes anzünden, das wäre zu endgültig und du könntest deine Berühmtheit gar nicht mehr genießen."

„Jemanden umbringen will ich ganz sicher nicht", antwortete Julian und schüttelte vehement den Kopf, „weder mich selbst noch sonst wen. Obwohl ich, was den moralischen Aspekt betrifft, nicht so sicher bin, wie verwerflich das wäre, es gäbe da schon ein paar Kandidaten, wo man vielleicht sogar dankbar wäre, wenn sich jemand fände. Der Ruhm würde dann auch länger währen als bloß fünfzehn Minuten…, aber das ist nicht, was ich möchte, also lassen wir das."

„Dann müssen wir uns etwas anderes überlegen, zum Glück. Wie kommt man als Nobody ins Fernsehen? Auf eine Straßenumfrage eines Fernsehsenders können wir nicht gut warten, das sieht man zu selten und das ist auch nicht sehr zuverlässig. Ich habe mich vor gar nicht so langer Zeit hinreißen lassen und bei so etwas mitgemacht, mich interviewen lassen. Da habe ich den Fernseh-Typen dann deutlich erklärt, was ich wirklich halte von diesem Minister, dessen Frau seinen Laptop im Kinderwagen spazieren führte, du erinnerst dich sicher, das war dieser geföhnte Möchtegern-Philosoph mit der Zahlenschwäche. Aber überraschenderweise kam das dann nicht im Fernsehen, obwohl ich mich mit Schimpfwörtern bewusst zurückgehalten hatte und…"

„Nein, das wäre mir auch nicht gut genug, so etwas meine ich nicht", widersprach Julian, „es müsste schon etwas mehr Bühne für mich sein, mehr um mich selbst gehen dabei."

„Dann vielleicht so eine Nachmittags-Talkshow, du weißt schon, diese Sozialpornos, wo sich Leute outen, die sich gerne im Alltag verkleiden, oder solche, die ganz fest an die Sterne glauben, oder lebensechte Puppen sammeln, oder welche, die offene Beziehungen leben und das vor der ganzen Welt ausbreiten. Wir könnten versuchen, dich bei so etwas unterzubringen. Vielleicht haben wir Glück und du kannst über deine Vorliebe für scharfes Essen reden oder darüber, dass du bei Kitsch immer gleich weinen musst. Mann, wäre mir das peinlich." Abermals war Hannes ‚on fire‘, konnte den Strom eigener Ideen kaum mehr bändigen, überhäufte Julian mit Vorschlägen. „Oder wir versuchen, dich in eine Kuppelshow zu bringen, falls es so etwas überhaupt noch gibt. ‚Herzblatt‘ hieß das doch oder so ähnlich. Da könntest du wirklich über dich selbst reden, deine Schlagfertigkeit beweisen, dich als Charmeur zeigen. Zudem hättest du das Blind Date gleich in einem Aufwasch mitgeliefert, zumindest wenn du am Ende der Auserwählte wirst. Du könntest aber vielleicht auch der sein, der wählt, dem die Kandidatinnen Honig ums Maul schmieren."

„Das wäre schon eher nach meinem Geschmack", unterbrach ihn Julian, „und die Peinlichkeit des Ganzen ist mir egal, vielleicht habe ich gar nicht mehr sehr lange Zeit, mich dafür zu schämen. Aber ich weiß weder, ob es so etwas noch gibt, noch glaube ich, dass ich da hineinkomme, dafür bin ich schon zu alt, die suchen jüngere, hippere Typen."

Beide grübelten, nippten immer wieder kurz an ihrem Bier, mehrmals setzte Julian an, etwas zu sagen, und unterbrach sich aber wieder im letzten Moment.

„Jetzt habe ich die Idee", rief Hannes plötzlich aus, „das könnte wirklich funktionieren, hör zu. Du legst dir eine schräge Sammlung zu und wir holen jemanden vom Lokalfernsehen, der dich dazu interviewt. Das mag nicht der ganz große Ruhm sein, aber diese Beiträge werden dann tagelang wiederholt und bei solchen Sendern sind sie froh, wenn sich mal jemand meldet, der nicht schon wieder nur den größten Kürbis der Stadt vor der Haustüre gezüchtet hat, oder mit zweiundzwanzig Katzen zusammenlebt oder einfach seit 50 Jahren bei der Feuerwehr ist."

„Aber was sollte das sein, was soll ich da sammeln?", fragte Julian und schüttelte ungläubig den Kopf. „Wenn ich jetzt beginne, Bierdeckel zu sammeln, dann bin ich auch bei einer erfolgreichen Therapie bereits tot, bevor ich etwas vorzuweisen habe."

„Aber das ist es ja gerade, ich weiß schon, was du sammelst! Das musst du nämlich gar nichts mehr selbst erledigen, wir haben schon etwas, das geradezu perfekt ist."

In Treatment

„Es geht nicht mehr, es ist nichts mehr in mir, nichts, was ich noch von mir geben könnte. Wenn ich jetzt noch einmal würge, dann werde ich mein Gedärm herauskotzen, Inhalt gibt es darin schon lange keinen mehr."

Mit diesen Gedanken krümmte sich Julian über der Kloschüssel, krampfte sich ein letztes Mal sein Magen zusammen, dann riss er ein Stück Papier von der Klopapierrolle, wischte sich erneut über den Mund damit, klappte den Deckel herunter und ließ langsam seinen Kopf darauf sinken. „Wie gut, dass ich hier vor kurzem gerade gründlich geputzt habe", ging es ihm durch den Kopf, und er empfand die Kühle, die er auf seiner Wange spürte, als irgendwie angenehm, auch wenn ihm eigentlich kalt war und ein kurzes Frösteln seinen Körper durchlief.

Es hatte ein paar Tage gedauert, bis er die ersten Nebenwirkungen zu spüren bekam, dann hatte er sich regelmäßig am frühen Nachmittag übergeben müssen, hatte begonnen, sich schlapp zu fühlen, antriebslos, kraftlos, und mit dieser Erfahrung sein Mittagessen nach hinten verlagert. Doch nach einer Woche, noch ehe er zu den von der Ärztin verordneten Tabletten gegen die Übelkeit gegriffen, und damit auch noch Schläfrigkeit und Schlappheit in Kauf genommen hatte, schien sich sein Körper allmählich an das Medikament zu gewöhnen, die Kotzattacken erwischten ihn nur mehr mit abnehmender Häufigkeit, dazwischen fühlte er wieder Leben in seine Glieder zurückkehren, bekam wieder Appetit und schließlich auch Lust darauf, irgendetwas zu unternehmen oder wenigstens etwas zu erleben. Als Erstes ließ er wieder Besuch zu, nachdem er Hannes, der ja Bescheid wusste, und auch andere, die gerade zufällig in dieser Zeit ihren Weg zu ihm gefunden hatten, zuvor wieder weggeschickt hatte. Hannes hatte er geradeheraus erklärt, dass ihm die Nebenwirkungen zu schaffen machten, er sich nicht fähig dazu fühlte, mit irgendwem auch nur zu reden, sich seinem Elend einfach hingeben und auf Besserung warten wollte. Den anderen gegenüber hatte er eine Darmgrippe vorgeschoben, sich selbst als wahrscheinlich überaus ansteckend bezeichnet und damit schon an der Gegensprechanlage erfolgreich jede direkte Kontaktaufnahme ‚im Keim erstickt'. „Welch treffendes Wortspiel", hatte er, sich schüttelnd, gedacht. Bloß telefonisch hatte sich seine fürsorgliche alte Freundin Rosmarie noch gemeldet, sich versichert, dass er allein zurechtkommen würde, und wenige Tage später noch einmal nachgefragt, ob es ihm schon besser ginge. „Nur zwei, drei Tage noch", hatte er sich eine Ruhepause zur vollständigen Genesung und Regeneration ausbedungen und sich für einige Tage später dann zum Kaffee mit ihr verabredet.

„Dann können wir jetzt loslegen, uns auf die Erfüllung deiner allergrößten Wünsche stürzen?"

Hannes hatte sich selbst bedient, sich an der Maschine in der Küche einen doppelten Espresso heruntergelassen und sich zu Julian an den Tisch gesetzt. Selbst wenn er immer noch nicht sicher war, wieder wirklich fit zu sein, so hatte Julian nicht mehr länger allein bleiben wollen, und noch bevor er zu einem Treffen mit Rosmarie ging, Hannes um seinen Besuch gebeten.

„Vielleicht nicht sofort", antwortete Julian, „aber wir könnten weiter überlegen, was sich zu tun lohnen würde, was wir auf die Liste setzen könnten. Eigentlich wollte ich darüber schon die ganze Woche nachdenken, aber die ständige Übelkeit hat mich nicht wirklich in die richtige Stimmung dazu versetzt."

„Das kann ich verstehen", sagte Hannes, „mir kommen meine besten Ideen auch selten, wenn sich gerade mein Innerstes nach außen stülpt. Und du kannst mir glauben, das habe ich so manches Mal erlebt in meinem Business. Aber im Gegensatz zu dir war ich ja fit in letzter Zeit und konnte sehr wohl nachdenken, was da in Frage käme. Das übliche und eher triviale Zeug wäre der Fallschirmsprung, das ließe sich einfach machen, vielleicht Bungee jumpen, wenn dir wirklich nach einem Adrenalinkick ist, oder sogar die Schwerelosigkeit erleben. Das ist nicht ganz billig und wir müssten nach Frankreich, genauer gesagt nach Bordeaux, aber für dich ist mir nichts zu weit und nichts zu teuer. Vor allem nicht um dein eigenes Geld. Was meinst du?" Hannes blickte Julian erwartungsvoll in die Augen und gab ihm durch zustimmendes Kopfnicken zu verstehen, dass er eine Antwort erwartete.

„Schwerelosigkeit, das klingt interessant. Du meinst mit einem Parabelflug, oder wie? Das gibt es tatsächlich kommerziell?"

„Ich war ehrlich gesagt auch überrascht, aber ja, es ist wie so vieles auf dieser Welt einfach eine Frage des Preises. Es kostet je nach Flug 6000 oder 8000 Euro, und wenn du darauf bestehst und mich einlädst, werde ich dir dabei natürlich gerne zur Seite stehen." Hannes lachte und diesmal warf er Julian einen um Zustimmung heischenden Blick zu.

„Ha, das glaube ich gerne, dass du dazu bereit wärst", antwortete Julian ebenfalls lachend. „Und es klingt auch ziemlich cool. Aber das sollten wir etwas weiter hinten auf die Liste setzen, falls da noch viel von meinem Geld, aber nur mehr wenig von meinem Leben übrig sein sollte. Wie genau läuft das? Ich kenne das nur aus Spielfilmen, hätte nicht gedacht, dass das mittlerweile für jedermann zu haben ist, der ein wenig Geld übrig hat."

„Ein bisschen Aufwand ist es schon und man darf auch keine Herz- oder Lungenprobleme haben. Ich hoffe, das trifft auf dich zu, beziehungsweise, falls das nicht der Fall ist, hoffe ich, wir können deine Probleme ausreichend verschleiern. Aber im Prinzip kann es jeder machen. Man wird gut vorbereitet und steigt dann in einem Airbus mit neun anderen Amateuren und einem Profi in den Himmel und fliegt insgesamt 15 Parabeln. Dabei ist man jedes Mal für etwa 20 Sekunden schwerelos, das macht insgesamt fünf Minuten im Schweben und, das habe ich mir auch ausgerechnet, kostet dann 20 bis 25 Euro pro Sekunde. Aber insgesamt ist man eine Stunde unterwegs und dafür wären es dann nur eineinhalb bis zwei Euro pro Sekunde, fast schon eine Okkasion."

„Okay, das klingt ja wirklich ganz gut. Aber wie gesagt, das kommt ans Ende der Liste. Schade nur, dass ich dann kaum mehr Zeit haben werde, damit anzugeben. Aber falls ich dann noch genug Geld habe, dich dorthin mitzunehmen, dann kannst du unsere Heldentat verbreiten, mögest du noch lange leben und Gelegenheit dazu haben."

„Vielleicht solltest du ja noch rasch Buddhist werden und am besten als sehr reicher Mensch wiedergeboren werden. Und dann suche und finde bitte meine Wiedergeburt und lass uns das zusammen machen und davon erzählen, solange wir noch jung und gesund sind, das wäre mir lieber."

Julian nippte an seiner Kaffeetasse, während Hannes konzentriert Notizen auf seiner mitgebrachten Liste machte, über deren Inhalt sich Julian ein wenig wunderte. Dann fuhr Julian fort: „Aber Bungee-Jumpen kannst du vergessen, ich würde sterben vor Angst oder mir wenigstens in die Hose machen. Das habe ich zuletzt irgendwann in meiner Kindheit getan, ein unangenehmes Gefühl, das ich nicht sehr vermisse."

„Du weißt das noch? Wie alt warst du da, das macht man doch eigentlich nicht mehr in einem Alter, an das man sich noch erinnern kann!"

„Keine Ahnung, wie alt ich war, aber ich weiß es tatsächlich noch. Ich hatte damals eine Lederhose an, du weißt schon, so eine zünftige, kurze, nicht eine coole, wie sie heute modern sind. Dies Art Hosen war irrsinnig praktisch, weil fast unzerstörbar. In den Stoffhosen hatten wir ständig Löcher und Risse in den Knien, in der Lederhose hatten wir höchsten welche in den wirklichen Knien und da passten wir wohl auch besser auf, nicht so oft hinzufallen. Jedenfalls erinnere ich mich noch genau, wie unangenehm es war, als die Hose wieder getrocknet war, weil sie dann total steif war und mir in meine kleinen Eier geschnitten hat. Ich denke, ich war damals mit meiner Mutter irgendwo unterwegs, sonst hätte ich ja die Hose gleich gewechselt bekommen. Aber weil das offenbar nicht ging, hatte ich die angepisste Hose so lange an, bis sie wieder trocken war. Aber warum ich in die Hose gemacht habe, das kann ich nicht mehr sagen. Vielleicht war es bloß Unvernunft und ich musste dringend, aber wollte es nicht sagen, oder irgendwas hat mir Angst gemacht und ich habe mir vor Angst in die Hosen gemacht."

„Haha, okay", sagte Hannes und machte eine wegwerfende Handbewegung, „dann streiche ich Bungee-Jumpen, das will ich dir nicht antun. Obwohl ich nicht glaube, dass man sich als Erwachsener so leicht in die Hose macht."

„Stimmt, als ich zuletzt so etwas wie Todesangst hatte, da blieb ich trocken, aber das erzähle ich ein andermal. Und zum Fallschirmspringen, das ist auch eher etwas für das Ende der Liste, falls mir dann gar nichts anderes mehr einfällt, das ich in meinem Leben noch tun will. Was hast du sonst noch zu bieten?"

Hannes besah sich wieder seine Liste und sagte: „Da sind noch weitere Dinge, die mit Höhe oder Geschwindigkeit zu tun haben, aber mir scheint, das ist nicht so wirklich dein Ding. Mit einem Auto 300 km/h fahren, diese High-Speed Wasserrutsche in der Nähe von München…, alles nichts für dich." Er gab ein tiefes Brummen von sich, nahm auf seinem Zettel Streichungen vor und fuhr fort: „Ein Buch, ja genau! Du wolltest doch immer mal ein Buch schreiben, damit hast du mich schon oft genervt, nicht wahr? Über den Typen, der sich zwischen zwei Frauen nicht entscheiden kann, oder das mit dem Mann, der feststellt, dass er als Frau geboren wurde, bevor…"

„Du hast recht", antwortete Julian mit einem Lachen, „aber das war alles noch sehr unausgegoren, und der Grundgedanke war, dass ich einmal sehr viel Zeit dafür haben würde, dass ich genug Muse hätte, mir alles genau zu überlegen, ganz ohne Stress, ganz ohne… Deadline!" Julian gab ein abschätziges, verbittertes Lachen von sich und fuhr fort: „Ich wollte zuerst in Ruhe Ideen sammeln, Einfälle notieren, dann irgendwie eine Form finden, einen roten Faden, und erst dann ans Schreiben gehen. Ich habe ja keine Ahnung, wie man das macht, aber sich einfach hinsetzen, und mit dem ersten Satz beginnen und irgendwann den letzten zu beenden, das scheint mir zu blauäugig, ich denke, das funktioniert anders."

„Keine Ahnung", gab Hannes zurück, „dann schreib eine Kurzgeschichte, das wird sich auf jeden Fall ausgehen." Die beiden Freunde sahen sich in die Augen, Julian schüttelte langsam den Kopf, und Hannes hob beide Hände in einer Geste der Entschuldigung in die Höhe. „Dann eben nicht, war ja ursprünglich nicht meine Idee." Hannes klang etwas resigniert, fast ein wenig beleidigt, wie Julian schien.

„Ist schon gut, du hast ja recht, das wollte ich immer und habe das auch oft genug erzählt. Aber eine Kurzgeschichte reicht mir nicht, außerdem ist das etwas ganz Eigenes, vielleicht gar nicht unbedingt einfacher als ein ganzer Roman. Aber ich will auf keinen Fall einen unvollendeten Roman schreiben, oder bis zum letzten Atemzug daran weiterarbeiten, dass ich es vielleicht doch noch bis zum Ende schaffe. Stell dir bloß vor, dann werde ich posthum berühmt, wie dieser Chilene, dessen 1000-seitiges Opus magnum erst nach seinem Tod erschien und ihm weltweiten Ruhm einbrachte. Davon kann ich mir dann auch nichts mehr kaufen. Ich würde mich im Grab umdrehen."

Julian verstummte und blickte gedankenverloren vor sich hin, während sich Hannes wieder seiner Liste widmete. Er gab dabei ein leises Brummen von sich, das sowohl Zustimmung als auch Ablehnung bedeuten mochte, bis er plötzlich innehielt und ein Einsicht und Befriedigung signalisierendes „Aaah" hören ließ.

„Jetzt haben wir was. Davon haben wir neulich schon gesprochen, der Fernsehauftritt. Ich hatte da ja eine Idee, habe nachgefragt und es schaut sehr gut aus…"

Dead Man Walking

Bevor Julian sich der Verwirklichung der von Hannes geäußerten Idee widmen konnte, musste er erneut einen Kontrolltermin bei Dr. Kovaleva absolvieren, ihr von seinen ersten Erfahrungen mit dem Medikament berichten und ihr eine genaue Wiedergabe sämtlicher wahrgenommener Nebenwirkungen präsentieren. Zwar hatte er sich vorgenommen, der Versuchung, zu übertreiben, nicht nachzugeben, doch während er erzählte, entglitt ihm dieser Vorsatz und er schilderte sein Leiden in den schillerndsten und abscheulichsten Farben. Schließlich endete er damit, dass er voller Pathos sagte: „Alles in allem war es einfach eine schreckliche Zeit, ich habe zwischenzeitlich überlegt, ob es nicht humaner wäre, einfach zu sterben, ja, beinahe hätte ich gewünscht, einfach schon tot zu sein."

Gerade so, als wäre er körperlich erschöpft von der Rekapitulation seiner schweren Zeit, lehnte er sich auf seinem Stuhl zurück, als er sein Lamento beendet hatte, und blickte Dr. Kovaleva erwartungsvoll in die Augen. Diese zögerte einen Moment, schien das Gehörte zu überdenken, dann lächelte sie und sagte: „Ich versuche meine Patienten stets zu einer positiven Einstellung zu ihrer Erkrankung zu ermuntern, aber… naja, weil ich Ihre etwas morbide und sich selbst nicht ganz ernstnehmende Einstellung kenne, möchte ich einen zugegeben etwas makabren Vergleich anbringen, und ich hoffe, dass ich damit nicht doch eine Grenze überschreite: Sie erinnern mich beinahe etwas an diese Menschen, die sich für tatsächlich schon tot halten, auch wenn sie das absurderweise ihrer Umwelt durchaus noch mitteilen können."

Abwartend sah sie Julian an, doch der starrte nur gequält lächelnd und offenbar verständnislos zurück.

„Es soll da mehrere Fälle gegeben haben, wo Patienten ihrem jeweiligen Arzt erklärten, dass sie eigentlich schon tot wären, kein Gehirn mehr hätten und in einer Zwischenwelt gefangen seien. Einer wollte dann nur mehr auf dem Friedhof bleiben, weil er dort dem Tod näher wäre, eine junge Frau wollte kaum mehr essen, da sie, wie sie meinte, keine Organe mehr hätte und nur langsam verfaulen würde. Wie das im Detail zugegangen sein mag, ist nicht überliefert, aber das sind selbstverständlich nur Wahrnehmungsstörungen und die genannten Fälle konnten alle geheilt werden. In Ihrem Fall verhält es sich nicht ganz so schlimm, aber sie geben sich hier sehr mutlos und verzagt, oder irre ich mich?"

„Ich weiß nicht", antwortet Julian, „wie ein Zombie fühle ich mich eigentlich nicht, aber wie in einer Zwischenwelt, das trifft es ganz gut. Die Ungewissheit, wie es weitergeht, fühlt sich ziemlich übel an, und auch wenn ich wirklich versuche, das Beste draus zu machen, scheint alles irgendwie sinnlos, mir fehlt die Motivation für so vieles. Und wenn die Medikamente dann so wirken wie gerade beschrieben, dann fragt man sich, ob es das wert ist. Sollten die Medikamente nämlich nicht helfen, dann haben sie mir nur einen Teil meines vielleicht ohnehin nicht mehr langen Lebens versaut, also…"

„Hören Sie bitte zu", unterbrach ihn die Ärztin beinahe etwas ungehalten, „so dürfen Sie einfach nicht denken, das bringt niemandem etwas. Die Chancen, dass die Medikamente wirken und Ihnen noch ein einige Jahre des Lebens bescheren, sind nämlich nicht so gering, die Statistik spricht da ganz eindeutig für Sie. Der Krebs wird wahrscheinlich nicht mehr vollständig geheilt werden, das wäre wirklich eine Überraschung, aber er könnte so etwas werden wie eine Art chronische Erkrankung, mit der Sie zu leben lernen. Täglich Ihre Tabletten und ab und zu eine Kontrolle, wenn wir Glück haben, kann das sehr lange gut gehen. Das ist dann ähnlich wie Diabetes oder Rheuma, davon sind sehr viele Menschen betroffen, aber die nehmen auch einfach ihre Medikamente ein oder verabreichen sich ihre Spritze, lassen sich regelmäßig checken und führen davon abgesehen trotzdem ein weitgehend normales Leben. Aber klar, es kann auch anders kommen, doch Sie sind keinesfalls der erste Mensch, der von dieser Ungewissheit betroffen ist, viele Menschen stehen heute so wie Sie vor dem Wissen, dass ihr Ende möglicherweise naht und sie vielleicht nicht erst irgendwann in ferner Zukunft sterben werden. Früher war das den Alten vorbehalten, die sich langsam, mit jedem Jahr, das sie überstanden und in dem sie zugleich den fortschreitenden Verfall ihres Körpers wahrgenommen haben, auf das Ende gefasst machen konnten. Ich weiß das, weil es sogar mich schon betrifft, weil man schon in meinem Alter ständig an die Vergänglichkeit des Lebens erinnert wird, weil immer häufiger ein alter Bekannter stirbt, der manchmal kaum älter ist als man selbst, manchmal sogar noch jünger, und weil man immer wieder feststellt, dass irgendetwas wehtut, das früher nie Probleme gemacht hat, oder dass man etwas nicht mehr kann, was man bislang immer gekonnt hat. Heute kann das Wissen um den vielleicht bevorstehenden Tod jeden von uns und zu jeder Zeit betreffen, das ist dem medizinischen Fortschritt geschuldet, ein Aspekt des modernen Lebens. Auch wenn es anfangs schwerfällt, damit müssen Sie zurechtkommen lernen und Sie sollten sich glücklich schätzen, dass dem so ist. Klar, fast jeder wünscht sich, einfach friedlich im Schlaf zu sterben und gar nichts davon mitzubekommen. Aber beim Krebs passiert das nicht. Wenn man nichts tut, wird es einfach irgendwann rapide schlechter und die meisten Menschen haben dann ziemlich zu leiden. Sie hingegen haben die Chance, das abzuwenden oder es zumindest noch für vielleicht sehr lange Zeit hinauszuzögern. Nutzen Sie die Chance, versuchen Sie positiv zu sein und betrachten Sie die Nebenwirkungen als den vergleichsweise kleinen Preis, den Sie dafür bezahlen müssen."

Überrascht von dem eindringlichen Appell seiner Ärztin nickte Julian nachdenklich und versprach feierlich, dass er sich etwas mehr zusammennehmen würde, versuchen würde, das Gute zu sehen und das Schlechte vorerst auszublenden. Damit und mit der Versicherung der Ärztin, dass die Nebenwirkungen nun dauerhaft seltener und weniger schwerwiegend sein würden, verabschiedete er sich und ging etwas verwirrt, aber festen Willens, Dr. Kovaleva nicht zu enttäuschen nach Hause.

„Sie hat recht", versuchte er sich selbst zu motivieren, „es gibt noch einiges zu tun und vielleicht ja auch wirklich noch viel zu erleben. Und schließlich ist da ja auch noch Linda, das darf ich auf keinen Fall vergessen."

Die andere Liste...

Die Liste der erfreulichen Dinge, die er mit Hannes erstellte, und von der er so manches mit diesem „abzuarbeiten" beabsichtigte, war die eine Sache. Daneben erstellte Julian aber auch noch eine zweite Liste, eine sehr persönliche mit teils weniger erfreulichen Dingen, mit solchen, die nur ihn betrafen und ihm vor Hannes sogar zum Teil etwas peinlich gewesen wären. Wenn er wirklich annehmen musste, dass sein Leben bald zu Ende gehen konnte, dann würde er so manches noch gerne erfahren oder zu einem Abschluss bringen wollen.

Die Liste enthielt lediglich Namen und einige kurze Anmerkungen, die für den Nichteingeweihten höchst kryptisch wirken mussten.

> Bernd - warum
> Maria - warum
> Veronika -wo bist du?
> Sabine, fragen
> Linda – alles
> Mama - leb wohl
> Geschwister – lebt wohl und Mama
> Onkel Paul – danke für alles
> Andere Verwandte?
> Frau Roth – Teppich!
> Prof. Altenberg - vielen Dank

Die Einträge waren nicht nach Wichtigkeit geordnet, sondern entsprachen der Reihenfolge, in der sie Julian eingefallen waren, und sie enthielten daher neben einigem, das er unbedingt zu klären gedachte, auch Dinge, die er nicht wirklich so besonders wichtig empfand, die sich aber dennoch irgendwie für solch eine Liste zu eignen schienen. In diese zweite Kategorie gehörte die Geschichte mit Veronika. Veronika war seine erste echte Freundin gewesen, mit ihr hatte er seine Unschuld verloren und eine Hochphase größter Verliebtheit und sexueller Erkundungen erlebt. Bis sie ganz plötzlich, ohne vorherige Ankündigung, mit ihrer Familie nach Deutschland verzog und von heute auf morgen aus seinem Leben verschwand. Gerade noch waren sie ein Paar gewesen, hatten unzertrennlich Tag und Nacht miteinander verbracht, sich täglich ein oder mehrmals geliebt, und für den jeweils anderen die ganze wichtige Welt verkörpert. Dann kam die letzte Woche der Schulferien, Veronika verabschiedete sich von Julian zur Erledigung wichtiger Familienangelegenheiten, als er am ersten Schultag feststellen musste, dass sie nicht in der Schule aufgetaucht und als Schülerin des Gymnasiums abgemeldet worden war. Aufgeregt war er ins Büro des Direktors gestürmt, hatte Bestätigung für dieses ihm zugetragene absurde Gerücht bezüglich der Abmeldung gefordert und zu seinem Entsetzen auch erhalten. Sofort hatte er sich um Auskunft über ihren Verbleib bemüht, die Sekretärin bedrängt, ihm Veronikas neue Adresse zu geben, allein, sie konnte nicht, hatte keine nützliche Information dazu. Danach hatte er sich Veronikas beste Freundin vorgeknöpft, doch auch diese gab nichts preis, weigerte sich standhaft, ihm etwas zu verraten. Anfangs beteuerte sie, selbst nichts zu wissen, aber nachdem Julian nicht locker ließ und sie beharrlich weiter bedrängte, erklärte sie, dass sie ihm nichts verraten dürfe, Veronika ihr das Versprechen abgerungen hatte, ihm nichts über ihren Verbleib zu sagen. Über das

Warum und Wieso schwieg sie sich ebenfalls aus, und so war Julian völlig unvorbereitet und ahnungslos vom siebten Himmel der ersten Liebe und des berauschenden Sex in die tiefste Hölle des Sich-Verraten-Fühlens und der Verzweiflung abgestürzt. Und gelegentlich fragte er sich heute noch, wie wohl alles gekommen wäre, wäre Veronika nicht weggezogen und wären sie beide weiterhin ein Paar geblieben. Vielleicht war ja endlich die Gelegenheit gekommen, diese Freundin noch einmal zu fragen, schließlich konnte er nunmehr ein Argument anführen, das auch den hartherzigsten Menschen erweichen sollte.

Die Frage, die er Sabine stellen wollte, war sogar im Vergleich dazu recht trivial. Und dennoch, sie war ihm als eine der noch unabgeschlossenen Storys eingefallen, und es sollte ein Leichtes sein, wenigstens die Antwort auf diese Frage zu ermitteln und nicht als ein weiteres Geheimnis mit ins vielleicht nahende Grab zu nehmen. Auch Sabine war eine Freundin Julians gewesen, aber eine Freundin aus der frühen Jugendzeit, wo Sex noch keine Rolle gespielt hatte, wo noch Händchenhalten und ein feuchter Kuss auf den Mund ein Paar sich liebender von zwei bloß in Freundschaft verbundenen Menschen unterschieden hatten. Sabine war damals Letzteres für Julian, auch wenn er sich nichts mehr gewünscht hätte, als dass sie Ersteres für ihn wäre. Über viele Wochen dieses Sommers, über den sich diese Nicht-Romanze mit dem Mädchen aus dem Nachbarhaus erstreckte, trafen sie sich täglich, verbrachten so viel Zeit miteinander, wie es die Umstände erlaubten, gingen sie gemeinsam schwimmen, ins Kino, zogen durch die Siedlung und hatten dabei einander so viel mitzuteilen, wie Julian es noch mit keinem anderen Menschen in seinem Leben erfahren hatte. Und die ganze Zeit über schmachtete Julian sie an, begehrte sie auf eine noch unschuldige, kindliche Art, und wagte dennoch nie einen Vorstoß, der über einen freundschaftlichen Stupser hinausging oder ein mehr als nötiges enges Zusammenrücken um gemeinsam aus einem Comic zu lesen. Nie wagte er es, ihr seine Liebe zu gestehen, sich ihren Lippen mit den seinen zu nähern und zu ergründen, wie sie darauf reagieren würde. Oder ihr gar die große Frage zu stellen, mit der sich Liebesdinge in jenen Zeiten noch so einfach klären ließen: „Willst du mit mir gehen?" Stets hielt ihn die Angst zurück, dass dies alles zerstören und den trotz aller Unsicherheit bestehenden Zustand eines im Beinahe-Liebesglück schwebenden Daseins zu einem unerfreulichen Ende bringen könnte.

Und so wie es sich Jahre später mit Veronika wiederholen sollte, war auch in diesem Fall mit dem neuerlichen Beginn der Schule die Liebesbeziehung vorbei. Zwar sahen sich Sabine und Julian weiterhin, aber nur mehr zufällig, die Gespräche wurden kürzer, die Vertrautheit verblasste, bis sie sich irgendwann nur mehr freundlich und unverbindlich grüßten und schließlich einander gänzlich fremd wurden. Und dann erfuhr er, viele Jahre später, von einer gemeinsamen Freundin aus dieser Zeit, wie furchtbar verliebt Sabine in ihn gewesen sei und wie sehr sie gelitten habe, weil er nie etwas unternommen hatte. Julian konnte es nicht fassen, als sie ihm dies erzählte, und nach einiger Überlegung und dem Durchspielen seiner Erinnerungen an diese Zeit, auch nicht wirklich glauben. Die späte Aufklärerin aber beharrte auf ihrer Erzählung, aber weil sie dies alles etwas verwirrend erzählt und Julian damit für seinen Geschmack allzu sehr aufgezogen hatte, blieb er trotzdem weiterhin im Ungewissen. Und immer wieder hatte ihn seither die Erinnerung daran wie eine dem Kratzen unzugängliche Stelle der Seele in seinem Inneren gejuckt. Immerhin, im Unterschied zum Fall seiner Veronika hatte er hier die Kontaktdaten ganz ohne Probleme erhalten. Daher nahm er sich nun vor, Sabine mit so vielen Jahren Verspätung doch noch zu fragen, ob sie mit ihm gegangen wäre, wenn er sich seinerzeit überwunden hätte. Nicht sofort, er wollte nichts überstürzen, noch musste der Gedanke in ihm reifen. Doch sollte er sich wirklich dazu durchringen, dann würde er sie einfach anrufen oder sie sogar besuchen, noch war er unentschieden, was ihm besser gefallen würde.

Aber es blieb ja noch Zeit, und es gab so viele andere Dinge zu tun, Dinge, bei denen er weniger Zwiespalt empfand. Wie dieser Termin bei Tommy, den Hannes für ihn eingefädelt hatte, der erste Schritt auf dem Weg ins Fernsehen, zu seinem 15-minütigen Ruhm.

Über uns das Meer...

Tommy Wohnung befand sich im ersten Stock eines alten Mietshauses in einer kleinen Seitengasse, in der Julian noch nie zuvor gewesen war, wie er nun feststellte. Trotzdem hatte er das Haus ohne Mühe gefunden und war daher ein paar Minuten zu früh, als er entschied, dennoch auf die Klingel zu drücken. Er nahm ein Rumpeln und Poltern wahr, gefolgt von einem Fluchen, dann sah er durch die Oberlichte ein Licht angehen, und nach dem kurzen Geklimper eines Schlüsselbundes ging die schwere alte Tür vor ihm auf. Ein Mann in etwa Julians Alter stand vor ihm, in ausgewaschenen Jeans und einem alten Pullover gekleidet, mit schütterem braunem Haar, dichten Koteletten, Dreitagesbart und einem freundlichen Gesicht.

„Du musst Julian sein. Hi, ich bin Tommy."

Sie schüttelten einander die Hände, Julian wurde in die Wohnung gebeten und dann folgte er Tommy durch einen langen, spärlich beleuchteten Gang in eine ziemlich heruntergekommen wirkende Küche, möbliert mit einer alten hölzernen Eckbank, einem massiven Tisch mit tiefen Kerben und Kratzern in seiner Oberfläche, einem Regal voller Dosen, Nudelpaketen und alten Küchengeräten, und einem schon antik wirkenden Gasherd, auf dem eine klassische Espressokanne auf der offenen Flamme stand.

Tommy stammte aus der gleichen Heimatstadt wie Julian und Hannes, hatte dieselbe Schule besucht wie diese beiden und war vor allem Hannes oft am Abend in einem der Lokale über den Weg gelaufen, in denen Getränke billig und die Musik laut waren und in denen man bei Nachfrage auch etwas zum Kiffen bekommen konnte. Später sahen die beiden einander auch im Studium immer wieder, nachdem sie in die Provinzhauptstadt gezogen waren und oft die gleichen Studentenfeste besuchten.

„Vor allem WG-Feste gab es ja ständig, manchmal hier bei uns, dann wieder bei einer der anderen WGs, es war immer etwas los, aber im Grunde auch immer wieder das gleiche." Tommy hatte beiden eine Tasse Kaffee eingeschenkt, sich selbst drei gehäufte Löffel Zucker in die dunkelschwarze Brühe geschaufelt und für Julian eine Packung Milch auf den Tisch gestellt mit den Worten: „Aber riech zuerst, ob sie noch gut ist, ich glaube, die steht schon länger im Kühlschrank." Julian hatte dankend auf die Milch verzichtet und den viel zu starken, bitteren Kaffee schwarz und ungesüßt getrunken. „Und damit wir einmal etwas Abwechslung bekommen, habe ich beschlossen, meine Eierbecher auszustellen und die WG-Party sozusagen als Ausstellung anzukündigen."

„Bist du ein Künstler, oder wie kommt das?", fragte Julian überrascht. „Neben… was immer du studiert hast?" Julian konnte sich Tommy gut als Künstler vorstellen, er wirkte irgendwie „vernachlässigt", lebte mit Mitte vierzig noch in einer WG und schien auf stylische Möbel und Mode wenig Wert zu legen.

„Nein, überhaupt nicht", antwortete Tommy, „ich habe Politikwissenschaft studiert, und Deutsch und auch sonst noch ein paar Dinge, aber ich habe keinen Abschluss gemacht. Das ist sich irgendwie einfach nie ausgegangen, ich war immer mit diversen Jobs beschäftigt, als Hausmeister, als Sozialarbeiter, kurz auch als Journalist, von irgendwas muss man ja leben. Schließlich bin ich so etwas wie ein Lehrer geworden, ich versuche Ausländern Deutsch beizubringen, denn dafür genügt auch mein Beinahe-

Abschluss schon." Tommy stand auf, goss sich eine weitere Tasse Kaffee in seine alte Tasse, bei der der Henkel abgeschlagen war, und bot auch Julian an, ihm nachzuschenken, was dieser dankend ablehnte.

„Zu den Eierbechern bin ich durch einen alten Freund gekommen. Er hat sie in einer Abbruchvilla gefunden und mir dann mitgebracht, weil er schon selbst so viel alten Krempel bei sich daheim angesammelt hat, dass er gar keinen Platz mehr dafür hat. Jedenfalls habe ich dann die Idee gehabt, an der Zimmerdecke ein altes Fischernetz festzumachen und von dort, jeweils an einer langen Schnur, die Eierbecher herunterhängen zu lassen. Das hat spektakulär ausgesehen, die Leute, die mich besuchten, waren immer begeistert, wenn sie das gesehen haben, und ich habe danach unzählige weitere Eierbecher geschenkt bekommen, inzwischen sind es sicher schon an die 500 Stück."

„Wow", sagte Julian anerkennend, „500 Eierbecher. Und hängen die immer noch irgendwo von der Decke?"

„Nein", antwortete Tommy, „inzwischen liegen die in diversen Kartons, nur ein paar Prunkstücke habe ich im Bücheregal stehen. Auf Dauer will man nicht unter einem Fischernetz voller herabbaumelnder Eierbecher leben, außerdem wären es inzwischen viel zu viele, das ginge sich nicht mehr aus."

„Verstehe. Aber bei dieser Party hat dann wohl Hannes die Becher gesehen", sagte Julian, „er war jedenfalls total beeindruckt davon, fand sie irrsinnig cool."

„Ja, er kannte eine meiner Mitbewohnerinnen, wir wussten davor gar nicht, dass wir einen gemeinsamen Bekannten haben. Sie hat ihn eingeladen und da muss er das wohl gesehen haben. Dass er das heute noch weiß, also wirklich, bei dem, was wir damals getrunken und gekifft haben auf diesem Fest…"

Nachdem sie noch eine Weile in alten Zeiten geschwelgt und Julian erneut eine weitere Tasse der grauslichen Brühe abgelehnt hatte, zeigte Tommy ihm die Kartons mit den Eierbechern und half ihm anschließend, diese zum in der Nähe geparkten Auto zu bringen. Tommy hat die Idee gemocht, die Eierbecher so prominent zu präsentieren, und mit Vehemenz abgelehnt, irgendeine Form der Bezahlung dafür anzunehmen.

„Aber du kannst mir gerne mal ein Bier spendieren, wenn wir uns über den Weg laufen. Ich bin froh, wenn die Becher noch für irgendetwas gut sind, vielleicht will sie dann sogar jemand kaufen, wer weiß."

Julian bedankte sich überschwänglich, stieg ins Auto und machte sich auf den Weg nach Hause, mit fast 500 Eierbechern im Kofferraum und dem Plan, mit ihrer Hilfe ins Fernsehen zu kommen.

Zu Hause angekommen rief er gleich Hannes an, um ihm von seiner erfolgreichen Mission zu berichten. Nach einem kurzen Wortwechsel über das Aussehen und das Verhalten von Tommy, der sich, wie Hannes mutmaßte, kein bisschen verändert zu haben schien, sagte Hannes: „Übrigens, ich habe gute Nachrichten, ich habe alles arrangiert. Komm morgen um 15 Uhr in unser Café, zieh dir was Ordentliches an und putz dir vorher Nase und Zähne!"

Date mit einem Clown

„Ich muss dir etwas gestehen. Das ist das erste Mal für mich, ich habe das noch nie gemacht. Bitte sei sanft mit mir."

Leya neigte den Kopf zur Seite und schenkte Julian ein schelmisches Lächeln.

„Das gleiche gilt auch für mich", antwortete Julian, „wir sind hier beide Jungfrauen, Dating-Jungfrauen. Oder genauer: Blind-Dating-Jungfrauen. Wir werden es einfach sehr vorsichtig angehen, niemand wird verletzt und niemandem geschieht ein Leid."

Leya nickte zustimmend, dann zog sie ihre Schultern hoch und machte ein Gesicht, das gespielte Peinlichkeit ausdrückte.

„Aber ich muss auch noch ein zweites Geständnis machen, das vielleicht etwas peinlich ist."

Julian fand den deutlich hörbaren spanischen Akzent witzig, ja sogar charmant, er grinste innerlich darüber, wie sie über das ‚zweite Geständnis' gestolpert war, wie sie ‚peinlich' mit einem weichen B ausgesprochen hatte.

„Nur zu, was sollte noch peinlicher sein, als eine Blind-Dating-Jungfrau zu sein? Heraus damit!"

„Ich habe ehrlich gesagt jemand anderen erwartet, einen anderen Mann, jemanden namens Hannes."

‚Annes', wie sie den Mann nannte, das überraschte Julian, und er wich mit dem Oberkörper leicht zurück, saß nun beinahe aufrecht in seinem Stuhl und fragte: „Aber das ist ja ein Blind Date, wie kannst du da jemand Bestimmtes erwarten? Oder macht man das in Spanien anders als hier?" Er schüttelte leicht den Kopf und fuhr fort:

„Hannes heißt mein Freund, der mich hierher geschickt hat. Er ist offenbar ein Bekannter deiner Freundin Monika, die ich selbst gar nicht kenne."

„Ach, so ist das", rief Leya aus, „da habe ich sie wohl falsch verstanden, als sie Hannes erwähnte. Ich habe mich ehrlich gesagt schon gewundert, dass Hannes auf diese Weise jemanden sucht."

„Was, du kennst also Hannes?", fragte Julian verblüfft.

„Nein, nicht wirklich, aber ich habe ihn schon ein paarmal gesehen. Bei einigen seiner Auftritte im Parkhotel, gesprochen habe ich noch nie mit ihm. Aber er wird dort immer von den Frauen umschwärmt, von… wie sagt man das auf Deutsch, auf Englisch sagt man ‚Groupies'."

„Das sagen wir auch auf Deutsch so, dafür kenne ich kein anderes Wort. Dann arbeitest du auch in diesem Hotel? Oder wie kommt das?"

„Ich habe dort gearbeitet, derzeit nicht mehr, vielleicht später wieder einmal. Ich arbeite nämlich als… Clown."

Was folgte, war ein kurzer Abriss von Leyas Werdegang, während dessen sie dem staunenden Julian schilderte, wie sie anfangs in einem großen Ferienclub auf ihrer Heimatinsel Mallorca und später dann auch in Hotels in Österreich die Menschen unterhalten hatte und das immer noch tat. Von den in die Vormittagsbetreuung abgeschobenen Kleinkindern, denen sie mit geschickt zu Tieren gefalteten Luftballons und harmlosen, kleinen Zaubereien die Zeit vertrieb, bis zu den sich langsam an der Poolbar betrinkenden Erwachsenen am Abend, die sie mit Kartentricks, Jonglieren und Feuerspucken bei Laune hielt.

„In den Hotels hier fällt das Feuerspucken weg", erzählte sie weiter, „aber das ist auch besser so, man verliert immer seinen Geschmack, wenn man das macht. Das ist für das Essen nicht gut und auch nicht für das Küssen."

Julian hatte gebannt zugehört, immer wieder seinen Unglauben äußernd, dass er nun tatsächlich mit einem weiblichen Clown verabredet war, und er wollte gerade auf die Bemerkung zum Küssen eingehen, als Leya fortfuhr: „Aber wenn ich nicht zaubern könnte", Leya zeigte Julian kurz ihre leeren Handflächen, beugte sich zu ihm vor, stützte sich mit einer Hand an seinem Oberschenkel ab und fasste ihm dann mit der anderen Hand an sein Ohr, „dann könnte ich auch nicht diese Euromünze in deinem Ohr finden, glaubst du nicht?"

Wie aus dem Nichts war eine 2-Euromünze erschienen, die sie Julian nun vor das Gesicht hielt. „Und außerdem hättest du mir wohl auch nicht so einfach deine Geldtasche gegeben, wo wir uns doch noch gar nicht richtig kennen", setzte sie nach und hielt ihrem verblüfften Gegenüber breit grinsend das Portemonnaie vor die Nase.

„Aber... das gibt's doch gar nicht!", rief Julian überrascht aus und griff unwillkürlich an die Gesäßtasche seiner Jeans, nur um festzustellen, dass sich seine Geldtasche tatsächlich nicht mehr dort befand, wo er sie üblicherweise trug. Mit einem Seufzer des Erstaunens nahm er die von Leya dargebotene Geldtasche entgegen, warf einen kurzen Blick hinein und stellte fest, dass es wirklich die seine war.

„Wow. Ich habe nicht das Geringste bemerkt. Wozu arbeitest du da noch, du kannst dir das Geld ja einfach so nehmen", fragte Julian scherzhaft, „das geht viel einfacher und schneller!"

„Ein bisschen arbeiten, das ist als Tarnung ganz gut", antwortete Leya und lachte, wobei sie das Gesicht so verzog, dass nicht klar wurde, wie ernst sie es meinte. „Auf jeden Fall kenne ich durch diese Arbeit als Clown deinen Freund Hannes. Woher kennst du ihn?"

„Wir sind alte Freunde, wir kennen uns schon seit der Schule. Aber jetzt mal im Ernst, du hast gedacht, du triffst hier Hannes? Bist du nun enttäuscht? Soll ich für dich ein Treffen mit ihm einfädeln?"

Leya lachte verschämt, schüttelte den Kopf und sagte für Julian wenig überzeugend: „Nein, das ist mir jetzt unangenehm. Ich war nur überrascht, dass du gekommen bist und nicht er. Du bist auch sehr nett, da bin ich sicher."

„Ja klar bin ich das, nur nicht so extrovertiert wie Hannes, im Grunde bin ich sogar etwas schüchtern. Deshalb hat es mich einige Überwindung gekostet, ein Blind Date zu vereinbaren, ich konnte ja nicht ahnen, dass jemand so Nettes wie du daherkommt. Und dass wir gleich über gemeinsame Freunde reden können…"

Das Gespräch verlief angenehm, und sie sprangen zwanglos von einem Thema zum nächsten, es gab keine Zeit für peinliche Pausen oder irgendeine andere Unannehmlichkeit, wie sie sich Julian als ein mögliches Problem beim Treffen zweier einander Unbekannter ausgemalt hatte. Aber trotzdem war er nicht glücklich mit dem Verlauf ihrer Unterhaltung, war enttäuscht über die Belanglosigkeit von Allem, das fehlende Kribbeln und das Ausbleiben des Unerwarteten. Noch während sie sprachen, analysierte er bereits die Gründe dieses Scheiterns, fand den einen in Leyas enttäuschter Erwartung, jemand anderes zu treffen, und den anderen in seiner unsinnigen Motivation für das Ganze. Ein Blind Date ohne die ernsthafte Absicht, jemanden kennenzulernen, das funktionierte offenbar genauso wenig wie der absichtsvolle Versuch, spontan zu sein, es war von Beginn an zum Scheitern verurteilt und konnte nur in einer Enttäuschung münden. Als das Gespräch nach längerem schließlich doch an Schwung verlor, beschloss Julian, ein einigermaßen würdevolles Ende herbeizuführen, und versuchte zugleich, Leya irgendwie eine Freude zu bereiten.

„Jetzt reden wir schon so lange dahin, fast hätte ich die Zeit übersehen. Ich muss heute leider noch arbeiten, ich habe kurzfristig einen Auftrag bekommen, den ich nicht verschieben kann und, ehrlich gesagt, was das Geld betrifft, auch nicht verschieben will."

„Das ist kein Problem, das verstehe ich", antwortete Leya, „ich bin selbst auch nicht reich, muss die Jobs nehmen, so wie sie kommen. Wir können uns ja wiedersehen, wenn du möchtest."

„Es ist wirklich sehr freundlich, dass du das sagst", gab Julian zurück, „und ich finde dich auch sehr nett. Aber ich möchte dir etwas viel Besseres anbieten: Soll ich ein Treffen zwischen dir und Hannes einfädeln? Ich werde ihm schildern, wie großartig du bist und wie hübsch, das will er sich sicher nicht entgehen lassen. Aber vielleicht kennt er dich ja auch schon, jetzt wo ich weiß, dass ihr nebeneinander gearbeitet habt..."

„Nein, das glaube ich kaum, ich laufe da immer geschminkt herum, mit einer lächerlichen Perücke, manchmal mit einer roten Nase. Falls er mich kennt, dann höchstens als seltsamen Clown. Ich bin nicht so sicher, ob ein Date mit einem Clown so reizvoll ist."

Julian lachte kurz auf und dachte, dass er es eigentlich ganz witzig fand, von nun an von einem Blind Date mit einem Clown berichten zu können. Er bemühte sich aber sofort, Leyas Bedenken zu zerstreuen, erklärte ihr, dass es ja ein Date unter Berufskollegen wäre, Entertainer unter sich, und überredete sie letztlich dazu, sich zu einem Viererdate wieder zu treffen, mit Hannes und einer Freundin, die Leya mitbringen würde. Als sie auseinandergingen, gaben sie sich schüchtern ein Küsschen auf die Wange und gingen mit einem Gefühlsmix aus leichter Enttäuschung und gedämpfter Freude ihrer jeweiligen Wege. Schließlich wussten da beide noch nicht, was sie gerade begonnen hatten.

Hirn scharf im Ei

„Ich habe eigentlich immer schon gerne weiche Eier gegessen, im Grunde meine ganze Familie. Und meine Mutter war immer stolz darauf, dass sie jedem von uns ein Ei genauso zubereiten konnte, wie er oder sie es am liebsten mochte. Vom fast noch flüssigen Ei, wie es mein Vater wollte, über das Ei mit einer deutlichen weichgekochten Eiweißhülle, in dem das zähflüssige Dotter schwamm – so mochte ich es immer haben - bis zum fast harten Ei, das meine Schwester bevorzugte. Das klingt vielleicht nicht so spektakulär, aber das konnte sie mit Eiern jeder Größe und überall, daheim in den Bergen genauso gut wie am Meer, wo die Bedingungen ja ganz andere sind."

Hannes hatte es tatsächlich geschafft. Er hatte die Redaktion des landesweit ausgestrahlten Staatssenders kontaktiert, sich beharrlich von einer zur nächsten Abteilung weiterverbinden lassen, immer wieder eine Kurzversion seiner Geschichte erzählt, bis er endlich eine Redakteurin an der Strippe hatte, die tatsächlich zuständig schien und bereit war, auch die Langversion seines Anliegens anzuhören. Letztendlich war die gute Frau sogar hocherfreut, betonte, dass man immer auf der Suche nach einer interessanten Geschichte wäre, und dass sie die von ihm geschilderte durchaus als solche sehen würde. Man kam überein, dass sie sich noch einmal kurz mit Julian selbst treffen würde, wo sie sich dann einigermaßen gestresst wirkend die Geschichte ein weiteres Mal erzählen ließ, Details nachfragte und sich seiner Bereitschaft versicherte, in der Wohnung Filmaufnahmen machen zu lassen. Schließlich hatte man telefonisch den genauen Termin fixiert und die

Redakteurin war — aufgebrezelt wie zu einem Business-Treffen, wie Julian bemerkte — gemeinsam mit einem mit schwerem technischem Equipment beladenen Kameramann an seiner Tür erschienen. Nach einer kurzen, eher förmlichen Begrüßung führte Julian beide in das ‚Sammlungs-Zimmer‘, wie er es spontan bezeichnete, der Kameramann führte verschiedene Messungen durch, stellte zwei auf Dreifüßen montierte Studioleuchten auf, prüfte das von der Redakteurin gehaltene Mikrophon, und das Interview begann.

„Das ist ja interessant“, sagte die Redakteurin mit ernster Miene und nickte dazu, „dann hat Sie schon ihr Elternhaus auf Ihr Hobby vorbereitet. Oder es vielleicht sogar gefördert, wie war das? Was war der Auslöser, was hat Sie dazu gebracht, Eierbecher zu sammeln?“

„Der eigentliche Auslöser war der Tod meines Onkels Walter, des Bruders meiner Mutter, der viel zu jung bei einem skurrilen Unfall gestorben ist. Er konnte uns leider nichts wirklich Wertvolles hinterlassen, nur seinen Hausrat. Aber als ich meiner Mutter dabei half, die Wohnung von Onkel Walter auszuräumen, da stieß ich auf einen Karton voller Eierbecher. Keiner weiß, woher er die hatte, meine Mutter hat keine Ahnung, ob er sie gesammelt hat oder wie er sonst dazu gekommen war. Aber weil mir die Becher gut gefielen und ich derjenige war, der sie entdeckt hatte, durfte ich sie behalten. Ich habe sie dann in meinem Zimmer zur Dekoration aufgestellt, es waren ein paar ganz nette dabei, einer in der Form eines Hasen, ein Doppeleierbecher — das ist was Seltenes, wie ich inzwischen weiß - einer mit Füßen unten dran und viele andere, so circa dreißig waren es anfangs. Und immer, wenn wir Besuch   hatten,   dann   hat   meine   Mutter   diese

Minisammlung ganz stolz vorgeführt, und so haben die Leute dann begonnen, mir immer Eierbecher mitzubringen, wenn sie vorbeikamen. In der Folge wuchs die Sammlung allmählich an, wurde größer und größer, ich habe dann ein bisschen dazu gelesen, welche Arten von Eierbechern es gibt, woran man die wertvollen und die billigen erkennt und so weiter. Und als ich erwachsen war, habe ich dann selbst aktiv gesammelt, auf Flohmärkten, wenn ich im Ausland unterwegs war, auf Flughäfen, wo immer ich welche entdecken konnte."

„Und inzwischen haben Sie eine wahrhaft beeindruckende Sammlung, wie man hier sehen kann."

Die Fernsehfrau winkte den Kameramann heran, deutete auf eines der Regale, in dem die Eierbecher aufgereiht standen, und schlug ihm vor, dass er in einer Nahaufnahme mit einer langsamen Kamerafahrt die Vielfalt der Objekte dokumentieren sollte.

Dann fuhr sie fort, Julian zu befragen: „Wie viele Eierbecher sind es inzwischen? Und welche davon sind ganz besonders, mit welchen verbinden Sie eine besondere Geschichte? Können Sie uns Ihre herausragenden Objekte einmal herzeigen?"

Julian kratzte sich am Kopf, kniff den Mund zusammen und gab ein überlegendes Brummen von sich.

„Es werden so an die 800 Stück sein, ich habe sie schon länger nicht mehr gezählt, muss ich zugeben, habe auch noch einige, die ich erst katalogisieren muss. Ich bekomme ja sehr häufig neue angeboten, oft auch welche geschenkt. Aber ich bin mittlerweile etwas wählerisch geworden, den 0815-Eierbecher aus dem 1-€-Shop kann ich nicht mehr gebrauchen, es muss schon etwas Besonderes sein, das ist auch eine Frage des Platzes."

Es nahm zielsicher einen der Eierbecher, die am Schreibtisch standen, hielt ihn der Frau, einem kleinen Pokal gleich, vor das Gesicht und sagte: „Das ist ein ganz klassischer Eierbecher, einfaches Standbein, kurzer Stil, halbhoher Becher. Das Besondere daran ist, dass er aus Porzellan ist und mit matten Reliefs verziert, dazwischen glasierte Flächen, kein Allerweltsbecher. Auch wenn er auf den ersten Blick unspektakulär wirkt, ist das ein sehr begehrtes Objekt. Und der hier ist vielleicht der exotischste Becher von allen, er soll aus Nordkorea stammen, wie man an diesem Stempel hier sehen soll."

Julian hielt die Unterseite eines weiteren Eierbechers Richtung Kamera, schlicht, schwarz, unspektakulär.

„Aber das konnte ich bisher nicht eindeutig verifizieren. Doch falls es stimmt, wer hat schon einen Eierbecher aus dem Arbeiterparadies von Kim Jong-un?"

Er stellte den kommunistischen Eierbecher mit übertriebener Vorsicht auf seinen Platz zurück und fuhr fort: „Oder der hier", er hob einen anderen Eierbecher zur Redakteurin, „den habe ich aus Peru, der ist sehr speziell. Sie wissen vielleicht, dass man in Peru Meerschweinchen isst, so wie man bei uns Hühnchen isst, im Grunde gar nichts Besonderes. Aber Meerschweinchenhirn", Julian legte die Betonung auf das Wort Hirn, "das ist eine Delikatesse, die bekommt man nicht überall. Und dort, wo sie serviert wird, da wird sie in solch einem Eierbecher serviert. Warum das so ist, konnte mir niemand erklären, die einzige Verbindung, die mir dazu einfällt, ist ‚Hirn mit Ei', aber ein Ei ist kein Bestandteil des peruanischen Gerichts, von daher…. Schauen Sie, dieses peruanische Karomuster, ganz filigran und handgemalt, das macht man nur für diese Becher, die normalen schauen aus wie unsere Eierbecher."

„Das wusste ich ja gar nicht, hast du das gewusst, Heinz?", sie sah den Kameramann fragend an, der schüttelte den Kopf, sie fuhr fort: „Das ist ja dann eine ganz kleine Portion, nicht wahr, so groß wird das Hirn eines Meerschweinchens ja kaum sein."

„Ungefähr vier Gramm bei einem ausgewachsenen Meerschweinchen", antwortete Julian sachkundig. „Aber zum einen gibt es ja diese Riesenmeerschweine, da ist das Gehirn etwas größer, und zum anderen bekommt man drei bis fünf Hirne in einem Becher serviert, spießt sie mit einer Art Zahnstocher auf, tunkt sie in eine scharfe Soße und genießt. Aber das ist ja auch nur für spezielle Anlässe gedacht, es ist ziemlich aufwändig, das Hirn herauszuschneiden. Das Großartige dabei ist für mich ja dieser spezielle Becher, so etwas hat fast niemand sonst, wenigstens bei uns nicht, verständlicherweise."

„Verständlicherweise", bekräftigte die Redakteurin und gab dem Kameramann ein Zeichen, näher zu kommen. Dieser nahm auch diesen Becher in Großaufnahme ins Bild, dann stellte ihn Julian zurück auf den Tisch.

„Und welches ist nun das Prunkstück ihrer Sammlung, welcher ist der teuerste Becher und wie viel ist der Wert?" Die Redakteurin sah Julian mit einem fragenden Blick an und machte eine ausladende Handbewegung, gleichsam die Gesamtheit der Eierbechersammlung in ihre Frage mit einbeziehend.

„Den genauen Wert meiner Becher kenne ich nicht, wie ich zugeben muss, ich weiß nur von einigen, dass sie einigermaßen wertvoll sind. Und der teuerste ist wahrscheinlich dieser hier", er griff sich einen eher unscheinbar aussehenden Becher aus dem Regal, „der ist aus Meissner Porzellan, mit einer handgemalten Watteau-Malerei drauf, aus dem 18. Jahrhundert. Ich habe ihn sehr günstig auf einem Flohmarkt in Wien gekauft, einfach, weil er mir gefallen hat, auch der Verkäufer hatte offenbar keine Ahnung, welchen Schatz er da feilgeboten hat. Aber dann habe ich in einem Fernsehbeitrag über Meissner-Geschirr auch so einen Becher gesehen und meinen daher schätzen lassen. Er ist ungefähr 300 Euro wert, gar nicht übel, nicht wahr? Die teuersten kommen aber aus China, sind sehr alt und bis zu 1500 Euro wert, oder aber aus einer bestimmten englischen Manufaktur, die kosten auch über 1000 Euro."

Julian stellte auch den kostbaren Eierbecher wieder zurück, dozierte weiter: „Die Briten und Amerikaner sind da sowieso ganz verrückt beim Sammeln. Die haben im Englischen sogar ein eigenes Wort fürs Eierbechersammeln: ‚Pocillovy', das kommt von den lateinischen Wörtern für kleine Schale und Ei, echt schräg, finden Sie nicht? Allerdings steht die weltweit größte Sammlung an Eierbechern nicht in Amerika, sondern in Holland, da hat jemand über 40.000 Eierbecher, da bin ich richtiggehend arm im Vergleich."

Nach ein paar weiteren, eher allgemeinen Fragen zum Thema und noch einigen zu Julians Person ließ die Redakteurin den Kameramann noch einen Rundgang durch das Zimmer filmen, erfuhr von Julian, dass er das Zimmer nur für diesen Beitrag zum Ausstellungsraum umdekoriert hatte, er die Becher normalerweise alle in einem Regal zusammengedrängt aufbewahrte, und ließ sich noch einige Fachbegriffe erklären, die sie pflichtbeflissen in ein schickes Notizheft kritzelte.

Als sie nach beinahe zwei Stunden zu einem Ende gekommen waren, schien die Fernsehfrau höchst zufrieden, versicherte Julian, dass der Beitrag noch in dieser Woche ausgestrahlt werden würde und dass er eine Benachrichtigung bekäme, wenn der Sendetermin erst einmal feststand. Julian verabschiedete sich auch vom Kameramann in übertrieben freundlichem Ton, betonte, wie großartig er alles gefunden hätte und wie gespannt er auf den fertigen Beitrag wäre. Nachdem er endlich wieder allein war, rief er sofort Hannes an und wollte ein Treffen vereinbaren, es drängte ihn, das soeben Erlebte mit jemandem zu teilen. Der vertröstete ihn allerdings auf den nächsten Abend, weil er selbst bereits verabredet war, und so blieb Julian nur ein einsamer Abend vor dem Fernseher, den er in seiner überdrehten Stimmung nach dem Fernsehdreh nur schwer ruhig sitzend überstand, sodass er sich erst nach vier Folgen der Serie Breaking Bad müde genug fühlte, um ins Bett zu gehen. In welchem dann, an der Schwelle zum Schlaf, wirre Gedanken seinen Kopf durchliefen, er Walter White in Unterhosen in der Wüste stehen sah, einen Eierbecher in der einen, einen Revolver in der anderen Hand, und eine Stimme im Off proklamierte: „Ich bin Heisenberg, der König der Eierbechersammler."

Eier-Feier

Anstelle eines Treffens in einer der sonst üblichen Bars hatte Hannes Julian diesmal an die Adresse eines gemeinsamen Bekannten bestellt, eine Wohnung, in der dieser zusammen mit zwei Frauen wohnte. Julian hatte immer wieder gerätselt, ob es sich dabei um eine Wohngemeinschaft oder eine Sexkommune handelte, aber bisher noch nie eine Antwort auf die Frage bekommen. Als er durch die Tür in die große Wohnküche eintrat, empfing ihn ein vielstimmiges Jubelgeschrei, das ihn verblüfft in der Bewegung innehalten ließ. Ein „Woohooo" und „Yeaaaah" ertönte aus den Kehlen mehrerer Frauen und Männer, und alle ließen mit erhobenen Gläsern den überraschten ‚neuen Stern am TV-Himmel' hochleben. Während Julian noch dabei war, sich einen Überblick über die Situation zu verschaffen, wurde ihm bereits von irgendwoher ein Glas Prosecco in die Hand gedrückt, und als er reihum mit den Anwesenden anstieß, erkannte er, dass hier zwar nicht unbedingt beste Freunde versammelt waren, aber überwiegend gute Bekannte sowie einige ‚Anhängsel' derselben. Neben dem Mann der WG namens Aron, den Julian am besten von allen kannte, ein Deutschlehrer mit einem Faible für Griechenland und abenteuerliche Motorradausflüge, sowie seinen Mitbewohnerinnen Verena (Französisch/Geschichte, Fernreisen) und der hübschen Julia (Profession und Hobby unbekannt), waren noch Harald und Jan anwesend, zwei, wie Julian vermutete, schwule Inhaber einer Rad-Reparaturwerkstätte, der Lebenskünstler, Frauenheld und ewige Student diverser geisteswissenschaftlicher Fächer Peter und die beiden städtischen

Beamten Helene (Bildung/Kultur) und Florian (Bauwesen, Infrastruktur). Julian war einigermaßen verblüfft ob der bunten Gruppe, kannte die Beziehungen und Querverbindungen nicht, doch fühlte sich letztlich vor allem darin bestätigt, dass in seiner Provinzstadt eben doch jeder jeden irgendwie kannte.

„Ein Wahnsinn, dieser Beitrag", platzte Verena heraus, „interessant, skurril, absurd, was will man mehr?"

Unter dem zustimmenden Gejohle der Freunde stand sie auf, umarmte Julian herzlich, trat einen Schritt zurück und fragte, ihn immer noch an beiden Armen festhaltend: „Und du sammelst wirklich Eierbecher? Ist das eine Art ironisches Spießbürgerprojekt oder meinst du das wirklich ernst? Du hast so ein seltsames Hobby und ich habe nichts davon gewusst? Ich hätte dir doch liebend gerne Eierbecher aus meinen Urlauben mitgebracht, ich war schon überall, das weißt du ja. Hast du zum Beispiel schon einen Eierbecher aus Borneo oder…", sie zögerte kurz, dachte nach und sagte "aus Jamaika? Die haben vielleicht spezielle Eierbecher mit Dreadlocks oder in Form von Haschpfeifen, wer weiß?"

Sie drängte Julian auf einen freien Stuhl, setzte sich selbst ebenfalls wieder hin und fuhr fort: „Du musst uns allen einmal eine Privatführung geben, es ist ein Skandal, dass wir das erst aus dem Fernseher erfahren."

Julian grinste breit, schüttelte den Kopf und blickte auf Hannes, der eingeklemmt zwischen Julia und Helene saß und ebenfalls grinste. Dann fragte er, den Blick auf Hannes gerichtet: „Weiß denn hier wirklich niemand Bescheid? Hast du niemandem erzählt, dass …?"

„Ich habe es euch doch gesagt!", rief Peter mit zum Triumph erhobener Hand. „Kein normaler Mensch sammelt Eierbecher. Und diese Interviewerin, das war doch alles gestellt!"

Nun musste Julian herzlich lachen, schüttelte verneinend den Kopf und klärte die Runde unter ungläubigem Staunen auf, wie es sich tatsächlich verhielt. Er erzählte, wie er zu der Sammlung gekommen war und sich durch ein wenig Internet-Recherche zum Eierkenner gebildet und sich über ‚Pocillovy' und Watteau-Malerei kundig gemacht hatte. Ebenso klärte er die Runde sogar ein wenig stolz darüber auf, dass er die Meerschweinchen-Hirn-Becher-Story einer spontanen Eingebung folgend ersponnen hatte, ebenso wie den Becher aus Nordkorea und genauso wie sämtliche andere Details, die in irgendeiner Weise besonders seltsam geklungen hatten. Es entspann sich ein überaus witziger gesellschaftlicher Abend, bei dem, auch wenn sich Julian selbst diesbezüglich ein wenig zurückhielt, reichlich Bier und Wein flossen und bei dem die Chuzpe und der Erfindungsreichtum beider Freunde ausgiebig gewürdigt und gefeiert wurden. Als Julian zwischendurch einmal kurz am WC verschwand und vor der Klomuschel stehend ein wenig zur Ruhe kam, wurde ihm plötzlich bewusst, dass er seit langem das erste Mal wieder so etwas wie wahre Freude empfand, den Augenblick genoss und den Krebs für einige Momente völlig vergessen hatte. Und im Bewusstsein, dass diese Momente kostbar waren und nicht beliebig wiederholbar, ließ er sich daher auch auf einen heftigen Flirt mit Julia ein, die schon angetrunken Avancen gemacht und die Gemeinsamkeit ihrer beiden Vornamen wiederholt zum Grund für einen Tequila-Shot erkoren hatte. Endlich erfuhr Julian, dass auch sie als Lehrerin arbeitete (Volksschule, alle Fächer), und dass ihre Leidenschaft der Literatur galt, ja sie sich sogar selbst als Schriftstellerin versuchte. Und weil sie ihn, der vom Schreiben ja zu leben schien, als kompetent erachtete, Geschriebenes zu beurteilen, rang sie ihm das Versprechen ab, sich eines ihrer Manuskripte durchzulesen und ihr seine Ansicht dazu kundzutun.

„Heute wirst du wahrscheinlich nicht mehr viel lesen wollen", sagte sie irgendwann, mit leichtem Zungenschlag die Wirkung der Tequilas verratend, „aber ich könnte dir ja wenigstens die Manuskripte zeigen, gleich hier in meinem Zimmer, wenn du willst. Ich schreibe nämlich alles immer zuerst auf Papier."

Sie malte mit einer Wellenbewegung ihrer Hand unsichtbare Schriftzeichen in die Luft und ließ sie dann wie absichtslos auf den Oberschenkel von Julian herabsinken. Als der Abend zu Ende ging, überzeugte Julian sie davon, die Manuskripte ein andermal anzusehen, und nahm sie schließlich im Taxi mit zu sich selbst nach Hause, wo sie betrunkenen und völlig enthemmten Sex hatten und sich am nächsten Morgen nach der gegenseitigen Beteuerung der Unverbindlichkeit dieser Tatsache gut gelaunt voneinander verabschiedeten. „Und zu allem dazu noch habe ich jetzt wohl das Geheimnis dieser WG gelüftet", dachte Julian bei sich, nachdem er sich wieder ins Bett gelegt hatte, und erinnerte sich zugleich daran, dass es Zeit war, sein Medikament einzunehmen. Doch noch ehe es dazu kam, war er schon wieder eingeschlafen, die Nacht war kurz gewesen, kurz und ereignisreich.

Superman

Als er wenige Stunden später wieder erwachte, hatte er einen Hangover wie schon sehr lange nicht mehr, und es überfielen ihn Zweifel, wie vernünftig das war angesichts seines Zustands und seiner medikamentösen Behandlung. Er hatte die Informationen zum Medikament genauestens studiert und auch die Ärztin detailliert dazu befragt. Daher wusste er zwar, dass der Genuss von Alkohol im Prinzip kein Problem darstellte und gegen Trinken keine Gegenanzeigen vorlagen. Aber dass damit auch die am Abend zuvor konsumierten Unmengen von Bier und Tequila gemeint waren, das hielt er für unwahrscheinlich, das hatte wohl niemand getestet.

Andererseits, überlegte er, als sich sein Kopfschmerz zu legen begann, war der Abend ein wirklich gelungener gewesen, die Feier und auch der Sex mit Julia etwas, das er überaus genossen hatte. Und war das nicht genau das, was er gesucht hatte, sollte er tatsächlich gute Unterhaltung und Sex bedauern und nicht jene Tage, die er voll Langeweile und Routine verbracht hatte? War denn sein Ziel nicht, die vielleicht letzten Tage in seinem Leben nach Möglichkeit mit Freude und Lust zu füllen?

Nachdem er zwei Tassen starken Kaffee getrunken und die Online-Schlagzeilen auf dem Tablet gecheckt hatte, ging es ihm wieder besser, aber die Überlegungen zur letzten Nacht hatten ihn — wieder einmal- darüber nachdenken lassen, wie viel Zeit seines Lebens er schon bisher verplempert hatte, wie rücksichtslos er mit dem endlichen Gut Lebenszeit im Grunde umgegangen war. Dabei bedauerte er nicht bloß jene Zeiten, wo er tatsächlich keinen Spaß gehabt hatte, etwa frustrierende Arbeit erledigt oder langweilige Fernsehabende ertragen hatte.

Er haderte auch mit jenen ‚verlorenen' Abenden, an die er sich tags darauf gar nicht mehr erinnern konnte. Er wusste nämlich nur allzu gut, dass er dazu neigte, zu viel zu trinken, wenn er Spaß hatte, weiterzufeiern, bis das Ende unumgänglich wurde. Entweder, weil bereits alle anderen nach Hause gegangen waren, oder weil das Lokal die Sperrstunde erreicht hatte. Aber bevor nicht das eine oder das andere eingetroffen war, wollte er das Ende eines ‚lustigen Abends' oft einfach nicht wahrhaben. Niemals trank er so viel aus Kummer oder um seinen Frust zu betäuben. In solchen Fällen oder wenn er sich langweilte, da zog es ihn nach Hause, da legte er sich schlafen und hoffte auf mehr Glück am nächsten Tag. Und daher wusste er, nicht in erinnerten Bildern, sondern einfach der inneren Logik wegen, dass er sich am Vorabend gut amüsiert hatte, ja gerade weil er sich nicht mehr daran erinnerte, zumindest nicht mehr in allzu vielen Details. Ein dummer Teufelskreis, den zu durchbrechen er sich wiederholt vorgenommen hatte, um ihn genau dann, wenn es wieder so weit gekommen war, als unsinnig abzutun.

„Wer wird denn genau jetzt mit dem Trinken aufhören, wo es gerade so viel Spaß macht!", hörte er sich im Rückblick denken.

Aber immerhin, tröstete er sich selbst ein wenig, hatte er zu jenem Zeitpunkt, an dem er sich zum Weitertrinken entschloss, offensichtlich Freude empfunden, und auch wenn das eine eher theoretische Überlegung war, gab er sich mangels Alternative im Rückblick dann doch damit zufrieden.

„Ich könnte ja auch ein Leben ohne Freunde haben, ohne Liebe, mit einem Beruf, der mich langweilt, und einem furchtbaren Chef. Es könnte alles so viel schlimmer sein. ‚The grass is always greener on the other side', das zu denken, sollte man nicht zulassen."

In seinem Beruf, das hatte er sich schon des Öfteren klargemacht, hatte er es gut getroffen. Auch wenn er nie daran gedacht hatte, zu werden, was er geworden war. Nie hätte er vermutet, ein Texter zu werden, nie gedacht, dass er sein eigener Chef sein würde. Tatsächlich hatte er so einiges erreicht, das er gar nie bewusst angestrebt hatte, war zufrieden mit seinem Einkommen, dem Lebensstil, den ihm dieses ermöglichte, erlebte mehr Lust als Frust in seinem Beruf und liebte vor allem seine Unabhängigkeit und Selbstbestimmtheit. Aber was hatte er denn je angestrebt, was davon erreicht? Solche Fragen hatte er sich kaum je zuvor gestellt, doch „mit einem halben Bein im Grab", wie er es selbst pessimistisch formulierte, da drängten sich existenzielle Fragen ganz von selbst in den Vordergrund.

Der erste Berufswunsch, an den er sich noch gut erinnerte, war es, ein Revolverheld zu werden, wie John Wayne ihn in Rio Bravo oder El Dorado verkörpert hatte, oder wie Gary Cooper in High Noon. Wo sich dieser heldenhaft allein einer ganzen Gangsterbande entgegenstellte, um Recht und Gesetz zu verteidigen, dem Guten zur Durchsetzung zu verhelfen. Wobei die himmelschreiende Ungerechtigkeit, dass ihn anfangs niemand dabei unterstützen wollte, Julians kindliches Ego durchaus herausforderte und erst der letztliche Sieg des Guten über das Böse sein Weltbild wieder gerade rückte. Dann kamen die Winnetou-Filme ins Kino, wo es dem Zuschauer schon leichter gemacht wurde, noch an das Gute im Menschen zu glauben, und plötzlich wollte er sein wie Old Shatterhand, ein schon fast langweilig ausschließlich Guter, der stets nach dem Edlen und Wahrhaftigen strebte, nie log, nie betrog und immer nur die Bösen erschoss. Eine glückliche Fügung dieser Phase war, dass sein bester Freund Manuel sich für den Häuptling der Apachen begeisterte, mehr als für den bleichgesichtigen Freund des edlen Wilden. Dies half, viel Streit und Eifersüchteleien zu vermeiden, die die ständige Konkurrenz der Freunde in anderen Dingen immer wieder heraufbeschwor. Manuels Faible für Winnetou war etwas, das Julian nie wirklich verstehen konnte, weil ihm Winnetou immer schon viel zu „weibisch" vorgekommen war (eine Einschätzung, die in dieser Zeit noch zulässig war), viel zu gutgläubig und weichherzig, schon damals ein Opfer der eigenen Ideale und der skrupellosen Umwelt, die dies ausnutzte. Im Grunde passte es perfekt dazu, dass Winnetou im dritten Teil schließlich starb, in den kräftigen Armen seines weißen Freundes, dessen Leben er gerettet hatte, bis zum letzten Atemzug nur Gutes schwadronierend, ehe er in die ewigen Jagdgründe einging, aus welchen er seltsamerweise Glocken vernahm, wie er Old Shatterhand im Sterben noch wissen ließ. Dann wurde Old Shatterhand vom so treffsicheren Old Surehand als Vorbild verdrängt, dessen Abenteuer mit Winnetou noch aufregender erschienen, auch wenn der Häuptling kaum mehr eine Rolle dabei spielte. Die Ursache für Julians Sinneswandel war, dass er zu seinem achten Geburtstag ein von seinem Vater selbstgebautes Holzgewehr geschenkt bekommen hatte, verziert mit metallenen Nieten, ausgestattet mit einem echten Metallrohr als Lauf, für wenige Stunden das Neidobjekt all seiner Freunde, mit denen er gemeinsam durch die Innenhöfe zog. Einen halben Tag lang regierte er damit über die Weiten der Prärie ihrer Siedlung und war der beste Gewehrschütze auf den Jagdgründen ihrer Wohnblöcke, bis ihm im Eifer des Gefechts das Gewehr hinunterfiel und entlang der Maserung des wohl schlecht gewählten Holzes am Schaft einfach auseinanderbrach. Zurück blieb ein verstümmeltes Etwas, was dem Neid der anderen Kinder augenblicklich ein Ende bereitete und aus dem Helden des Nachmittags den Pechvogel der Woche machte.

Wenig später nur wollte Julian dann lieber ein Superheld werden, und ebenso all seine Freunde. Es war die Blütezeit der Comics angebrochen, der Wilde Westen nicht mehr länger gefragt. Dabei war allen klar, dass man es sich nicht einfach aussuchen konnte, wie Superman zu sein, ein jeder war zum superkräftefreien Dasein eines Erdenbürgers verdammt, der Schwerkraft und großer Verletzlichkeit ausgesetzt. Als höchstes der Gefühle konnte man darauf hoffen, von einer radioaktiv verseuchten Spinne gebissen zu werden und dann wie Spiderman Spinnensinn und Spinnenkräfte zu entwickeln, doch auch das schien wenig wahrscheinlich. Aus eigener Kraft vermochte man bestenfalls jemandem wie Batman nachzueifern, kräftig und geschickt im Kampf zu werden, um mit technischem Schnickschnack unterstützt das Böse zu besiegen. Wochenlang versuchten sich die Freunde des Wohnblocks daher gemeinsam zu stählen, rauften auf der Wiese miteinander, warfen einander spektakulär über die Schulter, übten Karateschläge und dachten sich Verkleidungen aus. Dann kamen der Herbst und dann der Winter und alle wandten sich neuen Zielen zu und neuen Wunschvorstellungen über die Zukunft.

Wie sich diese frühen ‚Berufsziele' letztlich verloren und von realistischer anmutenden Plänen abgelöst wurden, daran konnte sich Julian gar nicht mehr erinnern. Während ihn als Kind nämlich noch der Ausblick auf eine aufregende Zukunft beschäftigt hatte, war er in seiner Jugend offenbar so sehr in seiner Gegenwart verhaftet und von Pickeln, Gedanken an das andere Geschlecht, Erfolgen und Fehlschlägen im Umgang mit demselben und dem Bemühen, als Popmusiker berühmt zu werden, abgelenkt, dass ihm nach bürgerlich-beruflichen Zukunftsplänen gar nie der Kopf zu stehen schien. Und nun, mit nur 45, war er schon dabei, Rückschau zu halten, weil ihm eine Zukunft vielleicht gar nicht mehr vergönnt war.

Die berufliche Zukunft seines Lebens wurde jedenfalls erst dann wieder ein Thema, als die äußeren Umstände es unvermeidlich machten, Julian das Gymnasium erfolgreich abgeschlossen hatte und die Frage im Raum stand, wie es nun weitergehen sollte. Und so begann er, Medizin zu studieren, mehr aus einer Vernunfts- denn einer Herzensentscheidung heraus. Er war immer ein halbwegs guter Schüler gewesen und hatte sich für natur- und geisteswissenschaftliche Fächer gleichermaßen begeistert. Bei der Abwägung, der Liebe zur Literatur folgend Germanistik zu studieren und als hungerleidender Literat zu enden, gegen die Möglichkeit, als Arzt den Menschen zu helfen und nebenbei unweigerlich reich oder wenigstens wohlhabend zu werden, entschied er sich sehr zur Freude seiner Eltern für Letzteres.

Der Kunst, so seine Überlegung, sei es schreibend oder musizierend, könne er auch später noch frönen, zuerst galt es, die Existenz abzusichern und zudem auch die

Eltern zu beruhigen, die ihm sein Studium ja zum überwiegenden Teil würden finanzieren müssen.

Bernd, alter Feind!

Der oberste Name auf seiner persönlichen Bucket-List war der von Bernd. Tatsächlich war Julian dieser Name als allererster eingefallen und auch die Angelegenheit, um die es dabei ging, reichte zeitlich fast am weitesten zurück. Weil er annahm, dass Bernd einem Beruf nachgehen würde und daher am Wochenende eher erreichbar sein sollte als an einem Werktag, machte er sich am späten Samstagvormittag auf den Weg zum Zug in seine Heimatstadt. Selbst wenn Bernd das Wochenende schon am Freitagabend begießen sollte, würde er bis zum Mittag des Samstags wahrscheinlich wieder auf den Beinen und für eine kurze Unterredung verfügbar sein.

Die Suche nach dem Verbleib von Bernd hatte sich völlig unspektakulär gestaltet, weil er noch immer dort wohnte, wo er schon als Kind zu Hause gewesen war, und entweder die Wohnung seiner Eltern übernommen hatte oder, was Julian zwar befremdlich gefunden hätte, aber nicht gänzlich ausschließen wollte, noch immer bei diesen wohnte.

Nachdem Julian die Klingel gedrückt hatte und sich die Tür nach einem kurzen Geklimper eines Schlüsselbundes öffnete, sah er vor sich einen beinahe kahlköpfigen Mann, der seinem Aussehen nach einem Werner-Beinhart-Comic entsprungen sein könnte. Er stand vor Julian in seiner Unterhose, im Schritt Flecken zweifelhafter Herkunft sichtbar, der Oberkörper in einem viel zu engen T-Shirt steckend, das sich über seinen mächtigen Bauch spannte und an seinem unteren Rand den Blick auf seinen Nabel im Zentrum eines behaarten Wanstes freigab. Eine

Mischung des Geruchs nach abgestandener Luft, altem Speiseöl und anderen nicht identifizierbaren Odeurs drang aus der Wohnung, und aus dem Hintergrund waren die Stimmen eines Mannes und einer Frau zu vernehmen, wiederholt unterbrochen von Gelächter, das Julian schließlich als das eine Sitcom begleitende Konservenlachen identifizierte.

„Hallo Bernd!", sagte Julian und wartete auf die Reaktion des anderen. Dieser musterte ihn mit leicht geöffnetem Mund von oben nach unten, bis sich in scheinbar plötzlicher Erkenntnis seine Augen weiteten und er mit tiefer Stimme fragte: „Was machst denn du da? Was willst denn du von mir?"

Julian hatte erst auf dem Weg zu Bernd darüber nachgedacht, wie er konkret vorgehen sollte, und beschlossen, sofort mit der Wahrheit herauszurücken, weil er annahm, dass dies jemanden wie Bernd am ehesten zum Reden bewegen würde.

„Ich habe Krebs und wahrscheinlich nicht mehr lange zu leben", gab Julian als Antwort zurück, „und nachdem wir jetzt beinahe unser ganzes Leben lang Feinde waren und du mir sogar noch vor wenigen Jahren vor die Füße gespuckt hast, als wir uns sahen, wollte ich zum Ende meines Lebens endlich wissen, *warum* wir eigentlich Feinde waren, *warum* wir uns überhaupt gestritten haben."

„Was? Ich habe dir vor die Füße gespuckt?" Bernd hob seinen Blick und sah Julian mit verkniffenen Augen an. Er schien kurz aufzustoßen, und aus dem unrasierten Gesicht strömte Julian ein Schwall schlecht riechenden Atems entgegen. Dann sagte Bernd: „Ich kann mich gar nicht mehr daran erinnern, wann wir uns zuletzt gesehen haben."

„Es ist gut möglich, dass du das nicht mehr weißt, du warst schon ziemlich betrunken. Das war vor einer Bar in der Innenstadt um zwei Uhr früh. Ich war überrascht, dich aus diesem Schickimicki-Schuppen kommen zu sehen, du warst ja immer mehr der Gasthaus-Typ."

„Dann war wahrscheinlich alles andere schon zu. Ich kann mich jedenfalls nicht mehr daran erinnern."

Bernd schüttelte den Kopf und fuhr fort: „Aber wenn es dir wichtig ist: Tut mir leid, du bist nicht mehr mein Feind. Du bist mir eigentlich völlig egal. Ja du wohnst ja nicht einmal mehr hier. Bist du nicht weggezogen?" Julian nickte, doch bevor er etwas sagen konnte, fragte Bernd weiter: „Und wieso musst du überhaupt sterben? Willst du dich nicht behandeln lassen? Jetzt haben sie doch schon ein Mittelchen gegen fast alles, sicher auch etwas gegen was immer du da hast."

„Gegen gar alles eben doch nicht, es schaut nicht so aus, als ob man mich noch kurieren könnte. Aber zurück zu meiner Frage: Weißt du nicht mehr, warum wir jemals gestritten haben, warum wir immer wieder miteinander gerauft haben als Kinder, fast jedes Mal, wenn wir uns trafen, aufeinander losgegangen sind? Worum ging es denn da? Ich habe ein paar andere Typen auch nicht gemocht, aber das war nicht gleich so eine Art Krieg, wie wir beide es hatten. Weißt du nicht mehr, wie das angefangen hat?"

Bernd schien nun ernsthaft zu überlegen, kratzte sich mit der Hand am Bauch und schüttelte schließlich erneut den Kopf.

„Das war einfach so, wir waren Feinde. Du warst mein Feind und ich war dein Feind. Keine Ahnung, was da mal war. Aber das ist schon so lange her, wer weiß so was schon. Aber wie gesagt, das ist mir inzwischen völlig egal. Wir sind keine Feinde mehr."

„Okay", sagte Julian trotz des Friedensangebots enttäuscht, „das ist ja immerhin etwas, dann war ich nicht völlig umsonst hier. Aber, bitte überleg noch einmal.... Weißt du wirklich gar nichts mehr, irgendwas, ich meine wirklich irgendwas. Für mich ist das nämlich völlig unklar, ich weiß nicht mehr das Geringste. Aber wenn du dich noch an irgendein Ereignis dazu erinnern könntest, dann fällt es mir vielleicht auch wieder ein, dann..."

„Nein, da ist gar nichts mehr", verneinte Bernd erneut. „Das liegt schon so lange zurück. Man muss die Vergangenheit auch einmal ruhen lassen können, akzeptieren, was man nicht mehr ändern kann, das sagt man doch so."

In Julians Ohren klangen die Ratschläge aus Bernds Mund fast etwas höhnisch und er war sich nicht sicher, ob er gerade verarscht wurde oder tatsächlich die weisen Ratschläge, die den versoffenen Hirnwindungen seines alten Erzfeindes entfleuchten, zu hören bekam.

„Na gut", sagte Julian darauf mit einem Seufzen, „da kann man nichts machen. Aber falls es dir doch noch einfallen sollte, oder vielleicht dein Bruder Bescheid weiß oder jemand von deinen alten Freunden, dann wäre es nett, wenn du mich das wissen lässt."

Julian gab ihm eine seiner Visitenkarten, die er sich für seinen Schreibjob hatte machen lassen, mit der Hoffnung im Hinterkopf, dass diese quasi offizielle Geste Bernd doch noch dazu bewegen könnte, bei seinen Freunden nachzufragen. Oder ihn wenigstens in der Absicht, sich über Julian lustig zu machen („Der Trottel hat inzwischen sogar eine eigene Visitenkarte!"), dazu bringen würde, über den Grund seines Besuchs zu sprechen.

Vielleicht würde sich dann doch noch jemand an den Grund ihrer Feindschaft erinnern und Bernd diesen seinem alten Feind, in der edlen Geste der ehrbaren Helden früherer Zeiten (in denen ja auch Bernd groß geworden war), mitteilen.

Julian bedankte sich dafür, dass Bernd ihn angehört hatte, machte auf dem Absatz kehrt und schritt die alten knarrenden Stiegen des dunklen und engen Treppenhauses hinunter. Das plötzliche Verstummen der Fernsehgeräusche ließ ihn darauf schließen, dass Bernd die Tür wieder geschlossen hatte und wieder seinem normalen Leben, das dieser wohl als eigenartig empfundene Besuch kurz unterbrochen hatte, nachging. Als Julian aus dem Haus trat, blieb er auf dem steinernen Stufenvorbau stehen, der eine zentral gelegene Eingangstür im Erdgeschoß wie ein Vorhäuschen überdachte, eine architektonische Finesse, wie sie heute nirgends mehr zu sehen war, wie Julian mit Bedauern feststellte. Einige Meter entfernt vom Haus drehte er sich noch einmal um, betrachtete nachdenklich die heruntergekommene Hausfront, bei der schon da und dort der Putz abgeblättert war, und atmete tief durch. So würde die Ursache der alten Feindschaft wahrscheinlich für immer im Unklaren bleiben, „wie wohl allzu oft in ‚historischen Konflikten‘, wo sich niemand mehr erinnert, wie sie ihren Anfang nahmen", ging es Julian durch den Kopf. „Aber wenigstens versucht habe ich es", dachte er, als er sich auf den Weg machte aus diesem Viertel mit seinen verwinkelten, alten, durchwegs gelb gestrichenen Häusern, einer ehemaligen Südtiroler-Siedlung. Es war eine dieser Häuseransammlungen, die damals für jene Südtiroler gebaut worden waren, die lieber unter dem Führer Deutsch als unter dem Duce Italienisch sprechen wollten und daher heim ins Reich gezogen waren. Ungeachtet dieser belastenden Historie markierte due Siedlung einen der wenigen Flecken, die seit Julians Kindheit noch immer weitgehend unverändert geblieben waren und ihm ein Gefühl von Heimat vermittelten. Auch wenn Julian ahnte, dass auch dies nur eine Frage der Zeit war bis etwas Neues, Besseres und sehr wahrscheinlich für einige wenige Lukrativeres diese alten Häuser ersetzen würde. Langsam schritt er über das soeben Erlebte sinnierend Richtung Bahnhof voran, zum Zug, der ihn aus seinem früheren zurück in sein heutiges Zuhause bringen würde.

Medicine-Man

Nachdem Julian den Beschluss gefasst hatte, Medizin zu studieren, warf er sich ohne große Begeisterung, aber pflichtbewusst und zielgerichtet ins Studiengetümmel, kämpfte sich tapfer durch einführende Vorlesungen zur Allgemeinmedizin, wiederholte gelangweilt die Grundlagen der Physik, Chemie und Biologie und paukte verbissen fette Bücher zu Anatomie und Histologie. Ja, er schaffte es schließlich sogar, nachdem man ihm und seinen Kollegen quasi zur Eingewöhnung tote Mäuse und Ratten vorgesetzt hatte, sein Grauen vor dem Sezieren menschlicher Körperteile zu überwinden. Auch wenn er es, im Gegensatz zu vielen seiner Kommilitonen, keineswegs witzig, sondern vor allem makaber fand, als der Tutor einen Rollwagen voll beladen mit einem Berg von Beinen und Armen in den Seziersaal schob und dies mit „Meine Damen und Herren, es ist angerichtet" verkündete. Weshalb er dann, bei der Verteilung der Gliedmaßen, nicht einigen seiner Kollegen gleich das erhaltene Bein lässig schulterte und wie ein auf der Jagd erfolgreicher Neandertaler zum Sezierplatz zurücktrug, sondern es wie einen kostbaren Kelch vor sich hertrug und es nur mit den behandschuhten Fingerspitzen berührend auf seinem kurzen, letzten Weg begleitete. Und auch beim abschließenden großen Sezierkurs, als dann ein ganzer Mensch vor ihm lag, wenigstens am Anfang noch erkennbar als Wesen, das einst gelebt, gelacht und geliebt hatte, sezierte er sich erst wochenlang im Dunst der betäubenden Dämpfe der Konservierungsmittel durch Arme und Beine, schritt weiter fort vom Unter- zum Oberleib und empfand erst, als er am Kopf der Leiche angekommen war, trotz aller Erschöpfung und Abstumpfung der vorangegangenen Wochen, wieder so etwas wie Ekel.

Doch die große Ernüchterung für Julian kam am Ende nicht mit den Toten, sondern mit den Lebenden. Als er im Zuge eines Pflichtpraktikums beim Internisten saß, wo er zum ersten Mal in seiner angestrebten Karriere als Arzt endlich richtig „Doktor spielen" sollte, und eine fettleibige Frau mittleren Alters ihm ihr Bein entgegenstreckte, um ihr nässendes Geschwür am Fuß zur Begutachtung darzubieten, wurde ihm, über die Kloschüssel des Personal-WCs gebeugt, auf welches er sich gerade noch rechtzeitig hatte retten können, klar, dass aus ihm kein anständiger Arzt werden würde. Schon die Tage zuvor hatte er sich wiederholt gefragt, warum er nicht so sehr Aufregung und Neugierde, sondern viel mehr Langeweile und sogar Abneigung verspürte, wenn ihm Patienten ihr Leid klagten. Noch schlimmer, und er war sich bewusst, wie wenig hilfreich dies für einen guten und mitfühlenden Arzt sein würde, keimte manchmal sogar Ärger in ihm auf, wenn ihm ein Patient extrem umständlich und sich in sinnlosen Abschweifungen verlierend den Grund seines Erscheinens schilderte, alte, mit der aktuellen Erkrankung völlig unverbunden wirkende Geschichten wiedergab und so einfach völlig sinnlos Julians Zeit vergeudete. Aber wohl am schlimmsten von allem war, dass ihn der größte Ärger immer dann überkam, wenn sich andeutete, dass ein Leiden vorwiegend selbstverschuldet war, der eigenen Selbstüberschätzung im Sport, der Unfähigkeit, sich beim Essen zu zügeln oder sich körperlich zu betätigen, oder eine Sucht wie das Rauchen oder das Trinken in den Griff zu bekommen.

„Jaja, Süchte sind ein Elend und ich bin einfach kein guter Mensch", sagte er sich da. „Ich bin nicht dafür geschaffen, anderen zu helfen. Ich kann unmöglich ein Arzt sein."

Und schon am Tag, der seiner peinlichen Episode, in der er sich erbrochen hatte, folgte, meldete er sich ab als Praktikant der Inneren Medizin, vergrub sich in seinem WG-Zimmer, hörte alte CDs und wartete auf Erleuchtung. Die Medizin war passé, Plan A war gescheitert, nun war es an der Zeit, sich einen Plan B zu überlegen.

Einfach das Studium zu wechseln und zu sehen, ob ihm ein anderes Metier vielleicht besser stünde, schien ihm keine Option. Er hatte immerhin dreieinhalb Jahre seiner Zeit investiert, bücherweise Wissen angehäuft und sehr viel Geld ausgegeben für eben jene Bücher, denn er liebte es, Bücher selbst zu besitzen, las nur ungern in geliehenen Exemplaren, wo er nicht nach Belieben hervorheben, unterstreichen oder Anmerkungen machen konnte.

Professioneller Musiker zu werden und damit seinen alten Jugendtraum wiederzubeleben, das hatte ihn der ausbleibende Erfolg jener frühen Jahre gelehrt, wäre auch keine passende Alternative, zu viel schien da vom Zufall abzuhängen, von talentierten Mitstreitern, und höchstwahrscheinlich mangelte es ihm ja auch am nötigen Talent, wie er sich selbst eingestehen musste. Das gleiche galt für eine Karriere als Romancier, wo sowohl Glück als auch Talent fraglich schienen. Zudem ahnte er, dass er kaum je die Geduld aufbrächte, sich über Wochen und Monate bloß einer einzigen Geschichte zu widmen, sich über eine sehr lange Zeit selbst zu disziplinieren und seine Ideen konsequent bis zu einem Ende auszuführen. Da wären Sachbücher schon eher etwas für ihn, wie ihm einfiel,

Kapitel für Kapitel abzuarbeiten, so seine Überlegung, würde ihm sicher leichter fallen. Aber ihm war klar, dass die meisten Sachbücher im besten Fall für die Verlage ein gutes Geschäft waren und für die Autoren höchstens ein willkommenes Nebeneinkommen, für die meisten nicht einmal das.

Doch vielleicht, so dachte er weiter, müssten es ja gar keine ganzen Bücher sein, die er schrieb, möglicherweise wäre auch mit kürzeren Beiträgen Geld zu machen, mit kurzen wissenschaftlichen Beiträgen, solchen, wie er sie selbst immer mit Begeisterung verschlang. Und warum sich auf die Wissenschaft beschränken, sein Allgemeinwissen war umfassend genug, dass er auch zu anderen Dingen etwas Taugliches zu verfassen imstande war, wenigstens war er vermessen genug, dies zu glauben. Sofort begab sich Julian im Web auf die Suche nach Optionen, fand diverse Plattformen, auf denen man sich um Schreibaufträge bemühen konnte, registrierte sich und… und war entsetzt, als er entdeckte, wie wenig da zu verdienen war, wie ausbeuterisch schon so manche Ausschreibung formuliert war und wie willig manche Menschen – verzweifelt oder es nicht besser wissend - offenbar sogar dann noch bereit waren, ihre Texte abzuliefern.

Nach kurzer Überlegung beschloss er daher, anders vorzugehen, schaute sich die Seiten selbständiger und bereits etablierter Schreiber an, studierte ihren Auftritt im Web, ihre Angebote, ihre Referenzbeispiele und fasste wieder etwas Mut.

„Das sollte ich auch können", dachte er, „dazu bin ich ebenso fähig wie diese Leute. Außerdem", sprach er sich selbst Mut und Trost zu, „war mein Medizinstudium dann vielleicht doch nicht ganz umsonst."

Sofort machte er sich an die Gestaltung seiner eigenen Website, stahl sich die besten Ideen seiner zukünftigen Konkurrenz zusammen und pries sich als fähigen Verfasser wissenschaftlicher und auch nicht-wissenschaftlicher Texte an. Als er nach Tagen der Gestaltung der Website endlich halbwegs zufrieden war, machte er sich mit Feuereifer an die Akquise von Kunden. Ihm war bewusst, dies würde der schwierigste Teil seiner „Mission Selbständigkeit" werden, aber auch der anfangs alles entscheidende, denn auch der beste Texter der Welt konnte von seiner Kunst nicht leben, wenn niemand wusste, dass es ihn gibt. Also durchpflügte er wochenlang das Web auf der Suche nach Kontakten – Ärzten und Professoren, die ihre Forschungen präsentierten und publizierten, Medizinzeitschriften, die davon berichteten, und kleine Firmen, die etwas zu bieten hatten, das anzupreisen er sich zutraute – und schrieb ihnen möglichst persönlich gehaltene und kundengenaue Angebote, in denen er seine Dienste anbot.

Diese Methode war anstrengend und zeitaufwändig, in den meisten Fällen absehbar fruchtlos und unbedankt, und dennoch die einzige, die ihm zielführend schien, denn für echte Werbung, die er teuer zu bezahlen hätte, hatte er kein Geld. Außerdem, auch wenn es die Eltern noch nicht erfahren hatten, blieb ihm nun, nachdem er Vorlesungen und Praktika nicht mehr besuchte, mehr als genug Zeit zur Verfügung, die er so mit seiner Kundensuche füllte. Solange er sich damit beschäftigte, hatte er wenigstens nicht das Gefühl, untätig zu sein und seine Eltern zu hintergehen. Und sollte das Geschäft erst einmal laufen, dann könnte er ihnen nahtlos sein neues Betätigungsfeld präsentieren. Zugegeben, vielleicht nicht ähnlich prestigeträchtig wie der Beruf eines Arztes, aber dafür mit einem

Einkommen schon jetzt verbunden und nicht erst nach Jahren des harten Studiums, und noch dazu in einem Beruf, der ihn wohl kaum je glücklich gemacht hätte.

Er ahnte, es würde eine harte Zeit für ihn werden, anstrengend und herausfordernd, aber immerhin lag das Schicksal damit in seiner eigenen Hand. Zumindest dachte er das, wenigstens so lange, bis er Maria kennenlernte.

Reisefieber

Zurück von seinem Besuch des alten Erzfeindes Bernd, beschloss Julian, den Abend zu Hause zu bleiben und ganz ohne Action einfach vor dem Fernseher zu verbringen. Auch wenn die Übelkeitsattacken seltener geworden waren, fühlte er sich oft sehr schlapp und ausgelaugt, und schon die geringe Anstrengung der Fahrt mit dem Rad vom Bahnhof nach Hause hatte ihn weit über Gebühr erschöpft. Die Ärztin hatte prophezeit, dass dies besser werden würde, ihm aber geraten, sich in der Übergangszeit trotzdem nach Möglichkeit zu schonen. So beschloss er für diesen Tag auch nicht selbst zu kochen, machte sich nur eine Tiefkühlpizza im Ofen warm und setzte sich auf die Couch vor den Fernsehschirm. Nach den Hauptnachrichten ließ er sich von einer albernen Komödie berieseln, in der Adam Sandler versuchte, mit alten Freunden die verklärte Magie ihrer Jugend wieder aufleben zu lassen, und schlief dabei ein. Früher hätte er noch gelacht über den Klamauk, der ihm da geboten wurde, in seiner jetzigen Situation brachte ihn die Geschichte vor allem zum Nachdenken darüber, was alles vorbei und unwiederbringlich war in seinem Leben, und zwar ganz unabhängig davon, ob er doch noch 100 oder kaum 50 Jahre alt werden würde. Erst als nach dem Ende des Films die stets zu laut ausgestrahlte Werbung folgte, wachte er wieder auf, schleppte sich in sein Bett und ging, ohne seine Zähne zu putzen, schlafen.

Am späten Vormittag weckte ihn das Klingeln des Mobiltelefons wieder, Hannes kündigte einen Besuch an und wollte wissen, ob er willkommen war. Julian bedingte sich eine kurze Schonfrist aus, weil er sich ungepflegt und schmutzig fühlte und sich vor allem seiner selbst willen zuallererst duschen und frisch machen wollte. Doch schon 90 Minuten später stand Hannes auf der Matte, selbst strotzend vor Frische und Tatendrang. Die Eierstory war ein großer Erfolg gewesen, und auch wenn dies vor allem Julians Auftritt und seinen absurden erfundenen Geschichten zu verdanken war, fühlte sich Hannes, der ja die Idee und die Verbindung zu Eier-Tommy gehabt hatte, vollends bestätigt in seinem Glauben, der perfekte EOL zu sein, was er Julian, mit dem er mittlerweile in ihrem Stammcafé angekommen war, gerade mit stolzer Stimme mitgeteilt hatte.

„EOL, was soll das sein?", fragte Julian und schüttelte verdutzt den Kopf, „Eier-Ober-Lügner? Expert oval…, pffft, … irgendwas?"

„End-Of-Life-Planner! Sorry, wenn das jetzt rücksichtslos klingt, aber das könnte ja wirklich eine Sparte im Entertainment-Geschäft werden. So wie Wedding-Planner, das hätte vor einigen Jahren bei uns doch auch keiner für möglich gehalten, dass das ein eigener Beruf sein könnte. Aber es werden immer mehr Menschen immer noch früher wissen, dass sie nur noch beschränkt Zeit haben zu leben. So großartig der Fortschritt der Medizin in vielen Belangen sein mag, das ist *auch* ein Aspekt des Ganzen. Vom Tod so gänzlich überrascht werden, das gilt nur mehr für die Opfer von Unfällen, Verbrechen, Schlaganfällen, was weiß ich…. Aber ein beträchtlicher Teil jener, die sterben, weiß das heutzutage schon eine ganze Weile vorher, und wer da noch fit genug ist, wird sich genau dieselben Gedanken machen wie du: Was mache ich mit dem Rest meines Lebens?"

Julian nickte gedankenverloren, er hatte den Ausführungen seines Freundes nur mit einem halben Ohr zugehört, weil er der Kellnerin, die schon zum zweiten Mal geschäftig an ihnen vorbeigeeilt war, gewunken und schließlich auch nachgerufen hatte, um eine Bestellung aufzugeben.

„Mir wäre lieber, ich würde meine Lebenszeit nicht damit verschwenden, die Aufmerksamkeit einer Kellnerin zu erregen", sagte Julian. „Sie hat mich völlig ignoriert. Bin ich schon durchsichtig geworden? Davon stand nichts bei den Nebenwirkungen."

„Okay, ich sehe schon, du hast keinen Kopf für meine Geschäftsidee", antwortete Hannes und fuhr fort: „Kein Problem, ich habe ja derzeit bereits einen Kunden. Aber jetzt im Ernst, wir müssen langsam in die Gänge kommen, ich muss rechtzeitig Buchungen vornehmen, Reservierungen, je nachdem, was du vorhast. Wir sollten nicht unsere kostbare Zeit verschwenden und riskieren, dass wieder etwas dazwischenkommt."

Der angedachte Fußballtrip zu viert war vorerst den Realitäten der modernen Arbeitswelt zum Opfer gefallen, weil sich nicht alle vier Freunde für dieselbe Periode von zwei Wochen Urlaub nehmen konnten. Julian war deswegen nicht besonders traurig gewesen, er hatte sich eine Zeit voller Stress, Alkohol und Komplikationen erwartet und den Versuch, den ‚Zauber früherer Zeiten' wieder heraufzubeschwören, ohnehin für wenig aussichtsreich gehalten. Und das schon lange, bevor er den Adam-Sandler-Film gesehen hatte.

„Gut, aber bis dahin ist ja noch jede Menge Zeit. Vorerst planen wir einmal eine Reise ans Meer, und wenn sich auf dem Weg dorthin oder zurück irgendetwas

Großartiges anbietet, das zu tun sich lohnen sollte, dann machen wir das auch gleich mit. Italien, Frankreich, Kroatien… eher kein Sandstrand, da gibt es nichts zu sehen."

Als Hannes gerade Einspruch erheben wollte, fuhr ihm Julian dazwischen und sagte: „Im Meer meine ich, nicht am Strand! Du denkst natürlich wieder nur an die Mädels. Aber die gibt es an felsigen Stränden auch."

„Vielleicht nicht so viele davon, aber dafür die hübscheren", stimmte Hannes lachend zu und winkte die Kellnerin heran, die daraufhin sofort an ihren Tisch trat, wie Julian mit einem Anflug von Neid registrierte. Beide bestellten Kaffee, dann holte Julian ein Tablet aus seiner Tasche und sie suchten gemeinsam nach interessanten Stränden, wogen Vor- und Nachteile verschiedener Locations ab, betrachteten Bilder der jeweiligen Landschaften, lasen Berichte zum Nachtleben in Städten und Dörfern und checkten Flugpläne und Reiseverbindungen vor Ort. Stunden später, sie waren inzwischen auf Bier umgestiegen und hatten zwischendurch einen Schinken-Käsetoast gegessen, waren sie nicht im Süden Europas, sondern in Nordfrankreich gelandet, an der Küste der Bretagne. Sie würden einen Flieger nach Nantes nehmen, von dort mit dem Bus zur Küste fahren und dann mit dem Bus, von einem Dorf zum nächsten, nach Lust und Laune spontan weiterziehen oder bleiben, sich nach Bedarf ein Zimmer oder Hotel zur Unterkunft suchen.

„Das schaut perfekt aus für mich", gab Julian abschließend kund. „Ich sagte ja nicht, dass ich genau dorthin will, wo ich schon einmal war. Es soll das Meer sein, aber es darf mich ruhig auch wieder überraschen, wenigstens einmal noch in meinem Leben."

Hannes nickte zustimmend, verzog aber etwas säuerlich sein Gesicht. Diese wiederkehrenden Hinweise darauf, dass Julians Lebensuhr unaufhaltsam dem Ende entgegentickte, schienen ihm zu missfallen, wenigstens, wenn sie nicht von ihm selbst kamen, und den bisher unbeschwerten Nachmittag unnötig in ein düsteres Licht tauchten. Als Julian dies bemerkte, tat es ihm sofort leid. Zugleich fand er es ungerecht, dass dieselbe Bemerkung aus dem Mund seines Freundes als bloß sarkastischer Beitrag zur Auflockerung der Stimmung durchgegangen wäre. Trotzdem versuchte er sofort entgegenzusteuern, indem er eine Angelegenheit zur Sprache brachte, die er vorübergehend vergessen hatte.

„Übrigens, da gibt es noch etwas, das wir vor unserem Urlaub machen sollten: Ein Date zu viert. Und das wird kein großes Opfer für dich sein, glaub mir, die Frau, die ich für dich ausgesucht habe, ist nämlich wirklich sehr speziell."

„Aha, und wie hast du das geschafft?", fragte Hannes neugierig. „Ich dachte, du triffst nie Frauen!" Hannes sprach Julian auf eine alte Diskussion an, die sie schon vor Jahren geführt hatten, als Julian, angeregt von einer Unterhaltung mit Hannes´ Freund Gabriel, mit dem Gedanken gespielt hatte, sich auf einer Dating-Plattform zu registrieren.

„Wenn man selbständig ist und allein zuhause arbeitet wie ich, dann lernt man nie eine Frau kennen" hatte er damals argumentiert. „Ich schreibe und telefoniere viel mit Menschen, aber ich sehe sie nie persönlich, in Fleisch und Blut. Und beim Ausgehen werden die anderen Besucher in den Bars gefühlt auch immer jünger. Die wenigen Frauen in unserem Alter, die da noch abhängen, sind entweder übriggeblieben, und das oft aus gutem Grund, oder sie wollen sich nur für eine Nacht aufreißen lassen."

Hannes hatte sich skeptisch zu dem geäußert, was man sich auf diesen Plattformen erwarten könne, kritisierte die künstliche Atmosphäre des Ganzen und sagte, er glaube nicht, dass die Frauen dort nicht auch nur auf Sex aus wären oder nach einem reichen Sugar-Daddy suchten. Julian möge einfach etwas draufgängerischer werden, dann würde er die Richtige schon noch beim Ausgehen finden.

„Du kannst da gar nicht mitreden!", hatte ihm Julian widersprochen, auch wenn er sich selbst letztlich doch nicht dazu durchringen konnte, es auf einer Plattform zu probieren. „Du hast deine Groupies, die ganz von selbst zu dir kommen. Der Typ auf der Bühne, der Entertainer am Mikrofon, der ist immer für ein paar Mädels interessant."

Er erwähnte nicht, dass auch ihr Viererdate eine Folge dieses Interesses war, ließ Hannes im Glauben, dass er bloß zur Unterstützung seines Freundes mitkommen sollte.

„Ja, das mag schon stimmen. Aber diese Mädels sind ja auch immer nur Eintagsfliegen für mich, eine für eine Beziehung taugliche Frau, die findet man auf diese Weise auch nicht."

Unter den echten Groupies ja vielleicht wirklich nicht, dachte Julian. Aber wer achtet denn je auf den Clown? Wer fragt sich schon, wer und was hinter dessen Maske steckt?

Die Rückkehr des Clowns

Wenige Tage später schon saßen Julian, Hannes, Leya und eine Freundin, die sich als Anna vorgestellt hatte, in einer düsteren, nach dem musikalischen Tausendsassa Zappa benannten Kellerbar und hatten Bier (die Männer) und gespritzten Weißwein (die Frauen) vor sich stehen. Julian, der ja das Treffen eingefädelt hatte, sich deshalb anfangs wie der Gastgeber benahm und auch die Bar ausgesucht hatte, hatte darauf geachtet, dass Leya und Hannes nebeneinander Platz nahmen, wodurch er selbst Leya gegenüber saß und Anna sich zu seiner Rechten befand. Mit hoher Lautstärke dröhnte Neil Youngs „Like A Hurricane" aus den Boxen und weil das Licht so schummrig war, dass auch das Gesagte vom Mund abzulesen kaum möglich war, bildeten sich rasch zwei Gesprächspärchen, die sich einander zugeneigt auf wenige Zentimeter Entfernung hin ihre Konversationsbeiträge zubrüllten. Was das jeweils andere Pärchen besprach, war auf diese Weise nicht mitzubekommen und schien auch rasch nicht mehr von Interesse. In einer kurzen Phase der Ruhe vor dem Sturm, noch ehe Neils Hurricane losgebrochen war, hatte Julian dem noch uneingeweihten Hannes die Identität Leyas enthüllt, sie als Berufskollegin aus der Sparte Unterhaltung vorgestellt, die er, auch wenn sie ihm jetzt nicht bekannt scheinen mochte, schon des Öfteren gesehen haben dürfte. Die weitere Erklärung, die Leya dem dann verblüfft dreinschauenden Hannes gab, ging schon im Krach von Crazy Horse und Neils dünnem Falsett unter, doch aus seinem ungläubigen Lachen und seinem Kopfschütteln war zu entnehmen, dass Hannes sie tatsächlich nicht wiedererkannte. Zur Verblüffung nicht nur ihrer drei Begleiter beugte sich Leya daraufhin unter den Tisch und tauchte Sekunden später mit einer Clownsnase im Gesicht auf, woraufhin Hannes sie mit etwas Verzögerung plötzlich doch zu erkennen schien, wie er mit heftigem Nicken bekundete. Nach dieser gegenseitigen Vorstellung der beiden einander ohnehin Bekannten, widmete sich Julian der tatsächlich unbekannten Anna, die bislang noch nichts gesagt oder gebrüllt und lediglich dem ungeplanten Slapstick der beiden Künstler zugeschaut hatte.

„Du bist nicht zufällig auch ein Clown", brüllte Julian in ihre Richtung, „oder sonst wie in der Unterhaltungsbranche engagiert?"

Anna hatte kurze blonde Haare, die vorne etwas länger waren und im Seitenscheitel über der hohen Stirn lagen, und ein hübsches, wenn auch etwas hageres Gesicht mit großen Augen, einer schmalen Nase und dünnen Lippen. Über einem weißen, rund ausgeschnittenen T-Shirt trug sie eine dünne, dunkelblaue Jacke mit Stehkragen, dazu engsitzende dunkelblaue Jeans und hohe Lederstiefel, alles in allem modebewusst durchgestylt, wie Julian bei diesem Anblick feststellte. Auf seine Frage hin schüttelte sie den Kopf, neigte sich in seine Richtung und sagte gerade so laut, dass er den Sinn erraten konnte: „Nein, ganz und gar nicht. Ich arbeite in einem Architekturbüro. Ein Job, der andere nur selten zum Lachen bringt, aber ich liebe ihn. Und was machst du?"

„Architektin, interessant", gab Julian laut zurück und rückte seinen Stuhl zurecht, um ihr wenigstens ein paar Zentimeter näher zu sein. „Ich schreibe, nicht als Schriftsteller, sondern als Schreiberling. Ich verfasse Texte über alles Mögliche. Für Geld."

„Bist du ein Ghostwriter?" fragte Anna mit weit aufgerissenen Augen, woraufhin Julian seinerseits ein empörtes Gesicht aufsetzte und heftig verneinend den Kopf schüttelte. Nun zog auch Anna ihren Stuhl näher an den von Julian heran und beide begannen, sich gegenseitig zu befragen, was denn genau der Inhalt ihrer Arbeit wäre. Die leiseren Stellen während der jeweiligen Songs und die kurzen Pausen zwischen den Stücken für etwas ausführlichere Antworten nutzend und den Mund schon fast am Ohr des jeweils anderen, unterhielten sie sich blendend, lachten über die manchmal nur geahnten, witzigen Bemerkungen des Gegenübers und vergaßen dabei fast auf ihre beiden Freunde auf der anderen Seite des Tisches. Anna erzählte, nicht ohne Stolz, dass sie schon Beiträge zu bereits realisierten Bauten geliefert hatte, was zu Julians Überraschung gar keine Selbstverständlichkeit war im Berufsleben einer Architektin. Die Konzeption von Gebäuden, der Entwurf und Bau von Modellen und vor allem die Einreichung solcher Projekte bei Wettbewerben seien das tägliche Brot engagierter Architekten, die Umsetzung in greifbare Bauten, in Beton, Holz und Glas eher die Ausnahme, wie er verblüfft zur Kenntnis nahm. Julian versuchte dagegenzuhalten mit einer Schilderung davon, wie vielfältig und absurd auch seine Aufgaben manchmal waren, wie er einen Text zum Werbe-Flyer für eine elektrische Fliegenklatsche geschrieben hatte, oder einen anderen für heizbare Schuheinlagen. So ging es ausgelassen hin und her zwischen den beiden, bis Anna absichtslos einen kurzen Blick zur Seite warf, plötzlich große Augen machte, sich zu Julian drehte und wortlos mit dem Zeigefinger zur anderen Seite des Tisches hinüberzeigte. Als Julian daraufhin in die angezeigte Richtung blickte, wurden auch seine Augen groß, er lachte, schüttelte den Kopf und sagte: „Wow, das ging aber schnell."

Was nicht nur Julian und Anna, sondern mit amüsierten Gesichtern auch einige Menschen an den Nachbartischen zu sehen bekamen, waren Hannes und Leya, die sich leidenschaftlich küssten, einander umarmten und drückten und immer wieder leicht die Stellung wechselten, um eine neue Kussposition einzunehmen. Was derweil um die beiden vorging, schien sie nicht einen Deut zu interessieren, und erst nach einer gefühlten Ewigkeit wichen ihre Köpfe voneinander und gaben den Blick auf das Gesicht von Leya frei. Mit verzücktem Antlitz betrachtete sie Hannes und sah ihm dabei zu, wie er einen Schluck von seinem Bierglas nahm, so als müsste er sich zwischendurch stärken, ehe er sich ihr wieder zuwandte und mit neuer Kraft eine weitere Runde des küssenden Clinches einläutete.

Als sich Julian wieder gefasst hatte, drehte er seinen Kopf wieder Richtung Anna, die sofort ein wenig zurückwich und ihn mit einem skeptischen Blick betrachtete, aus dem eine gewisse Abwehrhaltung zu sprechen schien. Tatsächlich beugte sie sich zum Sprechen nur mehr sehr vorsichtig zu Julian vor und sagte aus gebührlicher Distanz: „Ich hoffe, du erwartest jetzt nicht, dass wir beide auch gleich schmusen. Davon stand in meinem Vertrag nämlich kein Wort!"

„Keine Angst", versuchte Julian sie zu beruhigen, dem derselbe Gedanke tatsächlich auch durch den Kopf gegangen war. „Die zwei scheinen es besonders eilig zu haben, gerade so, als gäbe es kein Morgen."

Er schaute noch einmal kurz zum sich noch immer küssenden Paar, schüttelte erneut den Kopf und fuhr fort: „Ich bin eher der zurückhaltende Typ, nicht so der

Draufgänger. Ich würde dich gerne noch etwas besser kennenlernen, bevor ich… äh, bevor ich mit dir schmuse oder dir sonst wie näherzukommen versuche."

Die Musik war inzwischen etwas leiser gedreht worden, den Soundtrack zum Geschehen bildete momentan Radioheads Exit Music, und so konnte Anna mit nur leicht erhobener Stimme ihre Erleichterung kundtun.

„Gut, dann sind wir uns einig. Ich weiß ja nicht, wie solche Treffen bei euch normalerweise ablaufen. Als Leya mich fragte, ob ich auf ein Doppeldate mitkommen würde, weil da so ein cooler Typ sei, den sie gerne kennenlernen will, dachte ich nur an einen geselligen Abend mit netten Menschen. Dass es dann so richtig gesellig würde, hatte ich gar nicht eingeplant."

Julian stimmte ihrer Bemerkung lachend zu, doch bevor er noch seine eigenen Absichten als Kuppler, die sich nun unerwartet rasch als erfolgreich erwiesen hatten, erläutern konnte, erhoben sich Hannes und Leya von ihren Stühlen, griffen sich ihre Jacken und gingen Richtung Ausgang. Dort drehte sich Hannes noch einmal kurz um, deutete Julian mit einer Geste, ihrer beider Rechnungen zu übernehmen, und verschwand mit Leya im Schlepptau im Dunkel der Nacht.

„Sie scheinen es wirklich eilig zu haben, die beiden. Da haben sich vielleicht die zwei Richtigen gefunden, zumindest hoffe ich das. Bei Hannes weiß man das nie so genau. Ich hoffe, er bricht Leya nicht das Herz."

„Das denke ich nicht", antwortete Anna, „Leya schaut vielleicht nicht so aus, aber sie ist viel ausgebuffter, als man auf den ersten Blick meinen würde."

„Eigentlich ist das ja mein zweiter Blick", gab Julian zurück, „aber du kennst sie sicher trotzdem viel besser als ich."

Und dann erklärte er der überraschten Anna, wie es von seiner ersten Verabredung zu diesem zumindest halb-blinden zweiten Date gekommen war und dass seine Absicht durchaus gewesen war, Leya und Hannes einander vorzustellen.

„Dass das so endet, damit habe ich allerdings nicht gerechnet. Aber noch ist ja niemand zu Schaden gekommen. Und außerdem habe ich dadurch auch dich kennengelernt. Selbst ohne Schmusen finde ich, dass sich das gelohnt hat."

„Das finde ich auch. Aber ein bisschen vorsichtig bin ich jetzt doch, muss ich zugeben, jetzt, wo ich weiß, dass du nicht nur Texter, sondern auch Kuppler bist. Ist das ein einträgliches Geschäft?"

Julian musste laut lachen auf diese Unterstellung hin, bejahte die Frage scherzhaft und schlug vor, noch ein Getränk zu bestellen, um die Angelegenheit weiter zu besprechen. Anna stimmte zu, winkte den Kellner heran und bestellte nicht nur Bier und Wein, sondern auch zwei goldene Tequila.

„Wir sollten auf den gelungenen Abend anstoßen, auf deine erfolgreichen Dienste als Amor, meinst du nicht?"

Den weiteren Abend unterhielten sie sich über Gott und die Welt, die Architektur und das Schreiben, das Leben und die Liebe, wenigstens, soweit sie andere Menschen betraf. In Bezug auf ihr eigenes Liebesleben blieben beide verschlossen und zur Überraschung des jeweils anderen auch auffällig wenig neugierig. Als sie schließlich der Kellner bat, zu zahlen und sie darauf aufmerksam machte, dass alle anderen Gäste die Bar bereits verlassen hatten, waren beide überrascht davon, wie schnell die Zeit vergangen und wie spät es geworden war. Nachdem Anna Julians Versuch, sie einzuladen, abgewehrt und selbst bezahlt hatte und Julian den Rest der Rechnung beglichen hatte, stiegen sie gemeinsam langsam die Stufen zum Ausgang hinauf, traten auf die Straße hinaus und blieben in kurzer Distanz voreinander, sich gegenseitig anlächelnd, stehen. Weil Julian zu bemerken glaubte, dass sich Anna irgendwie nicht wohlfühlte in der Situation, versuchte er, diese mit ein paar netten Worten zu entspannen.

„Es war ein wirklich netter Abend mit dir, und es freut mich sehr, dass ich dich kennengelernt habe. Vielleicht können wir uns ja einmal wiedersehen, nur wir zwei, ohne unsere liebestollen Freunde."

Den Kopf leicht zur Seite geneigt, beugte er sich zu Anna vor, um sie freundschaftlich auf die Wange zu küssen. Doch noch ehe er sie erreichte, war sie einen Schritt zurückgewichen und hatte abwehrend die Hände gehoben.

„Nur ein harmloser Abschiedskuss, mehr hatte ich nicht vor, ehrlich!", sagte Julian etwas irritiert, woraufhin Anna ihm ihrerseits schnell einen flüchtigen Kuss schenkte, wieder auf Abstand ging und leise sagte: „Ok, ich dachte im ersten Moment, dass du jetzt doch noch den Casanova machst, entschuldige bitte. Ich fand es auch sehr schön mit dir. Und ich will auch nicht, dass du einen schlechten Eindruck von mir hast, als wäre ich so besonders verkniffen oder prüde. Ich finde dich wirklich sehr nett und unter anderen Umständen hätte ich gar nichts dagegen gehabt, wenn du versucht hättest, mich zu küssen. Aber bei mir geht es derzeit drunter und drüber in meinem Leben und eine weitere Komplikation kann ich da nicht gebrauchen. Aber das bist du ja im Grunde nicht, eine Komplikation, verstehe mich nicht falsch. Ganz im Gegenteil, in den letzten Stunden habe ich zum ersten Mal seit langem vergessen, was derzeit alles nicht passt bei mir. Ob wir uns wiedersehen sollen, kann ich aber momentan nicht sagen, und das hat nicht das Geringste mit dir zu tun. Aber Leya hat ja deine Nummer, wenn ich nicht irre, im Falle des Falles kann ich mich also bei dir melden."

Mit einer Hand zum Abschied erhoben ging sie ein paar Schritte auf eines der geparkten Autos zu, sperrte es auf, stieg ein und fuhr mit einem kurzen Winken an Julian vorbei ins Irgendwo.

Julian blieb unschlüssig stehen, stand irgendwie verloren vor dem Hauseingang und überlegte, ob es nun wahrscheinlicher wäre, dass sie ihn anrief oder sich doch eher nicht mehr bei ihm melden würde. Dabei war ja selbst nicht sicher, was er sich wünschen sollte. Schließlich wäre eine Frau in seinem Leben derzeit sehr wohl eine Komplikation. Eine, die er für sich selbst gerne in Kauf genommen hätte, aber ob er dies auch einer Frau zumuten konnte, das war keineswegs eine ausgemachte Sache.

Das falsche Gewicht

Die Besuche bei Dr. Kovaleva waren, genau wie die Kontrollbesuche einst, als Julian zum ersten Mal mit der Diagnose Krebs konfrontiert gewesen war, schon bald wieder zu so etwas wie Routine geworden. Auch wenn es damals etwas länger gedauert hatte, bis sich dieses Gefühl einstellte, schließlich war er ein Anfänger in Sachen Krebs gewesen. Darum war er zuerst auch eher verwirrt als ängstlich, als bei der jährlichen Gesunden-Untersuchung bei seiner Hausärztin Dr. Hartbacher der Bluttest diesen jenseitig erhöhten PSA-Wert anzeigte.

„Das kann viele Ursachen haben und in Ihrem Alter ist es meist harmlos. Wir können warten und in ein paar Monaten einen neuen Test machen, und wenn der wieder normale Werte zeigt, ist wohl alles gut. Und falls nicht, dann lassen wir das einen Spezialisten anschauen, was meinen Sie?"

Die Ärztin hatte völlig ruhig mit Julian gesprochen und damit versucht, dem Ganzen die Dramatik zu nehmen. Was anfangs auch Erfolg hatte und Julian dem Plan zustimmen ließ. Bis er sich daheim an den Computer setzte, recherchierte und auf einer seriös klingenden Website fand, dass mit seinem PSA-Wert von weit über 20 die Chance auf eine Krebsdiagnose bei mehr als 80% lag. Damit war es vorbei mit seiner relativen Gelassenheit, und weil er nicht monatelang mit dieser Ungewissheit leben wollte, schickte Dr. Hartbacher ihn zu ihrer Kollegin Dr. Kovaleva. Und auch diese legte ihm zuallererst eine Reihe von eher harmlosen Ursachen seines Befundes dar.

„Am wahrscheinlichsten scheint mir, dass Sie eine Prostatitis haben oder vor Kurzem gehabt haben, eine Prostataentzündung. Das kann schon einmal vorkommen und das werden wir mit Abtasten und mit Ultraschall anschauen und dann vielleicht noch weitere Tests machen, je nachdem. Es kommen aber auch andere Ursachen in Frage, ganz harmlose Dinge, wie eine mechanische Reizung beim Radfahren zum Beispiel, oder beim Sex. Ja wirklich, sogar ganz normaler Sex kann einen Anstieg des PSA-Werts bedingen."

Kuriose Vermutungen, wie Julian fand, die sich letztlich aber als unzutreffend erwiesen, wie eine direkte Probennahme des Gewebes ergab, was dann zu einer Hormontherapie führte, einer Bestrahlung und am Ende zu seiner Heilung. Wenigstens hatte Julian das damals noch geglaubt, als er sich von einer Kontrolle zur nächsten mit immer noch positiveren Nachrichten und Aussichten konfrontiert sah und schließlich wieder alles beim Alten zu sein schien. Bei der nunmehrigen Reprise seiner Erkrankung standen die Kontrollen aber unter einem völlig anderen Stern. Er schaute diesmal nicht mehr hoffnungsvoll seiner endlichen Genesung entgegen, dem Tag, an dem er dieses unangenehme Kapitel Krebs endlich ein für alle Mal hinter sich lassen konnte. Diesmal ging es darum, endlich zu erfahren, ob er sich auf ein Weiterleben für ein paar Jahre, oder doch nur auf einige wenige Monate einstellen musste. „Würde mir die Ärztin", dachte er bei sich und spann die einst begonnene scherzhafte Diskussion weiter, „die Complete Works von Schönberg nahelegen, oder doch nur die Greatest Hits, falls es so etwas von diesem Komponisten geben sollte?"

Wieder saßen sich Julian und Dr. Kovaleva gegenüber, hatten bereits die jüngsten Ergebnisse besprochen, die immer noch keine verlässliche Antwort auf die genannte Frage erlaubten, und Julian hatte ausführlich erzählt, wie es ihm im Alltag mit seiner Behandlung erging. Als schon alles erledigt schien, zögerte Julian, weil ihm noch eine Frage auf dem Herzen lag, und Dr. Kovaleva, die sein Zögern bemerkt hatte, sah ihn erwartungsvoll an und gebot mit einer kleinen Geste ihrer Hand, er möge loslegen.

Julian räusperte sich und sagte: „Ist das Medikament, das ich bekomme, eigentlich teuer?"

Dr. Kovaleva spitzte die Lippen und runzelte die Stirn zu einer skeptischen Grimasse.

„Das kommt darauf an, womit sie das vergleichen wollen", antwortete sie schließlich, „die Behandlung von Krebs ist nie eine ganz billige Angelegenheit."

„Naja, ich meine, geht es um ein paar Tausend Euro, die es kostet, mir vielleicht einige Monate oder Jahre zusätzlich zu verschaffen, oder handelt es sich um 100 Tausende?"

Weil die Ärztin nicht gleich antwortete, fühlte sich Julian verpflichtet, eine Erklärung für seine Frage nachzureichen, und fuhr fort: „Ich habe in den Nachrichten von diesem neuen Medikament gehört, das gegen eine sehr seltene Erkrankung angewendet werden soll und Millionen kostet. Ich meine, Millionen für die Behandlung von einem einzigen Patienten. Das teuerste Medikament der Welt, haben sie es genannt. Dabei hieß es in dem Bericht, dass es auf Grund des hohen Preises wahrscheinlich gar keine Zulassung erhält beziehungsweise dass man es nur bekommt, wenn man es selbst bezahlen kann."

Dr. Kovaleva nickte, holte tief Luft und sagte: „Ich bin nicht sicher, welches Medikament sie meinen, ich weiß von wenigstens zweien, bei denen das Gesagte zutrifft. Das eine ist gegen einen Gendefekt gerichtet, der eine Muskelatrophie bedingt. Die Muskulatur wird zunehmend schwächer und das betrifft letztlich sogar die Atemmuskulatur, sodass man am Ende sozusagen erstickt, weil man zu schwach zum Atmen geworden ist. Ohne diese neuartige Behandlung führt diese Erkrankung unausweichlich zum Tod, meist schon im Babyalter. Mit dem anderen Medikament kann man eine seltene Bluterkrankheit heilen. Mit diesem Gendefekt kann man aber auch ohne diese neue Behandlung leben, wenn auch mit einigen Einschränkungen, und es gibt außerdem einige alternative Behandlungen dazu, wenn auch nicht so effektive."

Julian war verblüfft über ihr offenbar stets auf dem neuesten Stand befindliches Fachwissen und zugleich erfreut darüber, dass sie ihn wieder in ihre wissenschaftlichen Überlegungen einbezog.

„Beim Medikament gegen Muskelatrophie muss man abwägen", fuhr sie fort, „ob einem die Hoffnung auf ein längeres Leben diese Millionen wert ist. Mehr als eine Hoffnung bietet es nämlich auch nicht, die Kinder sind nicht geheilt durch das Medikament, sie können nach einiger Zeit gerade mal ihren Kopf selbst halten, ob es dauerhaft besser wird, kann man noch nicht sagen, so lange wird es noch nicht erprobt. Aber die Chancen, länger zu leben, scheinen vergrößert."

Julian nickte zustimmend, aber noch bevor er etwas sagen konnte, dozierte die Ärztin weiter: „Das Medikament gegen die Hämophilie heilt die Erkrankung tatsächlich, man braucht nur eine Dosis davon und dann kann man ein normales Leben führen. Dafür kostet es ungefähr drei Millionen Dollar, wenn ich mich richtig erinnere. Die Frage ist also: Ist ein unbeschwertes Leben drei Millionen Dollar wert? Vor allem, wenn man ein Leben mit Einschränkungen schon wesentlich billiger haben könnte. Was meinen Sie?"

Sie hatte mit der Brille in der Hand gestikulierend ihre Aussagen unterstrichen und sah Julian nun in Erwartung einer Antwort an.

„Das sind wirklich schwierige Fragen, eine Antwort fällt da nicht leicht. Man kann dem Leben ja kaum einen bestimmten materiellen Wert zuweisen, ich meine…"

„Kann man durchaus", unterbrach ihn die Ärztin, „ich sage nicht, dass das unbedingt gut ist, aber man kann."

Julian sah sie verblüfft an und sie setzte fort: „Versicherungen tun das fortwährend, aber auch Gesundheitsökonomen, ja sogar Verkehrsplaner machen das. Es ist nicht lange her, da habe ich einen Bericht gelesen zur Planung einer Bahnunterführung. An der Stelle, wo diese entstehen sollte, verunglücken jährlich einige Menschen, und man argumentierte nun, was die hohen Kosten der Unterführung betraf, dass die Behandlungskosten der überlebenden Unfallopfer und vor allem die volkswirtschaftlichen Kosten, die durch den Tod einiger davon entstehen, den Einsatz von ein paar Millionen zum Bau einer sicheren Unterführung durchaus rechtfertigen sollten und insgesamt helfen würden, nicht nur Leid zu vermeiden, sondern auch Geld zu sparen. Das mag seltsam klingen, vielleicht sogar zynisch, aber man hat anhand solcher Überlegungen schon oft den Wert eines Menschenlebens berechnet. Und soweit ich mich erinnere, kam man auf etwa zwei bis drei Millionen, wobei man in der Medizin das

Alter eines Menschen und seine Lebenserwartung berücksichtigen muss."

„Zwei bis drei Millionen", begann Julian halblaut zu sprechen, wurde aber sofort wieder unterbrochen.

„Aber um auf Ihre ursprüngliche Frage zurückzukommen: Ihr Medikament liegt irgendwo im Mittelfeld, aber weit weg von einer Million. Und wenn ich Sie konventionell behandeln würde, wäre das zwar etwas billiger, aber weniger aussichtsreich. Sie sind noch jung genug und produktiv und gesellschaftlich und volkswirtschaftlich wertvoll, wenigstens sehe ich das so. Daher konnte ich die Bewilligung in Ihrem Fall problemlos bekommen."

„Gesellschaftlich und volkswirtschaftlich wertvoll, vielen Dank für diese Einschätzung." Julian gab ein kurzes, schnaubendes Lachen von sich. „Ich werde versuchen, mich Ihrer Bewertung würdig zu erweisen, auch wenn ich nicht sicher bin, ob ich sie verdiene."

„Ach Herr Jelinek", fiel ihm Dr. Kovaleva erneut ins Wort, „dann müsste man bei jedem fettleibigen Diabetiker, bei jedem Raucher überlegen, ob sie oder er sich die teure Behandlung verdient, die man diesen Patienten hierzulande anbieten kann."

Die Ärztin zögerte kurz, dann sprach sie weiter: „Mein Vater war als junger Mann ein sehr talentierter Fußballer, alle rechneten damit, dass er einmal für das ‚glorreiche Team der UdSSR' spielen würde, der neue Oleg Blochin, eine ukrainische Legende des Fußballs." Sie malte Gänsefüßchen in die Luft, um die Ironie des Begriffs zu betonen. „Fast alle sowjetischen Nationalspieler waren damals aus der Ukraine. Aber dann hat er sich am Knie verletzt und die Behandlung wäre für damalige Verhältnisse sehr aufwändig gewesen und teuer, aber durchaus machbar. Allerdings hatte er keinen bedeutenden Fürsprecher, weil er nie irgendeiner sowjetischen Organisation beigetreten war, dem Komsomol oder sonst einer Vereinigung zur Gehirnwäsche der Jugend. Also hat man ihn gar nicht operiert und er musste nicht nur seine Fußballkarriere beenden, er hat sogar sein Leben lang gehumpelt. Anstatt ein Held der Sowjetunion zu werden, mit vielen Privilegien und der Lizenz für ein eigenes kleines Geschäft am Ende der Karriere, wurde er Buchhalter und unsere Familie war genauso arm wie alle anderen. Im Alter war er dann ein dicker, träger Mann, dem nichts mehr Spaß bereitete als zu essen, und der ganz wie zu erwarten an einem Herzinfarkt starb."

Sie pausierte und starrte mit nachdenklichem Blick ins Nirgendwo.

„Sie und ich, wir haben das Glück, in diesem reichen Land zu leben", setzte sie nach einer langen Pause fort, „und wir sollten froh sein, dass man unsereins nach den besten medizinischen Möglichkeiten behandeln kann. Sie sollten das positiv sehen und ein gutes Leben führen, solange es nur irgendwie geht."

Julian musste erneut zustimmend nicken, bedankte sich für die umfangreiche Auskunft und versprach feierlich, sich an die gutgemeinten Anordnungen der Ärztin halten zu wollen. Als er nach Hause ging, fühlte er sich tatsächlich besser, fast beschwingt ob der netten Einschätzung der Ärztin, wertvoll zu sein, und erleichtert, sich wegen der ungewohnten Umstände um seine Person nicht schuldig fühlen zu müssen. Aber schon bald schweiften seine Gedanken zum ukrainischen Fußballspieler und zur bevorstehenden WM in Russland und er überlegte, dass es doch möglich sein müsste, mit allen doch noch zu einem gemeinsamen Termin für die Fußballreise zu kommen.

Schreiberling

Zwischen Blind Dates, Doppeldates und allem anderen, das er sich vorgenommen hatte, ‚im Rest seines Lebens' noch zu tun, erledigte Julian nach wie vor kleinere Schreibarbeiten. Zum einen lenkte ihn dies ab, in Zeiten, wo er sonst ins Grübeln zu fallen drohte, zum anderen fühlte es sich gut an, war gleichsam gelebter Optimismus, darauf ausgerichtet, dass sein Leben weitergehen würde und er sich seine Kunden für ‚die Zeit danach' erhalten musste. Er hatte mittlerweile durchaus viele Kunden, die sich seiner Schreibkünste bedienten, und einige davon waren ihm besonders wichtig, waren wiederkehrende Stammkunden geworden. Kunden, auf deren Aufträge er sich verlassen konnte, deren regelmäßige Überweisungen ihm ein beinahe üppiges Einkommen sicherten und somit ein Dasein bar jeglicher finanzieller Sorgen. Wenn er jetzt daran dachte, wie gut es inzwischen für ihn lief, konnte er seine Anfangszeit nur mehr mit einem Lächeln bedenken, eine Zeit, in der Sorglosigkeit noch ein ferner Wunschtraum gewesen war und seine Zukunft als Texter auf des Messers Schneide gestanden hatte.

Nach dem Entschluss, der Medizin zu entsagen und sich als selbständiger Schreiber zu versuchen, meldete sich zuerst ein paar Wochen lang kein einziger Mensch bei ihm, und Julian begann schon etwas nervös zu werden und sich zu fragen, ob er sich nicht doch völlig verrannt hatte in Wunschdenken und irrealen Träumereien. Bis endlich doch noch die erste Anfrage eintrudelte und sein Leben als Schreibender endlich beginnen konnte. Man suchte jemanden, der von einem Ärztemeeting berichtete, und durchschritt offenbar gerade einen Engpass, was die üblichen Haus- und Hofschreiber betraf, die sonst dafür engagiert wurden. Weshalb man es auch mit dem noch unbekannten Texter riskieren wollte, der immerhin, so viel hatte seine Homepage verraten, so etwas wie ein Medizinstudium vorzuweisen hatte, wenn auch offenbar ohne den entsprechenden Titel. Heilfroh, endlich loslegen zu können, nahm Julian den Auftrag ohne lange Rückfrage an, besuchte die Veranstaltung, verfasste den gewünschten Bericht und lieferte ihn lange vor seiner Fälligkeit ab. Er entdeckte erst im Nachhinein, dass er besser daran getan hätte, vorher zu verhandeln, denn das Honorar, das man ihm überwies, schien ihm wie ein schlechter Scherz. Man hatte ihm die Anreise vergolten und für das Geschriebene ein Honorar auf Basis der Zeichenzahl gezahlt, und zusammengenommen erhielt er damit einen Stundenlohn, der in ihm Neid erweckte auf jede schlecht bezahlte Putzkraft. Er nahm sich vor, beim nächsten Mal geschickter vorzugehen, schluckte seinen Ärger hinunter und verzeichnete seine Erfahrung als einen Anfängerfehler. Schon eine Woche später trudelte der nächste Auftrag ein, er durfte eine Website updaten, alte Texte durch neue ersetzen, und wurde diesmal tatsächlich schon etwas besser bezahlt. So ging es weiter und immer weiter, aber der Eingang der Aufträge blieb ein Tröpfeln und wurde nie zum steten Fluss und die Bezahlung blieb weiterhin eher bescheiden. Drei Monate und zwölf Aufträge später – er hatte währenddessen weiter potenzielle Kunden kontaktiert und sich erfolglos angepriesen – hatte der Zweifel den Optimismus besiegt, die Realität seine Wunschträume untergepflügt. Und was ihm fast noch mehr zu schaffen machte: Er hatte zwischendurch seine Eltern belogen, was seinen Fortschritt im Studium betraf, von ihren regelmäßig überwiesenen Zuwendungen gelebt und war doch dem Ziel, von seiner selbständigen Arbeit leben zu können, keinen nennenswerten Schritt näher gekommen.

Von einem beißend schlechten Gewissen getrieben und zum ersten Mal im Leben Existenzängste verspürend, begann er, einen regulären Job zu suchen. Er konzentrierte sich auf solche Anstellungen, wo Schreiben wenigstens einen Teil der Jobbeschreibung ausmachte, damit er vielleicht für irgendwann später gerüstet wäre, ganz wollte er die angestrebte Karriere als Schreiber noch nicht aufgeben. Und selbst wenn es nicht wirklich seinen Vorstellungen entsprach, fand er schließlich einen Job in einer noch jungen Firma, bei der er im Vorstellungsgespräch mit seiner Redegewandtheit und dem fast halben Medizinstudium Eindruck zu schinden vermocht hatte. Von nun an verfasste er Werbetexte und Bildunterschriften für Flyer und Broschüren und Off-Texte für Werbeclips und Werbevideos.

Als sein zweites Monatsgehalt auf dem Konto gelandet und damit die Probezeit erfolgreich überstanden war, besuchte er seine Eltern und klagte ihnen sein Leid, was das Studium und seinen schwachen Magen betraf. Und noch ehe sie Einspruch erheben oder ihre Sorge in Bezug auf seine berufliche Zukunft äußern konnten, präsentierte er ihnen seinen inzwischen angenommenen Job, vorerst nur als Zwischenlösung, mit der er ihnen nicht länger finanziell zur Last fallen müsste und die ihm Zeit gäbe, sich über seine wahre Berufung klar zu werden. Enttäuscht akzeptierten die Eltern den Verlust des prospektiven Arztsohnes, mit dem sie nur allzu gerne angegeben hätten, und Julian arbeitet weiter in seinem Zwischenlösungsjob.

Und mit großer Wahrscheinlichkeit würde er dort noch heute arbeiten, selbst, nachdem er geheiratet, ein Kind gezeugt und eine Trennung von dessen Mutter durchgemacht hatte, wenn ihm nicht eines Tages Maria über den Weg gelaufen wäre. Das dynamische Supergirl, das sein Leben nicht nur in dieser Hinsicht umkrempelte, trieb ihn dazu, seinen Job zu kündigen und seinen ursprünglichen Plan wieder aufzunehmen. Mit ihrer Hilfe — sie war ein geborenes Marketingtalent mit großen Plänen und kaum existenten Selbstzweifeln - gestaltete er seine Website völlig neu, präsentierte sich als mit allen Wassern gewaschener Profi, den zu engagieren für jeden Kunden ein großes Glück darstellen würde, und verdreifachte seine Preise. Und plötzlich lief das Geschäft. Anfangs noch immer nicht in ausreichendem Umfang, um davon zu leben, aber es wurde deutlich, dass es nur noch ein wenig des Wachstums bedurfte, dann könnte er sein bescheidenes und bei Glück sogar weniger bescheidenes Auslangen finden.

Vielleicht, dachte er sich nun bei seinem Rückblick, habe ich mit dem Schreiben ja letztlich meine Superkraft entdeckt, jene Fähigkeit, mit der ich glänzen und anderen, wie auch mir selbst, helfen und nützlich sein kann. Und mit dem Krebs, auch wenn er dies mit allzu vielen anderen Menschen teilte, hatte er nun auch sein Kryptonit entdeckt, von dem es für ihn aber im Gegensatz zu Superman vielleicht kein Entkommen mehr geben würde.

Hatte ihm der Gedanke an den letztlich gelungenen Beginn seiner ‚Karriere' als Texter und auch die positive, ihre gemeinsame Zukunft bejahende Rolle Marias dabei noch ein Hochgefühl beschert, so versetzte ihm die unausweichliche Erinnerung an seinen aktuellen Zustand wieder einen bitteren Dämpfer. Und auch die Reminiszenzen an Maria gerieten wieder in ein betrübliches Licht, wenn er daran dachte, wie alles geendet hatte. Nicht umsonst stand ihr Name auf seiner Bucket-List, und er nahm sich vor, die Erledigung der ‚Akte Maria' nicht mehr länger hinauszuzögern und ihr endlich einen Besuch abzustatten.

Maria

„Julian!", rief Maria aus, als sie ihm die Türe öffnete. „Was für eine Überraschung", fügte sie zögerlich hinzu, „aber eine schöne Überraschung", setzte sie schließlich ohne große Überzeugung in der Stimme fort. „Was führt dich zu mir?"

Maria sah aus wie früher, schien auf den ersten Blick keine Sekunde gealtert zu sein, wie Julian fand.

„Aber komm erst einmal herein, du musst da nicht vor meiner Tür stehen wie ein Vertreter. Oder hast du nur wenig Zeit?"

Für Julians Geschmack schwang deutlich zu viel Hoffnung in der Frage mit, aber er verneinte sie dennoch und sagte: „Gerne, wenn ich dich nicht störe, ich habe Zeit."

Maria trat einen Schritt zurück und weil ihr Gesicht nun im Dunkeln lag, konnte Julian nicht erkennen, ob sich in ihm Freude oder doch ein leichter Widerwillen spiegelte. Er folgte ihr in den dunklen kleinen Vorraum, zog seine Schuhe aus, als er sah, dass Maria barfuß ging, und folgte ihr weiter hinterher durch eine halb verglaste Tür in einen großen Wohnraum. Im Gegensatz zum fensterlosen Vorraum war dieser Raum sehr hell, im Zentrum eine lederne Sitzgruppe um einen niederen Glastisch angeordnet, an der linken Seite ein heller Küchenblock, davor eine Art Bar mit einer glänzenden Marmorplatte und zwei hohen Hockern. Alles schien Julian makellos sauber, beinahe aseptisch, die großen Fenster an der rechten Seite des Raums wirkten wie frisch geputzt, nirgends stand gebrauchtes Geschirr herum, kein Stück Kleidung lag ungeordnet am

Boden, und nur eine aufgeschlagene Zeitschrift auf dem Couchtisch zeugte von der Möglichkeit echten menschlichen Lebens in der Wohnung, wenn sie auch irgendwie den Eindruck von Dekoration vermittelte. Es hätte Julian kaum verwundert, wenn es eine Ausgabe von „Schöner leben" gewesen wäre, tatsächlich war es eine Modezeitschrift, wie er später sah.

Maria dirigierte ihn mit einer sanften Berührung am Arm auf die Couch, bot ihm Kaffee an, was er gerne akzeptierte, erkundigte sich nach der gewünschten Stärke des Getränks und lud eine Kapsel in die teuer aussehende Maschine, die mit sanftem Brummen die braune Flüssigkeit in eine elegante Kaffeeschale tropfen ließ. Nachdem sie eine zweite Tasse Kaffee zubereitet und zwischendurch flink einige Dinge aus einem der Küchenkästen und dem Kühlschrank entnommen hatte, trug Maria alles auf einem kleinen Tablett zum Couchtisch und setzte sich Julian gegenüber auf einen der beiden Ledersessel.

„Also, was führt dich zu mir? Wir haben uns ja schon ewig nicht mehr gesehen, es müssen schon einige Jahre sein, oder wenigstens fast. Bist du zufällig in der Stadt? Beruflich?"

Julian hatte sie schon beim Hantieren mit der Kaffeemaschine mit Interesse beobachtet, musterte sie nun eingehend aus der Nähe und entdeckte im hellen Licht des großen Raums nun doch deutliche Anzeichen des Alters, kleine Fältchen in den Augenwinkeln, eine Andeutung von Ringen unter den Augen, Falten am Hals, die er von früher nicht kannte. Trotzdem hatte sie sich ausgezeichnet gehalten, hatte immer noch ein hübsches Gesicht, ihre schmale Nase, ihre schön geschwungenen Lippen und ihre großen Augen, die sie immer attraktiv scheinen lassen würden.

Auch ihr dunkelblondes Haar schien voll, wie eh und je, nur ob die Farbe noch echt war, vermochte Julian nicht zu erkennen. Dabei war er sich nicht einmal sicher, ob er ihre echte Haarfarbe in früheren Zeiten je gesehen hatte, schon damals hantierte sie stets mit irgendwelchen Tönungen und anderen Haarmitteln herum, dafür hatte sich Julian noch nie interessiert und das würde wohl auch nie anders werden.

Maria schien auch nicht zugenommen zu haben, obwohl das im weiten T-Shirt, das sie trug, nicht klar erkennbar war, immerhin war ihr Hinterteil noch wohlgeformt und knackig, wie Julian feststellte, als er sie beim Hantieren mit den Kaffeeutensilien in ihrer engen und teuer wirkenden Jogginghose beobachtet hatte.

„Es sind ein paar Jahre, du hast Recht, das ist schon sehr lange. Aber du hast dich kaum verändert, bist immer noch sehr attraktiv, schaust topfit aus, und die Wohnung ist auch nicht übel." Julian beugte sich vor, ergriff den zierlichen Henkel seiner Kaffeetasse und machte einen kleinen Schluck.

„Danke für die Blumen", sagte Maria in einem liebenswürdigen Ton, „aber du hast dich auch ganz gut gehalten. Ein paar graue Haare hast du inzwischen schon, aber das schaut bei euch Männern eh immer gut aus."

Nun führte auch Maria ihre Tasse zum Mund und erst jetzt nahm Julian ihre zarten Hände, die feingliedrigen Finger und die gepflegten, rotlackierten Fingernägel wahr. „Sie läuft selbst zu Hause so herum, als könnte jeden Moment ein Fernsehteam auftauchen", dachte Julian bei diesem Anblick, „immer bereit für die große Show."

„Und was machst du jetzt so?" Sie hatten beide zeitgleich dieselbe Frage gestellt, lachten kurz auf, krümmten sich beinahe spiegelbildlich in ihren Sitzen zurück und gaben sich gegenseitig den Vortritt für die Beantwortung der Frage.

„Okay, dann eben ich zuerst", gab Maria nach, „ich bin in einer Werbeagentur, einer großen, arbeite als Convention Sales Managerin. Du hast sicher nicht die geringste Ahnung, was das bedeutet, so wie ich dich kenne. Ich organisiere Konferenzen, Seminare, Bankette und so weiter, das ist ziemlich vielfältig. Ich treffe interessante Leute, komme in der Welt herum und ich verdiene ganz gut damit. Bei mir also alles bestens, wie ist es bei dir?"

„Das klingt wirklich gut, genau nach dem, was du dir immer gewünscht hast, nicht wahr? Ich bin immer noch als Schreiber selbständig, es läuft ganz gut, ich kann mich nicht beschweren. Und wie schaut es privat aus bei dir, hast du eine feste Beziehung? Mit ihm bist du nicht mehr zusammen, nehme ich an, sonst würdest du wohl noch bei ihm wohnen?"

Julian hatte die neue Adresse Marias von einer gemeinsamen Freundin aus alten Zeiten erhalten, und erst deren Versicherung, dass sie nunmehr allein wohnte, wobei sie über die Hintergründe dafür nichts preisgeben wollte, hatte ihn sich dazu überwinden lassen, Maria endlich wirklich einmal in der großen Stadt zu besuchen, in die sie schon vor Jahren umgezogen war.

Maria schüttelte verneinend den Kopf, antwortete: „Nein, schon lange nicht mehr, und aktuell bin ich mit niemandem zusammen, das ist schwierig bei meinem derzeitigen Lebensstil. Ich bin viel unterwegs, gerade erst gestern aus Berlin heimgekehrt. Es ist fast ein Zufall, dass du mich einfach so hier antriffst, ohne Verabredung, ganz spontan. Aber jetzt erzähl einmal, was du so machst, was du so treibst, wo du umgehst, und erklär mir, warum du jetzt eigentlich da bist, so ganz aus heiterem Himmel..."

Maria, Maria!

„Er", das war ihr früherer Freund, mit dem sie nach Julian zusammen gewesen war und der, wie zumindest Julian vermutete, den wahren Grund für das Ende ihrer Beziehung darstellte. Einer über eine gewisse Zeit durchaus sehr schönen Beziehung, wie Julian fand, einer aufregenden Phase seines Lebens, während der er mit Optimismus in die Zukunft schaute, einer abwechslungsreichen Phase seines Lebens, in der er ständig Neues erlebte, angetrieben von ihrer unbändigen Energie, ihrer anfangs von ihm so empfundenen positiven Ruhelosigkeit. Sie hatten sich auf einer Messe kennengelernt, bei der sie beide als Vertreter und Auskunftgeber ihrer jeweiligen Firmen fungierten, das Publikum für die eigenen Produkte interessieren und nebenbei auch noch junge Menschen zum Eintritt in ihre Firmen begeistern und das eigene Tätigkeitsfeld als erstrebenswert und hipp darstellen sollten. Weil Julian zusammen mit zwei Kollegen den Stand seiner Firma besetzt hielt und das Interesse für „Kundenakquise durch Infotainment" aber überschaubar blieb - die Firma bot die Gestaltung von kurzen, unterhaltsamen Werbefilmen, bunten Broschüren und kundenspezifischen Giveaways an - durfte er sich nach einer Weile selbst auf den Weg machen, „die Konkurrenz erforschen und Recherche betreiben", wie er seine Kollegen wissen ließ.

Nur vor wenigen Kojen herrschte einigermaßen reger Betrieb, vor diesen aber drängten sich die Interessenten geradezu, und es schien Julian aussichtslos mit deren Vertretern ins Gespräch zu kommen. In einer davon wurde ein neuartiges Gerät zum Muskeltraining durch

Elektrostimulation vorgestellt – „20 Minuten mit unserem Gerät ersetzen stundenlanges Krafttraining, fit und schlank ohne Mühe" lautete die Versprechung -, in einem anderen ein neues Computerprogramm mit Virtual Reality-Brille, das dem künftigen Hausbesitzer erlaubte, sich noch vor der Grundsteinlegung durch dieses zu bewegen, vom Partyraum im Keller bis hinauf zum ausgebauten Dachboden, auf welchem sich nach Wunsch in Sekundenschnelle die Deckenhöhe verändern ließ, ebenso wie die Größe der eingelassenen Dachfenster. Nebenbei konnte man mit der Brille auch Achterbahn fahren oder sich mit dem Schlitten von einem Rentier durch eine verschneite Winterlandschaft ziehen lassen, wie man auf großen Bildschirmen hinter den jeweiligen „Versuchspersonen" in nur zwei Dimensionen miterleben konnte. Julian wurde schon beim Betrachten der bloß zweidimensionalen Achterbahn etwas mulmig im Magen, durch die Virtual Reality-Brille betrachtet, hätte er wohl dreidimensionale und zudem geruchsechte Kotze produziert, wie er leicht angewidert dachte.

Viele der kleinen Stände zogen hingegen nur wenige Schaulustige an oder waren gar völlig verwaist, und an einem davon erspähte Julian bei seinem ziellosen Rundgang durch das Gelände eine junge Schönheit, die gelangweilt in einer Broschüre las und erfreut aufblickte, als Julian sich dem Stand näherte.

Mit einem breiten Grinsen im Gesicht eröffnete Julian das Gespräch: „Was können Sie mir denn Interessantes über…", er versuchte schnell herauszufinden, was hier überhaupt angeboten wurde, „…Sonnenschutzsysteme erzählen?", ergänzte Maria mit einem Lachen. „Sie sind also an Sonnenschutzsystemen interessiert", fuhr sie fort, „dann sind Sie bei mir genau richtig."

Was folgte, war die Farce einer kleinen Werbeveranstaltung, die beiden Proponenten beinahe unverblümt als Fassade für das Flirten und gegenseitige Näherkommen diente. Schon nach wenigen Sätzen schien beiden klargeworden zu sein, dass sie füreinander bestimmt waren, dass das Schicksal hier zueinander geführt hatte, was ganz offensichtlich zusammengehörte. Noch am selben Abend landeten sie gemeinsam in seinem Bett, nach drei weiteren Treffen waren sie auch schon offiziell ein Paar, und einen Monat später zog sie bei ihm ein und mit ihr eine völlig neue Art des Lebens in das seine.

Hatte sein vorangegangenes Sozialleben vor allem aus dem regelmäßigen Ausgehen mit seinen Freunden und Trinkkumpanen bestanden, gelegentlichen Besäufnissen, unterbrochen von einigen Konzertbesuchen und Kinofilmen, so erfuhr er nun eine Einführung in die Welt der gehobenen Alternativkultur, der Architektur und der schönen Künste in allen ihren Formen.

Maria hatte ursprünglich Kunstgeschichte studiert und, nachdem sie dies unterfordert hatte, zusätzlich noch ein Diplom in Betriebswirtschaft erworben. Im Nachgang absolvierte sie noch einen Kurs im Eventmanagement, und nachdem sie alles stets in Mindestdauer und mit Bravour bestanden hatte, stürzte sie sich mit Feuereifer ins Berufsleben. Weil aber die Zeiten für Berufsneulinge gerade ungünstig und Maria zudem ausgesprochen ungeduldig war, landete sie vorerst nicht im Job ihrer Träume, sondern in einer Firma, die die genannten Sonnenschutzsysteme vertrieb, was sie schweren Herzens als Übergangslösung akzeptierte. Doch geschickt, wie sie war, wusste sie auch dort ihre Möglichkeiten zu nutzen, lernte die Praxis der Kundenbetreuung und des Marketings kennen und landete schließlich durch Letzteres in den Armen von Julian. Oder, korrekter die Verhältnisse widerspiegelnd, zog bei letzterem Julian in den Bann ihrer Anziehungskräfte, als eines der zahlreichen Objekte, die auf dem ihnen zugewiesenen Orbit um das Zentralgestirn Maria kreisten und welche diese im Wechsel ihrer Interessen mit einem Mehr oder Weniger ihrer freudespendenden Strahlkraft bedachte. In ihrer Freizeit wirbelte sie zwischen den Partys befreundeter Architekten und Künstler herum, feierte bei Premieren, Vernissagen und Finissagen, besuchte Kunstfilme und avantgardistische und klassische Konzerte und hielt sich bei Ashtanga Yoga fit und wehrhaft mit Jiu-Jitsu.

In ihrem beider Dasein als Paar änderte sich für Maria wenig, für Julian beinahe alles. Sie integrierte ihn mühelos in ihren Tagesablauf, führte ihn ein in den Kreis ihrer Freunde und Bekannten und schleppte ihn mit zu den genannten Ereignissen, geradeso ungezwungen wie ein neues Accessoire, das es vorzuführen galt. Umgekehrt hatte sie für Julians Freunde weder Zeit noch Interesse, und angesichts des oft dichtgedrängten Programms sozialer Aktivitäten, das sie sich selbst auferlegten, sah auch Julian einige seiner Freunde nur mehr selten, beinahe nur mehr dann, wenn Maria auf Messen in anderen Städten weilte oder bei einem ihrer „Mädels-Abende" zu tun hatte. Binnen kürzester Zeit hatte sie sein Leben mit derselben Leichtigkeit umgekrempelt, wie es andere Menschen mit ihrem Hosenaufschlag tun.

Über viele Monate war Julian so sehr damit beschäftigt, dem allem hinterherzuhasten, die Unzahl neuer Eindrücke, Gesichter und bislang ungekannter Lebenswelten zu verarbeiten, dass ihm gar keine Zeit blieb, sich zu fragen, ob er eigentlich mochte, was er tat, ob ihm sein neues Leben Freude bereitete. Selbst in der eigenen Wohnung kannte er sich zunehmend weniger aus, nachdem sich Maria ihrer angenommen hatte. Mit einem Male gebrauchte er neues, wenig praktisch scheinendes Besteck, um von neuem, noch unpraktischerem Geschirr zu speisen, und warf seine Kleidung nicht mehr auf den Boden, wenn er nach Hause kam, sondern drapierte sie auf einem stummen Diener, als welchen sie das so unpraktische, neu im Schlafzimmer prangende Gestell bezeichnete. Fast wirkte es so, als wäre er umgezogen und nicht sie, so deutlich hatte Maria umgestaltet und neudekoriert, aus der einstigen Wohnung des Junggesellen, die dezente Vernachlässigung und reine Funktionalität widerspiegelte, das Domizil eines Yuppie-Paares gemacht, die Unterkunft zweier – vermeintlich - kunstsinniger Erwachsener, die es zu etwas gebracht hatten. Nur was sein eigenes Äußeres betraf, verweigerte sich Julian standhaft ihren Versuchen, ihn neu zu modellieren. Weder ließ er sich einen Bart stehen, weil es, wie sie versicherte, jetzt wieder ,total angesagt' war, noch lief er mit weißen Turnschuhen und aufgekrempelten Hosen herum, wie sie ihm ,just for fun' vorgeschlagen hatte und es ihm einige seiner neuen Bekannten vormachten.

Im Laufe des zweiten Jahres seiner Domestikation begann Julian dann allerdings nach und nach zurückzufallen, zuerst konnte, und schließlich gestand er sich ein, wollte er nicht mehr überall mit. So aufregend er eine Weile diese Welt der Kunst und Künstlichkeit, des vordergründigen Interesses und der hintergründigen Interessen gefunden hatte, so sehr hatte es ihn ermüdet, sich ihr zu stellen und sich ihr, wenn auch nur äußerlich, immer wieder anzupassen und sich einzufügen. Immer öfter ließ er Maria allein in ihre Traumwelt entfleuchen, immer öfter blieb er zu Hause und ergab sich dem süßen Nichtstun, dem Musikhören oder dem passiven Konsum des Fernsehprogramms. Bei dem es einerlei war, ob er die feinen Nuancen der Darbietung verstand, die subtilen kritischen Anspielungen des Gezeigten erheischte, oder den fundamentalen Tabubruch der Inszenierung erkannte und auch entsprechend zu schätzen wusste.

Anfangs überredete ihn Maria noch wiederholt zum Mitgehen, doch allzu oft fand er sich gelangweilt und nicht zuletzt auch alleingelassen, während Maria wie ein Fisch im Wasser schwamm und ihre Begeisterung keinerlei Verschleiß erkennen ließ. Nach einer Weile dann folgte eine Phase, in der sie ihm seine Passivität vorwarf, ihn beschuldigte sich gehen zu lassen und das sinnbefreite, kulturlose Dasein der Unterschicht angenommen zu haben, bestehend aus Arbeit, Nahrungsaufnahme und Fernsehkonsum. „Fehlt ja gerade noch, dass du das Dschungelcamp anschaust, oder Big Brother!", warf sie ihm eines Abends vor. Schließlich schien sie zu resignieren, ging zu vielen Ereignissen ohne lange Nachfrage einfach ohne seine Begleitung und kam immer öfter erst sehr spät nach Hause.

Und gerade als Julian sich an diese neue Normalität gewöhnt hatte und Maria diese neue Form des Neben- und weniger Miteinanderlebens akzeptiert zu haben schien, verließ sie ihn. Auch wenn es im Rückblick betrachtet kaum überraschend schien, kam es damals für Julian völlig unerwartet. Noch schwerer wog, dass er sie immer noch liebte oder wenigstens zu lieben glaubte. Er hatte sich mit dem neuen Leben sehr gut arrangiert, genoss den Erfolg in seiner Selbständigkeit als Texter, ja empfand sogar Stolz darauf, endlich ordentlich Geld in die Beziehung einbringen zu können, und hatte immer noch innigen Sex mit Maria, zumindest, wenn sie doch einmal zuhause geblieben war. Allein, dies schien für Maria nur mehr Befriedigung eines gelegentlich aufkeimenden Grundbedürfnisses, oder sogar Strategie, ihn ruhig und bei Laune zu halten, bis sie alles für ihr künftiges Leben arrangiert hatte. Denn nicht nur die Ankündigung ihrer Trennung erfolgte – wenigstens aus der Sicht des Verlassenen – überaus abrupt, auch ihr Auszug war schon eine Woche später über die Bühne gebracht, unterstützt von einem Freund namens Jakob, den sie schon zuvor das ein oder andere Mal erwähnt hatte. Tatsächlich, alleingelassen in der nun halbleeren Wohnung, bei aller Muße der Welt, die er zuvor noch so frei und unbeschwert genossen hatte, erinnerte Julian sich nun in seinem Grübeln und Rekapitulieren vergangener Ereignisse daran, dass der Name sogar recht häufig gefallen war. Auffällig häufig, wenn er es genau bedachte. Daher war er zwar kaum mehr wirklich überrascht, aber trotzdem einigermaßen konsterniert, als er wenige Monate später von gemeinsamen Bekannten erfuhr, dass Maria und Jakob nun auch offiziell ein Paar geworden waren.

Hatte Maria ihn vorgewarnt, ihm deutlich zu machen versucht, dass es da einen anderen, jemanden namens Jakob gab, der Julian ersetzen könnte? Jemanden, der an seiner statt mit ihr ausging, mit ihr all das unternahm, wozu er nicht mehr länger bereit war? Ihr jenes Leben bot, voll Glanz und Glamour und Kultur und Anspruch, von dem sie, einmal davon gekostet habend, nicht mehr lassen wollte? Hatte sie ihn dieses Jakobs wegen verlassen, ihn vielleicht schon während ihrer gemeinsamen Zeit mit diesem betrogen?

„Man lernt nicht viele Menschen in seinem Leben so gut kennen, wie jene, mit denen man Jahre beisammen war, sogar zusammengelebt hat. Für mich sind und bleiben diese daher immer besondere Menschen, auch wenn man schon lange nicht mehr zusammen ist, man bleibt einander doch immer irgendwie verbunden." Julian machte eine kurze Pause, überlegte, wie er fortsetzen sollte. „Und wenn ich an unsere gemeinsame Zeit zurückdenke, dann erinnere ich mich an viele glückliche Tage, an große Vertrautheit, an viel Spaß, den wir gemeinsam hatten. Wären wir in Frieden auseinandergegangen, dann könnten wir nun in Erinnerungen schwelgen, alte Zeiten Revue passieren lassen. Aber neben den guten Zeiten erinnere ich mich auch an die schlechten, daran, wie du mich verlassen hast, wie du mir den Grund dafür nie wirklich erklären wolltest und wie furchtbar schnell das alles ging. Und fast ebenso schnell hattest du dann eine neue Beziehung, noch dazu mit jemandem, den du schon zu meinen Zeiten gut kanntest."

Julian pausierte kurz, um endlich zum Eigentlichen seines Kommens vorzudringen: „Manchmal habe ich mich gefragt, ob nicht vielleicht sogar er der Grund war für deinen Entschluss, zu gehen, ob du mich seinetwegen verlassen hast. Aber weil wir ja kaum mehr Kontakt zueinander hatten, du anfangs sogar meine Anrufe nicht angenommen hast, und du auch nie darüber sprechen wolltest, blieb das immer wie..., wie eine offene Wunde für mich, etwas, das ich nie ganz vergessen konnte. Jetzt wo du wieder allein wohnst, dachte ich, du könntest vielleicht darüber reden und wir könnten etwas von dem Guten wiederfinden, das wir einst hatten."

Julian hatte sich vorgenommen, seine Krankheit nicht zu erwähnen und ihre Trennung von Jakob als Grund seiner Nachfrage vorzuschützen, auch wenn diese schon eine ganze Weile zurücklag.

Maria hatte Julians Ausführungen stirnrunzelnd zugehört, und als er sie jetzt auffordernd ansah, fühlte sie sich offensichtlich gezwungen, etwas zu antworten, auch wenn sie ihre Unlust kaum zu verbergen suchte: „Ja, Julian, manchmal ist das so, man bleibt miteinander verbunden, aber das ist gewiss nicht immer der Fall. Das hängt, wie du selbst sagst, wohl vor allem davon ab, wie man auseinandergegangen ist. Und bei uns beiden, das war nicht gerade schön, und es war auch keineswegs so plötzlich, wie du behauptest. Du hast dich über Monate immer mehr zurückgezogen, von mir und meinem Leben abgewandt. Und ja, ich bin damals oft mit Jakob ausgegangen, er hat sich um mich gekümmert, mir mein Leben erträglich gemacht, nachdem du daraus verschwunden warst. Aber es war nichts zwischen ihm und mir, nicht bevor ich dich endlich verlassen hatte, nicht bevor ich mich zu dieser schweren Entscheidung durchgerungen hatte."

Maria atmete tief durch und es entstand eine unangenehme Pause. Doch unvermittelt sprach sie wieder weiter, noch bevor Julian etwas sagen konnte: „Doch du hast recht, ich erzähle dir das, weil ich nicht mehr zusammen bin mit ihm. Er hätte es nämlich tatsächlich so gemacht, wie du es mir unterstellt hast, wenn ich es zugelassen hätte. Er hat mich schon umworben, als wir beide noch ein Paar waren."

Maria atmete tief ein und mit einem hörbaren Seufzen wieder aus, das Sprechen schien ihr plötzlich schwer zu fallen.

„Und er hat es dann bei mir ganz gleich gemacht, er hat sich eine neue, eine jüngere gesucht, sie wohl auch ‚getestet‘“, Maria malte Gänsefüßchen in die Luft, „und für gut befunden. Und mich erst dann verlassen, als er nahtlos in eine neue Beziehung wechseln konnte. Aber du musst mir glauben, das habe ich nicht so gemacht. Es war zwar schmeichelhaft, als er mich so heftig umworben hat, und es war eine große Verlockung, dem schon zu deiner Zeit nachzugeben, aber ich habe das nicht getan, ihm stets zu verstehen gegeben, dass du mein Mann warst und ich dich nicht betrügen würde.“

Wieder stieß sie einen hörbaren Seufzer aus, dann setzte sie fort: „Ich wollte dich damals keineswegs verletzen, aber irgendwann musste ich mir selbst eingestehen, dass es mit uns beiden vorbei war, Jakob hin oder her. Ich habe ihn dann zwei Monate lang hingehalten, denn ich wollte mir darüber klar werden, ob er nicht nur einfach die nächstbeste Lösung war, etwas, das mich in der damaligen Situation eben trösten würde. Aber er hat sich tatsächlich sehr bemüht um mich, ließ mich glauben, dass ich die eine für ihn wäre, auf die er immer schon gewartet hatte.“

Maria schüttelte verneinend den Kopf und stieß ein verächtliches Schnauben aus ihrer schmalen Nase aus.

„Heute weiß ich, dass das seine Masche ist, dass er alle so herumkriegt. Er hat mich mehrmals betrogen, als ich mit ihm zusammen war, jungen, wehrlosen Dingern das Herz gebrochen, bloß, um sie ins Bett zu bringen. Eines dieser traurigen Opfer hat mich einmal kontaktiert und mir unter Tränen sein Leid geklagt. Das Mädchen wollte sich rächen, weil er ihm Versprechungen gemacht hatte...“

Mitten im Satz hielt Maria plötzlich inne, schaute Julian mit einem bitteren Lächeln an und sagte: „Und jetzt erzähle ich *dir* den ganzen Scheiß, gerade so wie diese Göre einst mir. Entschuldige, ich habe mich gehen lassen."

Julian schüttelte den Kopf und sagte: „Nein, das ist schon gut, ich verstehe das schon. Das muss sehr wehtun. Aber dann kannst du vielleicht auch besser verstehen, warum ich damals so verletzt war. Denn für mich hat es ja tatsächlich so ausgesehen, als würdest du seinetwegen gehen. Und irgendwie, das kannst du wohl selbst nicht wissen, war es vielleicht auch so. Ohne ihn, ohne das Wissen, dass da schon einer auf dich wartet, hättest du vielleicht doch noch einmal mit mir geredet, mir erklärt, dass du dich verlassen fühlst, mir…"

„Ach Blödsinn", fuhr Maria unwirsch dazwischen, „das habe ich oft genug versucht, aber du hast mir nicht zugehört. Du hast nicht zugehört."

Unmerklich hatte sich ihr Tonfall von ärgerlich und trotzig in verzweifelt und traurig gewandelt und als ihr Julian erstaunt ins Gesicht blickte, erkannte er, dass sie nur unter Mühen ihre Tränen zurückhielt.

„Jetzt hast du deine Antwort", presste sie mühsam hervor, „vielen Dank dafür, dass du mich daran erinnert hast. Es wäre mir lieber, wenn du jetzt gehst."

Sie schlug ihre Hände vors Gesicht und überließ sich einem hemmungslosen, lautlosen Schluchzen, das ihren Körper zum Beben brachte. Völlig überrascht von der Entwicklung des Gesprächs blieb Julian unschlüssig noch ein wenig sitzen, überlegte irgendetwas dazu zu sagen, verwarf seine Überlegungen wieder, stand dann langsam auf und ging zur Tür.

„Dann… dann gehe ich jetzt", murmelte er halblaut. „Es tut mir leid, dass…, das war nicht meine Absicht. Also auf Wiedersehen, melde dich, wenn dir danach ist."

Nachdem er aus dem Apartment getreten war und die Tür leise geschlossen hatte, blieb er dort noch eine Weile stehen und lauschte. Doch außer dem Brummen des Aufzugs, der vorbeifuhr, und wenig später den Geräuschen, die jemand weit über ihm machte, als er diesem entstieg, konnte er keinen Laut vernehmen. Langsam schritt er die Stufen hinunter, nachdenklich und sogar ein wenig betrübt. Nun hatte er zwar seine Antwort bekommen, aber das machte ihn nicht zufriedener, und er blieb unschlüssig, was er davon halten sollte.

Beichte eines Schwerenöters, erzählt auf einer Bank

„Es wird Zeit, endlich vernünftig zu werden und kürzerzutreten", sagte Hannes mit tiefer Stimme und wandte den Kopf zur Seite. Julian, der sich neben ihm auf der Bank niedergelassen hatte, griff in den Papiersack, den er vor sich abgestellt hatte, entnahm ihm einen großen Pappbecher und reichte ihn Hannes. Sie hatten diesmal ein Treffen im Freien ausgemacht, weil Hannes am Telefon erklärt hatte, dass ihm an diesem Tag etwas frische Luft guttun würde. Zwar hatte er noch nasse Haare vom Duschen und verströmte einen intensiven Duft nach Körperpflegemitteln, aber seine hängenden Schultern und der leicht zur Seite geneigte Kopf vermittelten in der Tat alles andere als morgendliche Frische.

„Ein doppelter großer Brauner, das sollte helfen", sagte Julian und konnte sich ein Grinsen nicht verkneifen, als er in das sonnenbrillenbewehrte Antlitz seines Freundes blickte, der das Getränk entgegennahm. Er holte für sich selbst einen zweiten, kleineren Becher aus dem Sack, entfernte den Deckel und nahm einen Schluck daraus.

„Dann hat es wieder einmal länger gedauert nach deinem Auftritt gestern." Das klang mehr wie eine Feststellung, denn eine Frage aus Julians Mund, und er lehnte sich auf der Bank zurück und atmete tief ein. Er genoss an diesem warmen Tag die herrliche Aussicht, die ihnen die inzwischen fast schneelosen Berge an der gegenüberliegenden Talseite boten, und den weniger aufregenden Blick auf die Universitätsgebäude entlang des Ufers auf der anderen Flussseite. Direkt vor der Bank führte ein asphaltierter

Weg vorbei, dahinter ein schmaler Grünstreifen, der an der Ufermauer endete. Gelegentlich schob eine Mutter einen Kinderwagen an ihnen vorbei, oder ein Spaziergänger oder Jogger passierte die Bank, insgesamt war aber wenig los an diesem noch frühen Nachmittag.

„Es war lang und intensiv, soweit ich mich erinnere. Diese verdammten Tequilas. Und diese wirklich bildhübsche, deutsche Studentin. Damn it."

Hannes schüttelte den Kopf und gab einen tiefen, undefinierbaren Laut von sich. „Dabei macht es mir ehrlich gesagt gar keinen richtigen Spaß mehr, das kannst du mir glauben. Diese Gespräche sind immer so unendlich mühsam, immer dasselbe. Ich will Sex und nicht reden, das Reden ist immer so anstrengend, aber sie glauben immer, dass es notwendig wäre. Oder was sie von der Musik halten oder wer ihr Lieblingssänger ist. Ahh…"

„Ich hatte eigentlich vermutet, dass du dich jetzt mit Leya triffst. Exklusiv, meine ich." Julian sah seinem Freund ins Gesicht und bedauerte, dass er wegen der Sonnenbrille nicht erkennen konnte, wie dieser auf die Bemerkung reagierte.

Hannes ließ sich Zeit, ehe er antwortete: „Im Grunde hast du recht. Ich habe mich wirklich ein paar Mal mit ihr getroffen und eigentlich verstehen wir uns sehr gut. Das gestern war ja auch nicht geplant, das ist einfach passiert. Ich sage ja, Scheiß-Tequila, der Alkohol ist schuld." Noch bevor Julian darauf reagieren konnte, stieß Hannes ein verächtliches Lachen aus und schüttelte den Kopf. „Nein, aber im Ernst, ich wollte eigentlich treu sein, ich meine, wenigstens nicht mit einer anderen…, also wenigstens nicht, bis ich weiß, was ich wirklich will."

„Gut, dann ist Leya also doch noch nicht aus dem Rennen, das freut mich. Ich fand sie nämlich wirklich sehr nett und ich denke, dass ihr beide sehr gut zusammenpassen würdet. Außerdem ist es bei dir auch schon eine Weile her, dass du etwas Fixes oder wenigstens etwas Längerfristiges hattest. Ich glaube, ich würde viel drum geben, mich noch einmal zu verlieben, jemanden ganz neu kennenzulernen, all das durchzumachen, was man am Anfang halt so erlebt." Er seufzte und fuhr fort: „Ich beneide dich um diese Möglichkeit, für mich ist es jetzt wohl zu spät dafür."

Hannes schob die Sonnenbrille auf die Stirn, blickte mit verkniffenen Augen zur Seite auf seinen Freund und sagte: „Und du denkst, das kannst du nicht wegen… deiner Krankheit?" Er schüttelte energisch den Kopf, hielt, einen kurzen Schmerzenslaut ausstoßend, inne und sagte: „Das ist doch Blödsinn, merkst du das nicht? Ist das nicht genau das, was du aus all dem lernen könntest, dass man nie weiß, was kommt, und daher seine Zeit nützen sollte? Zurzeit geht es dir doch ganz gut, oder nicht? Was ist, falls du doch wieder gesund wirst? Du hast gesagt, das wäre auch möglich. Willst du dann wieder weinen über die vergebenen Chancen, die versäumten Gelegenheiten?"

Er nahm einen Schluck aus seinem Becher, dann sprach er weiter: „Ich weiß nicht, wie wahrscheinlich es ist, dass du gerade jetzt jemanden triffst. Ich meine, wir könnten noch ein weiteres Blind Date arrangieren, wenn du willst, oder…, aber egal, der Punkt ist, wenn dir eine Frau über den Weg läuft, in die du dich verlieben könntest, dann tu es, verdammt noch mal, und genieße es, solange es geht, wenn sie dich erhört. Wenn du der Lebensfreude nämlich wirklich um jeden Preis aus dem Weg gehen willst, dann grabe dich besser gleich heute noch ein und warte auf das Ende."

Von der Ansprache erschöpft ließ er sich auf die Bank zurücksinken. Julian deutete mit einem langsamen Nicken seine Zustimmung an, da stand Hannes plötzlich unter Gestöhne mit einem Ruck auf und sagte: „Und für mich gilt das im Übrigen ganz genauso wie für dich. Deshalb muss ich dich jetzt leider verlassen und versuchen, ein Treffen mit Leya zu arrangieren. Ich melde mich später bei dir."

Der blinde Spiegel

Wieder wachte Julian auf, völlig verschwitzt, mit rasendem Herzen. Das Fenster war gekippt und die Luft eiskalt, so wie er es im Grunde mochte. Der Schweiß war also erneut nicht die Folge davon, dass er sich zu warm zugedeckt oder gar zu warm angezogen hatte. In T-Shirt und Unterhose gekleidet, lag er in Schweiß gebadet und hatte Angst. Angst im Schlaf oder Angst im Traum, jedenfalls klang sie langsam wieder ab, kam sein Herz langsam wieder zur Ruhe, nachdem er aufgewacht war. Denn auch unter Tags, wach und im Besitz seiner Geisteskräfte, hatte er noch nie solche Angst empfunden, war er noch nie in Panik geraten ob seiner ungewissen Zukunft. Zu seiner eigenen Überraschung hatte er bisher einfach alles hingenommen, sich mit dem vielleicht Unabwendbaren arrangiert und lediglich versucht, das Beste daraus zu machen, die verbleibende Zeit möglichst sinnvoll zu nutzen. Aber vielleicht, dachte er nun vollends wach, war all diese Geschäftigkeit ja nur Aktionismus, der Versuch, sich selbst abzulenken, eine verzweifelte Beschäftigungstherapie von jemandem, der sich nicht anders zu helfen wusste und seiner wahren Zukunft, bei der ihn bald gar nichts anderes mehr beschäftigen würde als die eigene Erkrankung, nicht ins Auge zu schauen wagte. Doch das gelang seinem Traum-Ich offenbar weit weniger gut, hier bahnte sich die Angst ihren Weg und gelangte bis an die Oberfläche seines Bewusstseins, oder wenigstens dessen Entsprechung im Traum. Hier brachte es sein Herz zum Rasen und füllte seine Träume mit Angst und Schrecken, auch wenn er nach dem Erwachen nie irgendwelche Details erinnerte.

Bis zu Dr. Kovalevas Diagnose hatte er geschlafen wie ein Baby, war abends binnen Minuten eingeschlafen, kaum je zwischendurch aufgewacht und morgens gut erholt aus dem Bett gestiegen. Nur ein leichtes Ziepen hier und da, das mit den Jahren wohl etwas häufiger geworden war, erinnerte ihn daran, dass auch er älter wurde und die Zeit auch an ihm nicht spurlos vorübergehen wollte. Doch seit der Diagnose war die Nacht nicht mehr länger sein unbedankter Freund, nicht mehr länger sein dunkler Verbündeter, der jeden Tag die Uhr auf null zurückstellte, um ihn problem- und schmerzlos in einen neuen Tag zu entlassen. Seit der Diagnose war die Unterbrechung seines Schlafs ein allnächtliches Geschehen und das morgendliche Aufstehen zur täglichen Mühsal geworden. Noch bevor er seine Augen aufschlug, wurde ihm bereits sein Zustand bewusst, und noch ehe er sich aufgesetzt hatte, glaubte er bereits Schmerzen zu fühlen. Diffuse Schmerzen, irgendwo in seinen Eingeweiden, er konnte sie nicht lokalisieren und sie waren auch nicht sehr stark. Die Ärztin hatte ihn vorgewarnt und ihn zugleich beruhigt, damit wäre zu rechnen. Erst wenn ihn seine Knochen schmerzen würden, sein Rücken, das Becken, die Oberschenkel, dann hätten sich dort möglicherweise Fernmetastasen gebildet, dann wäre der Krebs weiter fortgeschritten. Doch für den Moment hatten sie dies ausgeschlossen, und wenn die Behandlung erfolgreich wäre, würde dies auch nicht eintreten. So blieb ihm sein unbestimmter Schmerz, von dem er nicht einmal sicher sagen konnte, ob er nicht eingebildet war, einfach weil er von seiner Möglichkeit wusste.

Tatsächlich verschwand dieses Gefühl auch bald nach dem Aufstehen, und wenn er zum Wasserlassen vor der Toilettenschüssel stand, spürte er auch dann keinen

Schmerz, obwohl ihm dies viel plausibler erschienen wäre und laut Ärztin auch eine Möglichkeit dargestellt hätte. „Noch leide ich mehr an der Angst vor der Krankheit als an der Krankheit selbst", beruhigte er sich dann und konnte relativ unbeschwert in den Tag hineingehen.

Jetzt im Dunkeln, zunehmend frierend, weil die kalte Luft seinen Schweiß trocknete und ihn auskühlte, musste er an dieses morgendliche Geschehen denken, daran, wie diese vielleicht ohnehin nur eingebildeten Beschwerden sich für den Tag wieder zurückzogen, und das beruhigte ihn, schließlich war es bislang immer gut ausgegangen. Daher wickelte er sich wieder beruhigt in die Decke ein, drehte sich zur Seite und er musste nicht sehr lange warten, bis ihn der Schlaf wieder willkommen hieß. Bis in der nächsten Nacht wieder alles von vorne beginnen würde…

Immer seltener werden in dieser Welt

Tatsächlich hatte Julian das Gefühl, dass solche Attacken häufiger wurden, und empfand das, wenig überraschend, als eine Verschlechterung seines Gesundheitszustands. Selbst die Beteuerungen seiner Ärztin, die ihn stets zu beruhigen versuchte und meinte, es gäbe keine messbaren Hinweise, die seine Befürchtungen bestätigen würden, vermochten seine Bedenken nicht völlig zu zerstreuen.

Daher war in Julian der Gedanke gekeimt, neben der Liste, die er mit Hannes gemacht hatte, und jener weiteren, die er allein verfasst hatte, auch noch eine dritte zu machen. Und zu all dem dazu auch noch ein „letztes Interview", wie er es nannte, das er mit seinem Freund führen würde, beziehungsweise dieser mit ihm.

„Also wirklich, das finde ich jetzt schon sehr... morbide, aber das ist vielleicht nicht das richtige Wort, wie soll man das sonst nennen, vielleicht makaber? Du wirst uns noch eine ganze Weile erhalten bleiben, wir werden noch viel erleben, ich denke daher, es ist viel zu früh für so viel Pessimismus. Wie auch immer, wenn du es so willst, dann sollst du es haben. Aber ich glaube nicht, dass das eine gute Idee ist. Außerdem, was soll ich dann machen mit diesem Interview? Sollen die Leute das so lesen, soll ich darauf basierend einen Nachruf schreiben? Wo soll der erscheinen, was stellst du dir vor?"

Hannes schaute Julian mit skeptischem Blick an, nahm sein Mobiltelefon aus der Hosentasche und legte es vor sich auf den Tisch, bereit, ihr Gespräch aufzunehmen.

„Ja, nein... ich meine, du sollst einen Nachruf machen, das schon, aber den sollst du erzählen, nicht irgendwo veröffentlichen" sagte Julian. „Bei meinem Begräbnis, meine ich, das macht man doch so. Und du könntest sogar erzählen, dass wir das vorher besprochen haben. Das würde es doch irgendwie zu etwas Besonderem machen, die wenigsten Menschen haben einen autorisierten Nachruf, naja, außer vielleicht ein paar Prominenten."

„Okay, ich verstehe. Aber was soll darin enthalten sein, was willst du, dass die Nachwelt erfährt, was ich nicht sowieso weiß? Ich denke, ich kenne die biographischen Details, wenigstens die wichtigsten. Sollen die Leute noch erfahren, was deine Lieblingsspeise ist, deine Lieblingsfarbe, dein Lieblingstier? Das ist doch kindisch. Oder sollen sie erfahren, welche Bücher du liest und welche Filme du schaust? Wäre da eine nette Anekdote aus deinem Leben nicht besser? Du könntest selbst etwas schreiben, ich lese es dann einfach vor."

„Nein", unterbrach Julian, " so eine Geschichte müsste schon von euch kommen, von denen, die mich kannten und denken, dass sie typisch ist für mich, das kann ich selbst nicht beurteilen. Typisch und natürlich liebenswert, es wäre unangenehm, etwas zu erzählen, das mich schlecht aussehen lässt. Zwar nicht mehr für mich, aber trotzdem."

„Das macht es jetzt auch nicht leichter, woher soll ich denn jetzt diese Geschichte nehmen? Und was soll ich dich jetzt fragen?"

„Du hast recht, ich habe das nicht gut überlegt, vielleicht fällt mir noch mehr dazu ein, wenn…"

„Und was soll das mit dieser Liste?"

„Das ist eine andere Geschichte. Ich habe mir überlegt, ich könnte all jene Menschen ein letztes Mal besuchen, die mir wichtig waren in meinem Leben. Alle, die ich mochte, oder wenigstens jene, die mich mochten. Wobei das eine nicht immer das andere bedeuten muss."

Hannes lachte kurz auf, entgegnete aber kritisch: „Bist du sicher, dass das klug ist? Willst du, dass die Leute dich so erinnern, wie du dich dann gibst, auf dieser… Abschiedstour?"

Er bedachte Julian mit einem schwer zu deutenden Blick und fuhr fort: „Mich erinnert das an die Geschichte von Albert und dem Sterbebild seiner Mutter. Du weißt noch, das hat ihn damals sehr mitgenommen, als sie starb, obwohl das ja durchaus absehbar war. Aber als es dann wirklich passierte, musste er in kurzer Zeit alles Mögliche organisieren und war davon trotz allem überrascht und momentan sehr überfordert. Unter anderem wurde er vom Bestatter nach einem Bild seiner Mutter gefragt, das online erscheint und außerdem auf die Trauerkarte kommen sollte, du weißt schon, das sind diese kleinen Folder, die beim Begräbnis ausgeteilt werden. Da ist ein Foto des Verstorbenen drauf und die Eckdaten von Geburts- und Todesdatum und ein Sinnspruch und so Zeugs. Albert hat dann ein Bild herausgesucht, bei dem seine Mutter zwar schon alt, aber noch nicht besonders mitgenommen aussah von ihrer Erkrankung, und die Trauerkarte ist dann mit diesem Bild gedruckt worden."

„Ich erinnere mich", bestätigte Julian, „,Du lebst in unseren Gedanken weiter' oder so etwas stand da, ich habe auch eine Karte bekommen."

„Ja, dieser Spruch oder so etwas Ähnliches. Aber erinnerst du dich auch an das Foto? Es zeigt trotz allem eine alte und vom Leben gezeichnete Frau, zumindest empfindet Albert das inzwischen so. Er hatte wenig Zeit, musste schnell ein passendes Foto finden und es war ihm damals auch nicht so besonders wichtig. Aber inzwischen bereut er seine Wahl, hat er mir erzählt. Er findet es schade, dass sich alle durch dieses Bild vor allem an seine alte Mutter erinnern, nicht an die lebenslustige und gesellige Frau, die sie doch die meiste Zeit ihres Lebens über gewesen ist, für so viele Jahre, bevor sie die Krankheit traf und zur gebrechlichen, hilfsbedürftigen Seniorin machte. Und ich denke, ich verstehe, was er damit meint. Man betrachtet beim Begräbnis das Bild, dann vielleicht später einmal wieder, und irgendwann prägt dann dieses Bild die Erinnerung an den Menschen, weil man eine andere, unmittelbarere Erinnerung ja nicht mehr hat. Dabei geht es hier nur um ein Bild. Wenn du all die Menschen besuchst, die du magst, noch ein letztes Mal mit ihnen sprichst und was auch immer unternimmst, dann wird das ihre Erinnerung an dich vielleicht für alle Zeit auf dieses eine Mal fokussieren, auf dieses letzte Mal, bei dem sie dich gesehen und mit dir gesprochen haben. Auf das eine Gespräch, wo du ganz sicher wehmütig bist, ich kenne dich, wo du sentimentales Zeug von dir geben wirst. Aber ist das wirklich, wie man sich an dich erinnern soll?"

Julian starrte unverwandt ins Leere, schien über das Gesagte nachzudenken, nickte schließlich langsam mit dem Kopf.

„Man sollte sich rechtzeitig um sein eigenes Sterbebildchen kümmern, damit hast du sicher recht. Was bleibt, sind Erinnerungen und Bilder, und wenn man die Bilder immer wieder betrachtet, werden die Erinnerungen vielleicht verblassen. Vielleicht. Aber ich könnte genauso gut in diesen letzten Gesprächen die gute alte Zeit wieder neu aufleben lassen, die Erinnerungen an gemeinsame schöne

Erlebnisse auffrischen, denkst du nicht? Ich werde darüber nachdenken, vorerst gibt es ohnehin genug zu tun."

Julian hielt inne, blickte Hannes mit ernstem Blick an und sagte: „Wenn du wirklich glaubst, was du da gesagt hast, dann wird deine Erinnerung an mich das hier sein, ich meine, die ganze Diskussion, die wir hier führen, das ganze Elend, das vielleicht noch auf mich zukommt. Es tut mir leid, dass ich dir das zumute, aber ohne dich wäre das alles gar nicht auszuhalten für mich."

„Jetzt werde nicht sentimental! Das ist genau, was ich meinte, du neigst dann zu solchem Seelenkitsch. Aber daran würde ich mich nicht erinnern, nicht bei all dem, was wir schon gemeinsam erlebt haben. Dafür kennen wir uns schon viel zu lange und viel zu gut. Das kannst du mit ein bisschen Wehmut und Selbstmitleid nicht alles zudecken. Lass uns weiter daran denken, noch ein paar coole Dinge zu machen, es wäre mir lieber, wir könnten die erinnernswerten Erlebnisse noch vermehren, das wäre für dich was Gutes und auch für mich."

Means to an End

Zu den für Julian wichtigen Dingen, die es noch zu erledigen galt, gehörte das Entsorgen möglicher „postmortaler Peinlichkeiten". Als solche bezeichnete er für sich all jene Übrigbleibsel, von denen er nicht wollte, dass sie den nach ihm Aufräumenden in die Hände fielen – seiner Tochter, deren Freundinnen und Freunden, seinen Freunden, die ihr dabei vielleicht behilflich wären - und dann in unerwünschter Art und Weise die Erinnerung an ihn bestimmen würden. Tatsächlich besaß er zwar längst schon keine pornographischen Heftchen mehr, diese Relikte seiner Zeit beim Heer waren alle bei einem Umzug dem Unwillen, sie zu schleppen, zum Opfer gefallen, noch waren auf seinem Computer anzügliche Bilder oder Filme gespeichert, zu groß war schon immer seine Paranoia gewesen, sich beim Betrachten oder gar dem Download von entsprechenden Seiten einen Computervirus einzufangen. Mit einem unguten Gefühl dachte Julian dabei an den INXS-Sänger Michael Hutchence, der sich mit 37 Jahren bei autoerotischen Spielereien selbst erhängt hatte und in entwürdigender Pose nackt in einem Hotelzimmer gefunden worden war. Als Julian seinerzeit die Nachricht über diesen Tod im Radio vernommen hatte, war er sofort in einen Second-Hand-Laden gegangen und hatte sich eine CD der Band gekauft, in dem Gefühl, dem Sänger trotz seines unschicklichen Abgangs eine Art Ehrbekundung erweisen zu müssen. Davor hatte ihn die Musik dieser Gruppe nicht besonders interessiert, seither mochte er wenigstens die Songs dieser einen CD sehr gerne. Aber trotzdem, wann immer er „Full Moon, Dirty Hearts" hörte, kam ihm zugleich in den Sinn, wie der Sänger gestorben war, eine ähnliche Verbindung wollte er den sich später an ihn erinnernden Menschen nicht hinterlassen.

So fand er letztlich nichts Beschämendes in seinem zukünftigen Nachlass, das es zu entsorgen gegolten hätte, denn selbst die zum Teil etwas peinlichen Inhalte einiger Liebesbriefe aus seiner Jugendzeit, die er in einer eigenen Kiste gesammelt und jahrelang dort vergessen hatte, fand er im Grunde nur lustige und möglicherweise sogar interessante Dokumente seines früheren Lebens, die sein Andenken kaum trüben würden.

Mit dem guten Gefühl, wenigstens diesen Aspekt in gewisser Weise positiv erledigt zu haben, machte er sich auf zum nächsten Treffen mit Hannes. Dabei ahnte er noch nicht, welch düsteren Pfaden ihr Gespräch dieses Mal folgen würde.

"Manche der Dinge, die man vielleicht einmal in seinem Leben gerne tun würde, kann man eben genau nur einmal machen, weil man sie sehr wahrscheinlich nicht überlebt. Ich müsste also aussuchen, was davon ich am meisten will, und das als Letztes in meinem Leben unternehmen. Aber ich bin mir eigentlich sicher, dass ich nicht auf eine dieser Arten sterben will."

Mit diesen Worten hatte Julian Hannes erklärt, warum er so einiges von dem, was ihnen eingefallen war, letztlich doch nicht in Betracht ziehen wollte. Selbst wenn viele Dinge eher in einer Verletzung als dem Tod enden würden, wollte er weder das eine noch das andere riskieren, wie er seinen Freund wissen ließ.

„Wenn es so weit sein sollte, dass ich nicht mehr leben will, dann muss es schnell gehen, von einem Moment auf den anderen, ohne Zeit für Reue und Bedauern. Du kennst den Witz vom Selbstmörder", Julian sprach mit verstellter, an SpongeBob erinnernder Stimme: „‚Bis jetzt ist es eigentlich ganz gut gegangen‘, dachte der Mann, der aus dem Fenster des zehnten Stockwerks gesprungen war, als er das Fenster im fünften Stock passierte…. Nein", setzte er mit normaler Stimme fort, „selbst einen kurzen Augenblick will ich dann nicht mehr umkehren wollen, ich will es gar nicht mitbekommen. Deshalb habe ich auch schon einige der sogenannten sanften Wege des freiwilligen Abgangs ausgeschlossen, Schlaftabletten oder etwas Ähnliches, oder mir in der warmen Badewanne die Pulsadern aufschneiden, wo ich dann tödlich geschwächt, aber vielleicht panisch in den letzten Augenblicken meines Lebens in den immerwährenden Schlaf versinke oder mit grausamen Visionen vor Augen in den lauwarmen Fluten untergehe."

„Dann kannst du dich eigentlich nur erschießen", sagte Hannes, „aber ich möchte dich bitten, das lieber nicht zu tun. Ich habe nicht viel Ahnung davon, aber ich glaube, wenn man das ordentlich machen will, dann muss man sich in den Mund schließen, schräg hinauf ins Hirn, dann reißt es dir den Hinterkopf weg. Und ich würde dich, ehrlich gesagt, nicht gerne in diesem Zustand finden wollen, das bekäme ich nie wieder aus meinem Kopf, wie ich mich kenne."

„Ja, erschießen oder sich von einem 16-Tonnen-Gewicht zerquetschen lassen, wie in dem Monty Python-Sketch. Es muss wirklich sehr schnell gehen, ich meine wirklich, wirklich schnell, und sehr endgültig sein. Ich habe einen Artikel darüber gelesen, was man kurz vor seinem Tod erlebt, oder wenigstens was Forscher glauben, dass man da erlebt. Da war man gerade dabei, einen Epileptiker zu behandeln und seine Hirnströme zu untersuchen, als er einen Herzinfarkt bekam und starb. Und scheinbar waren da in den 30 Sekunden unmittelbar vor dem Tod und überraschenderweise auch danach noch eine Weile gerade jene Hirnwellen messbar, die man auch beim Erinnern zeigt und beim Träumen. Natürlich weiß man nicht, woran der Sterbende gedacht oder was er gesehen hat in dieser Phase. Aber in anderen Studien hat man Leute zu ihrer Nahtoderfahrung befragt, also solche, die quasi schon tot waren und wieder zurückgekommen sind. Und von denen haben zwei Drittel berichtet, dass sie Höhepunkte aus ihrem Leben gesehen hätten, also schöne Dinge. So etwas ähnliches hört man ja immer wieder, und wenn das garantiert so wäre, dann wäre das völlig okay für mich. Sorgen macht mir aber das letzte Drittel. Diese Leute haben nämlich berichtet, dass sie Horrorvisionen hatten, albtraumhafte Eindrücke, und das will ich auf keinen Fall."

Seit der Diagnose hatte Julian tatsächlich nicht viel nachgedacht über die Möglichkeit, sein Leben selbst zu beenden, auch wenn es ihm eine durchaus überlegenswerte Art schien, sich selbst viele Schmerzen und der Umwelt langes Mitleiden zu ersparen, falls es sich in diese Richtung entwickeln sollte. Erst vor kurzem hatte er die Neuverfilmung der Samurai-Saga Shogun angeschaut, wo gar nicht wenige Männer in Bedrängnis den rituellen Selbstmord gewählt hatten, das, was im Westen despektierlich als Harakiri -sich den Bauch aufschlitzen — bekannt geworden war, im Original aber Seppuku geheißen hatte. Hier wurde Selbstmord von einer feigen Flucht aus ausweglosen Umständen zu einer ehrenhaften Heldentat umfunktioniert, nichts, was sich direkt auf Julians eigene Situation umlegen ließe, abgesehen vielleicht davon, was die leidende Umwelt betrifft. Insgesamt schien Julian diese Art der Selbsttötung aber nicht nur auf Grund des zu erwartenden Schmerzes absurd, sondern auch wegen dem, was er erst in dieser Serie erfahren hatte, nämlich, dass es dabei einen Sekundanten gab, jemanden, der aus dem Selbstmord letztlich eine Art der Hinrichtung machte. Hatte sich der Möchtegern-Selbstmörder nämlich erst einmal heldenhaft die Eingeweide aufgeschlitzt, so trat sein Sekundant vor und hieb ihm mit einem kunstvollen Schwertschwung den Kopf vom Rumpf, was wenigstens dem Schmerz beim Sterben ein rasches Ende bereiten sollte. Ob damit auch gleich der Tod eintrat, blieb ein weiteres Mysterium, schließlich hatte Julian gelesen, dass der Kopf eines Gehenkten noch eine ganze Weile auf Zurufe reagieren konnte. Köpfen wäre also ganz sicher auch nichts für ihn.

Vielleicht wäre ja der absurde Vorschlag von Hannes die Lösung, die ihm dieser noch nachgerufen hatte, als sie sich am Ende der wenig fruchtbaren Diskussion verabschiedet und für ein andermal verabredet hatten: Für sich selbst einen Auftragskiller zu engagieren, so wie in dem Film von Kaurismäki. Wobei allerdings auch hier die Möglichkeit bestand, dass man es dann doch noch bereuen würde, wie ja auch im Film dargestellt. Andererseits, und das schien Julian der Kick bei der Sache, würde man nach der Erteilung des Auftrags vielleicht ganz anders durchs restliche Leben gehen, viel bewusster, den Augenblick deutlicher wahrnehmend, irgendwie unter Strom stehend, im Wissen, dass jeder Moment der letzte sein könnte.

Dabei galt das ja jetzt schon für ihn, im Grunde immer schon und für jedermann, wie er nun, am Ende eines weiteren Tages ohne nennenswerte Aufregung oder bedeutsamen Erlebnisgewinn, kurz vor dem Einschlafen in seinem Bett sinnierte. Dieser allbekannte Kalenderspruch vom bewussten Leben - Lebe jeden Moment so als ob...- hatte ja immer seine Berechtigung, aber er kannte niemanden, der sich daran hielt, niemanden, der wirklich für den Moment zu leben verstand. Dafür war das Leben einfach zu... aufdringlich, unmöglich zu ignorieren, zu präsent, wie ihm schien. Wie sollte man unbeschwert sein Dasein genießen, wenn man ständig von seinen Sorgen bedrängt wurde, wenn das Erinnerungsmail die ausständige Rate einforderte, der schmerzende Rücken den eigenen Zerfall nicht vergessen ließ, der Spendenaufruf einem den Hunger in der Welt stets vor Augen hielt, den Krieg andernorts, die geknechtete freie Meinung, für welche man sein Geld, seine Zeit und sein Engagement aufbringen sollte, aber kaum die Zeit, so gut wie nie die Mittel fand, oder einfach seine Trägheit nicht überwinden konnte.

Und trotz alledem hätte er noch gerne ein langes Leben gehabt in dieser komplizierten und sorgenvollen Welt, trotz allem hätte er viel gegeben für die Versicherung, noch lange gelegentlichen Rückenschmerzen, dem schlechten Gewissen, dem schleichenden eigenen Verfall ausgesetzt sein zu dürfen. Aber mehr als er jetzt tat, konnte er nicht tun, wenigstens fiel ihm da nichts Besseres ein. Er nahm brav sein Medikament, versuchte, noch etwas Spaß zu haben in seinem Leben und vielleicht sogar noch ein paar Dinge zu klären. Und falls dann doch alles gut gehen sollte, hätte er ein paar der unangenehmen Dinge bereits hinter sich gebracht und könnte den Rest seines Lebens eventuell unbeschwerter verbringen. Mit diesen Gedanken und abschweifenden, wirren Überlegungen zum baldigen Treffen mit seiner Tochter Linda fielen ihm die Augen zu.

Linda

Julians Tochter Linda war das Produkt eines an ziel-
gerichtetem, aber dennoch auch genussvollem Sex reichen
Zypernurlaubs, in dessen Vorfeld sich die noch als solche
zu „bestellende" Mutter Carolina ihren Wunsch geäußert
hatte, eine ebensolche zu werden. Julian hatte Carolina
nach nur einem halben Jahr des Zusammenseins geheiratet, weil sie es sich mit Nachdruck gewünscht hatte und er
ihr ihre Wünsche gerne erfüllte. Daher hatte er sich ebenso
verpflichtet gefühlt, mit ihr ein Kind zu zeugen, weil es einem weiteren wichtigen Wunsch von ihr zu entsprechen
schien. Zuvor hatten sie sich diesbezüglich noch nie aus-
getauscht, hatten die Überlegung, ob sie gemeinsam ein
Kind haben wollten oder nicht, noch nie besprochen, und
hatten geheiratet, ohne große Zukunftspläne geschmiedet
oder die jeweils eigenen in irgendeiner Weise dargelegt zu
haben. Schon der Verbindung die Form einer Ehe zu geben, war nicht dem Gefühl entsprungen, ewig währender
Liebe entsprechen zu müssen, die es auf diese Weise zu
bezeugen gälte, sondern schlicht dem Wunsch von Carolina, geordnete Verhältnisse zu schaffen. Mit einer gewissen Logik erschien es Julian daher nur folgerichtig, dass sie
nun auch ein Kind haben würden, so wie es sich für eine
eheliche Verbindung eben gehörte.

Weil er über die Zeugung von Kindern noch nie theoretische Überlegungen angestellt hatte und sich der Un-
wahrscheinlichkeit, dass dies ohne viel Planung und Vor-
bereitung und der bloßen Absicht wegen auf Anhieb funktionieren könnte, nicht im Mindesten bewusst gewesen
war, passierte genau dies. Carolina hatte rechtzeitig die

Pille abgesetzt, sie hatten entschieden, gemeinschaftlich die nach zweijährigem Beisammensein bereits etwas erkaltete Glut ihrer Leidenschaften neu zu entfachen, sie liebten sich während der Urlaubswoche zweimal täglich – jeweils morgens nach dem Aufwachen und abends vor dem Schlafengehen (woran erinnerte ihn das nur, als er nun daran zurückdachte?) – und zeugten im Zuge eines dieser Akte ein Wesen, das sie im Nachhinein, weil sie in dieser Woche neben viel Sex auch viel Alkohol genossen hatten, gelegentlich scherzhaft als Rauschkind bezeichneten.

Nun hatte dieses Wesen, inzwischen erwachsen geworden und selbständig, sein Kommen angesagt. Linda, die Sanfte, die Freundliche, die Schöne, wie das Wort in seiner ursprünglichen Bedeutung besagte. Die Wahl des Namens war spontan gefallen, quasi auf den ersten Blick, den Julian im Leben seiner Tochter auf diese geworfen hatte, und den er mit den Worten ‚qué linda‘ – ‚wie schön‘ kommentiert hatte. Die Worte waren ihm spontan in Erinnerung an ein medizinisches Ferienprojekt in Argentinien eingefallen, das er nach dem 2. Semester seines Studiums der Medizin dort verbracht hatte, wo er dieselben Worte in einem ähnlichen Zusammenhang gehört hatte.

„Linda?“, hatte Carolina da gefragt. „Hast du Linda zu ihr gesagt? Das gefällt mir, lass sie uns Linda nennen.“

Womit die Sache entschieden war, auch zu seiner Zufriedenheit, denn es hatte über Monate kein einziger Name sowohl Carolina als auch ihm gefallen, stets hatten sie einen Haken gefunden: Die Möglichkeit, den Namen allzu sehr zu entstellen, seine gerade modisch bedingte weite Verbreitung, den allzu ausländischen oder den allzu biederen inländischen Klang, oder die Tatsache, dass eine ungeliebte Person so hieß, was vor allem Julian störte, weil es den sonst gefälligen Namen seiner Ansicht nach doch irgendwie „beschmutzen" würde.

Gemeinsam mit dem Namen auf den ersten Blick kam auch die Liebe auf denselben. Linda stellte sein Leben auf den Kopf, wie es so oft beim ersten Kind passiert, veränderte seine Wahrnehmung der Welt und ebenso die Prioritäten derselben. Er bemühte sich, ein guter Vater zu sein, engagierte sich in ihrer Kinderkrippe, in ihrem Kindergarten, schließlich in ihren Schulen, lernte mit ihr, lachte mit ihr, und als sie schließlich ihren ersten Liebeskummer erlebte, litt er auch mit ihr. Er empfand, dass Linda eine vortreffliche Mischung aus den Genen beider Eltern verkörperte, nicht bloß das Beste aus beiden Welten, sondern sehr viel Gutes, das in seiner neuen Kombination sogar zum noch Besseren wurde. Intelligent waren ja beide Eltern, mit einer dummen Frau hätte Julian nicht so lange als Partner verbunden bleiben können, aber attraktiv war vor allem Carolina, und Julian war froh, dass sich diesbezüglich bei seiner Tochter vor allem die Mutter durchgesetzt hatte. Doch was die Klugheit des Kindes betraf, nicht die genetischen Grundlagen derselben, die beizusteuern ja nicht unter seiner Kontrolle gestanden hatte, sondern das umfassende Allgemeinwissen, der große Wortschatz, in dem sie dieses auszudrücken vermochte, sowie die ausgeprägte Neugierde, die sie so vielen Dingen gegenüber zeigte, fühlte sich Julian hauptverantwortlich. Solange sie es zuließ, hatte er ihr Bücher vorgelesen, was sie lange Zeit sehr liebte, vor allem am Abend vor dem Einschlafen, dabei Klassisches und Kluges dem Neuen und oft Anspruchslosen vorgezogen, hatte ihre Kreativität im Spiel gefördert, wo dies möglich war, und war generell ihr Ermöglicher gewesen in dem, was sie sich wünschte, und ihr Unterstützer dort, wo sie es brauchte. So waren sie über lange Zeit ein harmonisches Vater-Tochter-Gespann gewesen, bis zu dem Zeitpunkt, wo sich ihre Klugheit gegen ihn zu wenden begann. Als Freund intelligenter Science-Fiction Filme fühlte er sich dabei an „Terminator" erinnert, jenen Klassiker, in dem sich die Maschinen, als sie in ihrer Entwicklung endlich den Punkt des eigenen Bewusstseins erlangt hatten, gegen ihre Schöpfer wandten und begannen, einen Krieg gegen die Menschheit zu führen. Doch leider kam in seinem Fall kein Helfer aus der Zukunft zu seiner Unterstützung, er musste diesen Kampf allein austragen und noch dazu zu einem Zeitpunkt, an dem er sich noch sicher gewähnt hatte.

Denn nicht erst in der Pubertät, wo es ohnehin die meisten Eltern trifft, sondern ihrer Cleverness wegen schon im Alter von sieben oder acht begann Linda, elterliche Anweisungen zu hinterfragen, allgemeine Regeln anzuzweifeln, und brach damit bei allem, das ihr nicht in den Kram passte, einen ungemütlichen Vater-Tochter-Streit vom Zaun. Gerade das, was er am gelungensten fand, die bedingungslose Kritikfähigkeit, die er ihr so gründlich anerzogen hatte, wurde zum messerscharfen Bumerang, der ihn mitten ins Herz traf. Sie glaubte nichts und niemandem, nicht einmal dem eigenen Vater. Und manchmal schien es ihm fast, als würde sie *gerade* dem Vater nichts glauben, ihm, der ihr einst erklärt hatte, warum der Himmel blau war, wie Vögel fliegen können und warum eine rote Ampel für einen Erwachsenen manchmal nur eine Handlungsempfehlung darstellt und nicht das strikte Gebot, das es einer Volksschülerin sein sollte. Entsprechend nahm sie mit zwölf seine Anweisungen selbst nur mehr als Empfehlungen hin und widersetzte sich ihnen offen mit

14, ja machte meist geradezu das Gegenteil dessen, was er ihr aufgetragen hatte. Erst als sie 16 war, beruhigte sich die Situation wieder, anerkannte sie den guten Willen hinter den inzwischen nur mehr als Ratschlägen getarnten väterlichen Hinweisen, und als sie 18 war, fragte sie ihn tatsächlich das eine oder andere Mal um seine Meinung zu einem Problem, auch wenn er dann selten erfuhr, ob sie den Ratschlag beherzigte. Immerhin hatte sich ihre Beziehung wieder gefestigt, sie gab ihm ausreichend Anlass zu glauben, dass sie ihn liebte, und er sagte ihr das sowieso viel zu oft und stets ungefragt. Und da ihm ihr Wohlergehen schon immer über alles andere gegangen war, unterstützte er sie auch mit aller Kraft, als sie ihren Wunsch äußerte, im Ausland zu studieren, obwohl ihm fast das Herz brach bei dem Gedanken, sie nunmehr noch seltener zu Gesicht zu bekommen, als es ohnehin schon der Fall war, und sie in einer ihm unbekannten Umgebung unter ihm unbekannten Menschen zu wissen.

Ungeduldig wartete Julian nun am Empfangstor des kleinen Flughafens, das den einen, kleinen Ankunftsraum mit dem Gepäcksförderband mit dem größeren Raum der Haupthalle verband und durch welches die Rückkehrer endgültig in der Stadt anzukommen pflegten. Schon vor einer Weile hatte er den Flieger landen und die Passagiere über das kleine Rollfeld in die Ankunftshalle schreiten sehen, beobachtet, wie das Gepäck aus dem Flugzeug auf den kleinen Transportwagen verladen und ebenfalls zur Halle transportiert worden war. Es war ihm unerklärlich, wie es so lange dauern konnte, bis das bisschen Gepäck des kaum 50 Passagiere fassenden Flugzeugs auf das Förderband verladen und an die Besitzer retourniert worden war, dabei war ihm das auch schon als Passagier auf der anderen Seite der Türe stets so erschienen, immer dauerte es ihm zu lang, immer ging ihm das alles zu langsam. Ungeduldig trat er von einem Bein aufs andere, sah immer wieder abwechselnd zur Tür hin, auf das Mobiltelefon in seiner Hand und auf die große Uhr in der Mitte der Empfangshalle, steckte das Mobiltelefon wieder in die Hosentasche und zog es nur wenige Augenblicke später wieder heraus, um einen neuen Zyklus der sinnentleerten Übersprungshandlungen zu beginnen.

Da endlich öffnete sich das Empfangstor und die ersten Passagiere strömten heraus, und mitten unter ihnen, groß, schlank, langbeinig und langhaarig, schritt auch Linda einher, einen viel zu großen Koffer auf Rollen hinter sich herziehend und ein bereits von weitem erkennbares breites Lachen im Gesicht.

Julian war immer wieder erstaunt, wie sich aus dem kleinen Geschöpf, das er einst in einer Hand balanciert, liebkost, gewickelt, und gebadet hatte, diese hübsche junge Frau entwickelt hatte. Das schöne Oval ihres Gesichts, die gerade, schmale Nase – der ideale Kompromiss zwischen Julians etwas knolliger Nase und der einen Hauch zu langen, mit einem Knick versehenen ihrer Mutter -, ihre vollen, schön geschwungenen Lippen und die strahlend blauen Augen mit ihren langen Wimpern, machten sie zu einer Schönheit, wenigstens in Julians Augen, den auch die etwas zu buschigen Augenbrauen nicht störten (die sie nur gelegentlich zurechtzupfte, was er als Zeichen ihrer Eigenständigkeit und Souveränität sehr schätzte) oder die leicht abstehenden Ohren. Letztere waren zumeist ohnehin nicht sichtbar unter ihrer langen blonden Mähne, die sich im Mittelscheitel über ihrer hohen Stirn teilte. Noch bevor Julian etwas sagen konnte, hatte sie bereits den Koffer abgestellt, die Arme ausgebreitet und trat auf ihn zu. Und in Fortsetzung eines Running Gags, den die beiden pflegten, seit Linda die Oberstufe des Gymnasiums erreicht hatte, sich lustig machend über den großen Wortschatz und die Sprachmächtigkeit, die er so stolz war, ihr einst vermittelt zu haben, sagte sie: „Gehabt Euch wohl, mein lieber Vater und Erzeuger, mögen Schalmeien, Hörner und Pauken erklingen, lasset Trompeten Fanfaren schmettern, Linda ist da!"

Sie fielen sich in die Arme, hielten einander eng umschlungen, und für einen kurzen Augenblick wähnte Julian sich zurückgeworfen in die Zeit, als er seine kleine Linda noch täglich in seine Arme schließen durfte, sie sich beinahe jede Nacht in das elterliche Schlafzimmer schlich und eng an ihren Vater kuschelte und ihm das Gefühl vermittelte, dass es nichts Schöneres für sie geben konnte in ihrem Leben, als sich in seiner Nähe geborgen zu fühlen. Für einen Moment wenigstens war der Krebs nur mehr ein undeutliches, in weiter Ferne dräuendes Unheil und die Welt für Julian wieder völlig in Ordnung.

Zukünftige Erinnerungen

Vom Flughafen aus hatten sie ein Taxi genommen, waren in „ihr" Café gefahren, in das er sie schon mitgenommen hatte, als sie noch ein Baby war, und hatten sich, nachdem sich jeder ein Stück Kuchen an der Theke ausgesucht hatte, an ein kleines Tischchen gesetzt, wo sie den Kuchen nun mit einer Tasse Kaffee dazu verzehrten. Für Julian war dies der sentimentale Versuch, alte Gewohnheiten fortzusetzen und zugleich neue Traditionen zu etablieren, für Linda ein leicht dargebrachtes Zugeständnis an ihren Vater, zumal sie tatsächlich gerne Kuchen aß, sich in Kaffeehäusern immer wohlgefühlt hatte und ein längeres Gespräch ohnehin unvermeidlich schien. Julian hatte sie im Unklaren gelassen, was den Grund für seinen Wunsch nach einem Treffen betraf, hatte lediglich gemeint, es wäre ohnehin wieder so viel Zeit vergangen seit dem letzten Male, und dass er sie diesmal wirklich bald, „und nicht erst wieder zu Weihnachten" sehen wollte. Weil Linda seine großen Bemühungen um sie durchaus anerkannte, sich bewusst war, wie viel Geld er nach wie vor in ihre Ausbildung investierte, und er ihr außerdem ungefragt angeboten hatte, die Flugkosten zu übernehmen, hatte sie sofort spontan zugestimmt und schon eine Woche später, auch weil sie ihr momentaner Freund und ihr Studium gerade etwas nervten, wie sie ihn wissen ließ, den Flieger nach Hause bestiegen.

„Jetzt sag schon, gibt es einen besonderen Grund, oder hattest du einfach Sehnsucht, deine Brut wieder einmal aus der Nähe zu sehen?"

Linda hatte ihren Kuchen bereits verschlungen, noch einmal kurz am Cappuccino genippt und lehnte sich mit einem offenen Lächeln zurück.

Julian holte tief Luft, ehe er zu sprechen begann: „Ich habe immer Sehnsucht nach dir, das weißt du doch. Aber diesmal hat es schon einen besonderen Anlass, und leider keinen sehr erfreulichen." Nun nahm er seinerseits einen kleinen Schluck von seinem Kaffee, stellte die Tasse vorsichtig zurück und setzte fort: „Du solltest jetzt nicht gleich in Panik verfallen, aber ich will nicht groß um den heißen Brei reden und ehrlich zu dir sein: Mein Krebs ist wieder zurück."

Julian pausierte, sah Linda, die keine äußere Regung erkennen ließ, in die Augen, und nachdem auch sie ihn weiter lediglich unbewegt anblickte und kein Wort sagte, setzte er fort: „Die gute Nachricht ist, dass es ein ausgezeichnetes neues Medikament gibt und meine Chancen, den Krebs auch diesmal wieder zu überstehen, sehr gut sind. Zumindest für eine Weile, langfristig schaut es eher nicht so gut aus."

Wieder pausierte er, und eine gefühlte Ewigkeit sahen sich Julian und Linda gegenseitig an, ohne dass einer der beiden etwas sagte oder sich auch nur bewegte. Schließlich begann Linda in einem völlig ruhigen und beinahe unangemessen sachlich wirkenden Ton zu sprechen: „Okay. Dann sollten wir vielleicht in naher Zukunft ein paar tolle Vater-Tochter-Erlebnisse sammeln, damit ich etwas habe, woran ich mich später erinnern kann, egal, ob es gut ausgeht oder nicht. Ich weiß schon, du hast unendlich viele Filme und Fotos von mir und von uns beiden gemacht, als ich noch klein war, aber ich will dich auch so erinnern, wie du jetzt bist. Und ja, ich weiß, es liegt an mir, dass es aus der jüngeren Zeit so wenig dazu gibt von uns, weil ich kaum da bin und diese Filmerei nicht wirklich mag. Aber ich will ja auch nicht filmen, sondern erleben, und zwar großartige Sachen, gemeinsam mit dir."

Sie hielt kurz inne, irritiert vom breiten Grinsen ihres Vaters, der sich stolz bestätigt fühlte angesichts ihrer sachlichen Analyse der Situation, und dessen Augen feucht zu glänzen begannen. Dann setzte sie fort: „Ja, ok, du darfst auch ein paar Fotos und Filme machen, vielleicht mag ich das ja doch irgendwann anschauen."

Linda erhob sich halb, beugte sich zu ihrem Vater und umarmte ihn. Ohne ein Wort zu sagen, verharrten beide einige Sekunden in dieser Pose, dann löste sich Linda und setzte sich wieder. Jetzt begann auch sie zu grinsen und sagte: „Hast du irgendwelche Ideen dazu, Vorschläge, Angebote? Ich bin offen für fast alles. Und falls du mir dein Leid klagen willst, mir erzählen willst, wie es dir geht mit dieser Prognose, dann leihe ich dir gerne mein Ohr. Im Übrigen, ich finde es sinnlos jetzt darüber zu spekulieren, ob du das überstehst oder nicht. Wenn du optimistisch bist, will ich das auch sein. Wir können jedenfalls nicht darauf warten, ob du damit recht hast oder nicht, denn falls du dich irrst, ist es dann zu spät für nette Erinnerungen."

Julian nickte langsam, ließ das Grinsen bleiben und sagte mit einem ernsten Ausdruck im Gesicht: „Es wäre schön, wenn wir ein wenig mehr Zeit miteinander verbringen könnten, das würde mich sehr freuen. So auf Anhieb habe ich keine Idee für irgendeine besondere Aktion, aber ich denke, das ist gar nicht nötig. Lass uns einfach ein paar Spaziergänge miteinander machen, vielleicht eine Wanderung, wenn uns danach ist, dann kehren wir irgendwo ein. Und dabei will ich dir nicht mein Leid klagen, das finde ich eher langweilig und belastend. Mir wäre lieber, du erzählst mir von deinem Leben, was du so machst, mit wem, wer deine Freunde sind, wie es um die Liebe steht. Du weißt schon, all das Zeug, über das wir schon früher gesprochen haben, wenn ich dich überreden konnte zu einem Spaziergang."

„Überreden. Du meinst zwingen", entgegnete Linda, „Naja, manchmal zumindest. Aber manchmal war es ja auch ganz nett, das gebe ich zu. Erwarte dir nur nicht zu viele Intimitäten, das ist mir zu blöd vor meinem Vater. Außerdem, wenn du eh wieder gesund wirst, dann muss ich mir später vielleicht noch lange anhören, was du so dazu zu sagen hast."

Jetzt mussten beide lachen, Linda erhob sich erneut aus ihrem Stuhl, beugte sich zu Julian hinüber und gab ihm einen sanften Kuss auf die Stirn, was ihre Vereinbarung zu besiegeln schien.

„Ich habe wieder einen Freund, einen Engländer diesmal, und er geht mir gerade gehörig auf die Nerven."

Linda setzte sich wieder und begann zu erzählen, antwortete geduldig auf Zwischenfragen ihres Vaters und stellte schließlich doch ein paar Fragen auch an ihn, nicht zur Krankheit, sondern zu seinem Liebesleben. Sie wusste, dass er seit einer Weile wieder Single war und dass er diesen Zustand eigentlich nicht mochte, nie lange allein sein wollte und konnte. Julian blieb vage in seinen Antworten, soweit es Erlebnisse der jüngeren Zeit betraf, machte aber klar, dass er – trotz Hannes´ Mahnung – unschlüssig war, ob es rechtens wäre, wieder ein neues Verhältnis zu beginnen, das nicht durch zwischenmenschliche Konflikte, sondern durch äußere Umstände zu einem möglicherweise tragischen Ende finden könnte. So ging es zwischen den beiden angeregt hin und her mit Frage und Antwort und mit Kommentar und Urteil, und wenn es einen Augenblick gab in jüngster Zeit, in dem Julian trotz aller Umstände wieder einmal echtes Glück empfand, so war er hiermit, im Gespräch mit seiner Tochter Linda, endlich wieder einmal dort angekommen.

Liechtenstein

Schon zwei Tage später saßen sie im Zug einander gegenüber, auf den Plätzen einer Vierergruppe von Sitzen mit einem Tisch dazwischen. Julian las in einem Buch, während Linda in ihr Mobiltelefon starrte. Der unmittelbaren Freude über ihre nüchterne Reaktion auf seine Mitteilung hin folgend hatte sich am nächsten Tag eine vorübergehende Irritation in Julians Gemüt gedrängt, beinahe so etwas wie eine gewisse Enttäuschung darüber, dass Linda weder Entsetzen noch Traurigkeit gezeigt hatte und ihm spontan weder große töchterliche Liebe noch ihr besonderes Mitgefühl gestanden hatte. Erst nach und nach, je öfter er diese Situation erneut durchdachte, nahm wieder der Stolz überhand, die Zufriedenheit, sie zu so viel Rationalität und dem Willen, ein Problem zu lösen und es nicht lediglich zu bedauern, erzogen zu haben.

Beim wiederkehrenden Ruckeln des Waggons und dem regelmäßigen hämmernden Geräusch der Räder auf den Schienen fühlte sich Julian zurückversetzt in die Zeiten, als sie noch regelmäßig mit dem Zug in seine Heimatstadt gefahren waren, zum Besuch von Großeltern, Tanten, Onkeln, Cousins und Cousinen. Oft hatten sie dann ein einfaches Kartenspiel gespielt, bei dem Linda ihn regelmäßig besiegte, dabei hatte sie ihm gegenüber gesessen, wie jetzt auch wieder. Noch häufiger aber hatten sie nicht Karten gespielt, sondern sich Linda auf seinem Schoß an ihn geschmiegt und Julian vor ihrer beider Augen ein Buch in Händen gehalten, aus dem er ihr vorlas. Und während sie aufmerksam dem Gelesenen lauschte, zeigte sie immer wieder auf die Bilder, wenn der Text die dargestellte Szene schilderte, und stellte ihm Fragen oder gab selbst Erklärungen zur Geschichte ab. Andere Erwachsene warfen ihm dann stets aufmunternde und zustimmende Blicke zu, und einmal trat, als er sich mit Linda zum Aussteigen bereitmachte, eine Frau mittleren Alters auf ihn zu und lobte ihn überschwänglich für sein Engagement als Vater, wie es doch eher selten zu sehen wäre, vor allem, wenn es um das Vorlesen und nicht bloß um Bewegung ginge. Damals hatte ihn das mit großem Stolz erfüllt, auch wenn er es vor allem machte, weil es ihm und seiner Tochter großen Spaß bereitete.

Diesmal waren sie in die entgegengesetzte Richtung unterwegs, nicht Richtung Heimatstadt, sondern weg von ihr, zur Erfüllung der Mission „Vater-Tochter-Erinnerungen schaffen", oder einfach, um miteinander etwas Zeit zu verbringen, wie Julian das Ganze lieber betrachtete.

„Lass uns gemeinsam mit dem Fahrrad ein Land durchqueren, und zwar Liechtenstein."

Sie hatte ihn schon am nächsten Tag angerufen, auf der Rückkehr von einem Treffen mit einigen Freunden in der Stadt, und ihm ihren Vorschlag unterbreitet. „Das ist nicht so weit, wie es klingt, mit dem Fahrrad jeweils weniger als eine Stunde hin und zurück, das solltest du selbst dann schaffen, wenn dich deine Medikamente schwächen. Aber du hast ja gesagt, dass das kaum mehr der Fall ist, nicht wahr?"

Julian fühlte sich beinahe überrumpelt von Lindas Initiative, hatte nicht damit gerechnet, dass sie ihre Pläne so rasch in die Tat umsetzen würden. Aber es freute ihn, dass sie die Sache ernst nahm und nicht hinauszögerte, er selbst war sich keineswegs sicher, ob er es an ihrer Stelle ebenso handhaben würde.

Nun saßen sie gemeinsam im Zug, ihre Fahrräder im Nachbarwaggon an Transporthaken aufgehängt, und fuhren nach Feldkirch. Linda hatte die kabellosen Earpads im Ohr und schrieb auf ihrem Mobiltelefon eifrig kryptische Nachrichten an Julian unbekannte Adressaten. Sie tippte flink wie ein Wirbelwind, verwendete beide Daumen dazu, so wie Julian es auch bei anderen, meist ebenso jüngeren Menschen gesehen hatte. Er selbst tippte nur mit einer Hand, ja tatsächlich nur unter Gebrauch seines Zeigefingers, und war dabei sehr langsam. Immer wieder musste er sich deshalb ärgern, wenn er es eilig hatte und versuchte, schnell zu tippen, nur um schließlich festzustellen, wie viele Fehler er gemacht hatte, weil er mit seinem offenbar zu großen Finger so oft die falsche „Taste" erwischt hatte. Abgelenkt von Lindas Gefummel auf ihrem Handy konnte Julian sich nicht auf sein Buch konzentrieren und beschloss daher, seine Tochter zu beobachten. Immer wieder hielt sie kurz inne, streckte das Mobiltelefon in die Luft und machte ein Foto oder nahm einen Film auf, das war für Julian nicht zu unterscheiden. Nach einer Weile stummer Beobachtung dieser Vorgänge siegte die Neugier über die selbstauferlegte Zurückhaltung und er fragte: „Was machst du da?"

Linda blickte nur kurz in seine Richtung und widmete sich sofort wieder ihrem raschen Tippen, daher wiederholte er seine Frage, diesmal etwas lauter.

„Was machst du da?"

Erst jetzt schien sie ihn gehört zu haben, nahm ihre Earpads heraus und gab ein unwirsches „Bitte?" von sich.

„Ich wollte wissen, was du da machst. Berichtest du von unserer Reise? Wem?"

„Ja, ich schreibe Paula, dass ich mit dir durch Liechtenstein fahre."

„Paula?"

„Eine Freundin aus England, ich habe sie beim Studium kennengelernt."

Die kurzen Antworten, fast nur das Nötigste an Information preisgebend, machten Julian deutlich, dass Linda gerade keine Lust darauf hatte, seine Fragen zu beantworten.

„Ok, dann lass ich dich wieder berichten, ich will dich nicht weiter stören."

Linda stöpselte sich erneut die Ohren zu und Julian widmete sich wieder seinem Buch, missmutig akzeptierend, dass zur gemeinsamen Vater-Tochter-Zeit auch solche Phasen des Nebeneinanders und nicht nur des Miteinanders gehörten. Immerhin gelang es ihm nun leichter, sich auf sein Buch zu konzentrieren, die Geschichte der Welt in 10 ½ Kapiteln zu erforschen. Nach einer Weile war er an eine Stelle gelangt, an welcher der Autor über den Sinn der Liebe spekulierte, darüber, welche evolutionären Gründe zu ihrer Entstehung beigetragen haben konnten. Er mutmaßte, dass sie evolutionär zwar sinnlos, aber für den Menschen dennoch unschätzbar wertvoll wäre. Sie würde nicht die Entwicklung der Menschheit und den Lauf der Geschichte bestimmen, aber dem Leben Individualität und jedermann und jederfrau ein anzustrebendes Ziel verleihen. Julian fand diese Gedanken zwar einleuchtend, mochte dem letztlichen Schluss daraus aber nicht zustimmen. Die Liebe müsse doch mehr sein als ein zufälliges Nebenprodukt, mehr als eine bloße Behübschung der Umstände, unter denen wir unser Leben fristen. War nicht ein großer Teil der Kunst und wohl der allergrößte Teil der

Literatur vor allem der Liebe zu verdanken, war es denkbar, dass dies alles vom Standpunkt der Evolution betrachtet, tatsächlich völlig sinnlos war? Ja, sogar die momentane Situation schien ihm unmöglich ohne die Liebe, die Liebe des Vaters zu seiner Tochter, die Liebe der Tochter zu ihrem Vater. Aber zugleich war sie auch Beleg dafür, wie nutzlos die Liebe sein mochte, wie sinnlos in evolutionärer Hinsicht. Er, Julian, hatte seine Gene ja bereits weitergegeben, sie, Linda, bedurfte seines Schutzes nicht länger, um die ihren nun selbst in den Pool der Art einzubringen. Andererseits, dachte Julian weiter, bezahlte er immer noch ihr Studium, versuchte er, seiner Tochter auf diese Weise eine gute Zukunft zu sichern. Vielleicht steckt darin der Sinn der Liebe, über das Wesentliche hinaus für das Fortkommen der geliebten Menschen zu sorgen und damit die Chance der eigenen Gene im Konkurrenzkampf mit jenen der anderen zu fördern. Julian fand all diese Überlegungen über Sinn und Unsinn der Liebe irgendwie beunruhigend, kam aber zu keinem zufriedenstellenden Schluss, wollte er doch weder ihre Sinnlosigkeit akzeptieren noch sie tatsächlich bloß einem evolutionären Zweck untergeordnet wissen. Als über den Bordlautsprecher die nahende Ankunft in Feldkirch verkündet wurde, war er beinahe froh, sich wieder dem handfesten Leben widmen zu müssen.

Er stupste Linda an und bedeutete ihr, dass es bald Zeit wäre, auszusteigen. Beide packten ihren Kram in die Taschen, zogen sich ihre Jacken an und gingen in den Nebenwaggon, um ihre Fahrräder vom Haken zu nehmen. Nachdem der Zug endlich zum Stillstand gekommen war, bugsierten sie die Räder umständlich ins Freie, schoben sie in einen Aufzug, der sie eine Ebene tiefer, in einen zweiten, der sie wieder eine Ebene höher trug, und fanden sich endlich am Vorplatz des Bahnhofs, wo ihr Abenteuer beginnen sollte.

Ein kurzes Stück der Bahnhofsstraße folgend trafen sie auf die vielspurige Bundesstraße, überquerten diese und radelten nach Westen auf der eigenen Radspur hintereinander Richtung Liechtenstein los. Nach einem halben Kilometer schon mussten sie auf eine andere Landstraße abbiegen, diesmal ohne Radspur, und weil das eher ungemütlich schien, trat Julian, nach einem kurzen verständigenden Blick zurück auf Linda, kräftiger in die Pedale, um diesen Teil der Strecke rasch hinter sich zu bringen. Schon nach einem Kilometer hatten sie die Grenze nach Liechtenstein überschritten, radelten eine Weile mit hohem Tempo weiter, bis Linda plötzlich aufschloss und Julian bedeutete, rechts abzubiegen. Von hier an übernahm Linda die Führung und leitete Julian auf eine kleinere Nebenstraße, auf der kaum mehr Autoverkehr herrschte und die beiden nebeneinander fahren konnten.

„Noch eine halbe Stunde, dann sind wir schon in der Schweiz und haben das ganze Fürstentum durchquert. Wer hätte gedacht, dass es wirklich so klein ist?" Linda warf ihrem Vater einen fragenden Blick zu, doch der reagierte nicht, ließ lediglich seinen Blick über die Landschaft gleiten, durch die sie gerade radelten.

„Klein, aber hinterfotzig!", gab er ihr nun zurück. „Die Liechtensteiner leben wie die Schweizer recht gut davon, dass sie Gelder zweifelhafter Herkunft verstecken helfen. In ehrenwerten Stiftungen und was weiß ich sonst noch wie."

Julian geriet etwas außer Atem, obwohl sie nunmehr ziemlich langsam radelten.

„Und wusstest du eigentlich", fuhr er fort, „dass Liechtenstein sehr lange ganz eng mit Österreich verbandelt war? Erst nach dem ersten Weltkrieg, als wir verloren hatten, kuschelten sie sich plötzlich ganz eng an die Schweiz, übernahmen sogar den Franken als Währung, und dann ging es steil bergauf mit dem Land." Wieder musste Julian sich unterbrechen, um Luft zu holen. „Und die Frauen dürfen auch erst seit 1984 wählen, als letzte in ganz Europa. Was für ein Scheißland!"

An der nächsten Kreuzung mit einem kleinen Feldweg blieben beide stehen, Julian nahm einen Schluck aus der mitgebrachten Wasserflasche, hielt sie seiner Tochter hin und sagte: „Entschuldige, Schatz, das sollte ein netter Nachmittag sein, ein Ausflug, an den wir einmal im Guten zurückdenken werden.... Aber du weißt ja, solche Dinge treiben mich zum Wahnsinn, diese... Ungerechtigkeit, diese Heuchlerei, der ganze Irrsinn, dass die Reichen immer noch reicher werden müssen. Und dass sie alle beschützt werden von der Politik, weil sich ‚Leistung lohnen muss'", Julian malte Gänsefüßchen in die Luft, „weil diese erbärmlichen Politiker hoffen, irgendwann einmal selbst reich zu werden und zu profitieren. Oder weil sie sich einfach schmieren lassen.... Aber jetzt genug davon, das verdirbt nur die Laune."

Linda war solche Ausritte seit langem gewohnt und behielt ihre eigenen Ansichten für sich, um die Situation nicht weiter eskalieren zu lassen. Sie wusste, dass sie beide im Grunde ganz ähnlich über diese Dinge dachten, doch sie selbst empfand bei dem Ganzen nicht den Hass, den ihr Vater zu verspüren schien, sah die Angelegenheit mit viel weniger Emotionen.

„Erzähl mir lieber, was du in letzter Zeit so an neuer Musik entdeckt hast, oder wen du ausgegraben hast oder erst jetzt entdeckt hast." Linda lachte ihren Vater an, wusste, dass sie damit in ein ähnlich emotionales Wespennest gestochen hatte, und hoffte, er würde darauf einsteigen, ohne sie gleich zu seinen Neuentdeckungen bekehren zu wollen.

„Du hast recht, ich habe da neulich einen Musiker entdeckt, den eigentlich jeder kennen sollte. Hast du je von Harry Nilsson gehört? Ich selbst erst vor kurzem, aber der hat so viele Hits geschrieben, die man immer wieder im Radio hört, unglaublich, dass der Mann nicht wirklich berühmt ist, dass…"

Mit der nunmehr unbeschwerten Plauderei über Julians musikalische Entdeckungen und einer Schilderung Lindas von einem rezenten Besuch eines Konzerts von „Grumpy Morrissey", wie sie einen ihrer Lieblingsmusiker nannte, verflog die Zeit bis zur Grenze in die Schweiz in Windeseile. In Buchs radelten sie den Schildern folgend zu einem Gasthaus weiter, setzten sich auf einen kleinen Imbiss in das Lokal und genossen den fast kitschigen Ausblick auf den See, an dessen Ufer eine Reihe beeindruckender alter Bürgerhäuser standen und über denen auf einem Hügel ein mittelalterliches Schloss thronte. Doch als sie noch darüber diskutierten, ob es der Mühe wert wäre, dieses zu erkunden, begannen sich Wolken vor die Sonne zu schieben und sie beschlossen, den Rückweg anzutreten, um nicht in den Regen zu kommen, der sich anzukündigen schien.

Weil beide nun nicht mehr sonderlich auf die Umgebung achteten und bemüht waren, dem drohenden Unwetter zu entkommen, war der Rückweg noch schneller bewältigt als der Hinweg und sie fuhren schon nach kaum einer Dreiviertelstunde auf den Bahnhof in Feldkirch zu. Doch gerade auf dem letzten Stück der Bundesstraße, kurz vor der Kreuzung, auf der sie zum Bahnhof abzweigen wollten, begann sich plötzlich der Verkehr zu stauen und ein leichter Nieselregen setzte ein. Aus der Ferne sahen sie das Blaulicht eines Rettungswagens und, als sie etwas nähergekommen waren, einen Polizisten, der den Verkehr regelte. Dieser hieß mit einem hoch erhobenen, rot leuchtenden Signalstab die Fahrzeuge auf Julians und Lindas Seite anhalten und den Gegenverkehr vorbeibrausen, ehe er nach etwa einer Minute die Farbe des Signalstabs auf Grün wechseln ließ und den Verkehr von ihrer Seite auf die Gegenfahrbahn lenkte, zum Vorbeifahren an der mit Absperrband markierten Unfallstelle. Der Verkehr kam nur im Schritttempo voran und weil die Straße an der Unfallstelle sehr eng wurde, konnten auch die beiden Radfahrer, anders als sonst am stehenden Verkehr, sich nicht an den Autos vorbeidrängeln. Zu Julians Erleichterung war aber auch so nicht viel zu sehen, am Boden glänzten, vom Regen benetzt, weit verstreut liegende Scherben, dazwischen lagen bunte Plastikteile eines mutmaßlichen Blinkers, und nur ein flüchtiger Blick auf das völlig deformierte Wrack eines Kleinwagens enthüllte die Quelle der Scherbenflut, während von dem oder den Insassen des Autos zum Glück nichts mehr zu sehen war.

Welch Glück dies war, erfuhren sie, als sie zum Bahnhof abbogen und immer noch im Schritttempo fahrend an einigen versammelten Gaffern vorbeikamen, die sich dem zunehmend ungemütlicher werdenden Wetter trotzend vordrängten bis zum Absperrband, ihre Oberkörper nach links und rechts beugten, die Köpfe gierig nach blutigen

Bildern streckten und sich gegenseitig ihre Beobachtungen zuriefen.

„… sicher keiner überlebt, schau dir doch den Wagen an…"

"… hat ausgesehen wie Hirnmasse, der Sani hat es eingesammelt und in einen Plastiksack gesteckt, es hat ausgeschaut, als wäre es etwas Weiches…"

„.. trug der Polizist einen Arm oder ein Bein zum Krankenwagen, es hat ihn furchtbar gegraust dabei, er hat ganz angewidert zur Seite geschaut…"

Als Julian und Linda endlich am Bahnhof angekommen waren, stellten sie die Räder ab und setzten sich auf eine der überdachten Bänke an der Bushaltestelle vor der Bahnhofshalle, beide mit ausdruckslosem Gesicht ins Leere starrend und eine Weile sprachlos. Julian schlang den Arm um seine Tochter, neigte seinen Kopf gegen den ihren, und erst nach einer Minute des Schweigens begann er zu reden.

„Wir sollten versuchen, den Rest unseres Ausflugs in Erinnerung zu behalten und nicht dieses furchtbare Ende. Ich weiß nicht, ob das möglich ist, aber…"

„Erzähl mir etwas Schönes", fiel ihm Linda ins Wort, „etwas aus deiner Vergangenheit. Lass uns über diesen Unfall hier gar nicht reden, er soll sich nicht festsetzen in unseren Gehirnen."

Julian musste lächeln, hob seinen Kopf und sah seine Tochter an, bemerkte, dass sich eine kleine Träne den Weg über ihre Wange gebahnt hatte. Dann begann er mit sanfter Stimme zu reden: „Der schönste Tag meines Lebens begann an einem Sonntag um 3.30 Uhr nachts. Mag sein, dass ich die Geschichte schon irgendwann einmal erzählt habe, aber sie ist immer wieder schön."

Linda blickte ihn an und lächelte nun ebenfalls. Sie fragte: „Der schönste Tag deines Lebens? Was mag denn da passiert sein, so mitten in der Nacht?"

„Deine Mutter weckte mich und sagte: ‚Jetzt ist es so weit. Ich glaube, ich hatte den Blasensprung'. Sie nahm meine Hand und führte sie an das Laken unter sich, um mich die Nässe dort spüren zu lassen. Ich sagte: ‚Wenn du nicht in die Hose gemacht hast, dann wird es das wohl sein. Also los…'"

Nach ihrer gemeinsamen Rückkehr mit dem Zug verbrachten sie noch vier gemeinsame Tage des ‚glorreichen Nichtstuns' miteinander, wie Julian es nannte. Sie standen morgens spät auf, frühstückten üppig im Kaffeehaus, gingen am Fluss spazieren, durchstreiften Malls und Einkaufszentren zum Shoppen und Schaufensterbummeln, jausneten nach Lust und Laune zwischendurch einen Happen, und sahen am Abend nach einem gemütlichen Abendessen beim Inder oder im heimischen Gasthaus gemeinsam Komödien und Stand-Up-Auftritte im Fernsehen. Bei manchen Filmen kamen ihnen gemeinsam die Tränen der Rührung, wenn eine der Komödien eine besonders herzzerreißende Wendung nahm, bei den Stand-Ups mussten sie manchmal vor lauter Lachen weinen, und manches Mal schien sich beiderlei zu vermengen, sie waren beide in diesen Tagen sehr nahe am Wasser gebaut.

Als Julian am Ende dieser glücklichen Tage Linda am Flughafen verabschiedete, mit dem Versprechen, das er ihr abgerungen hatte, sich bereits in wenigen Monaten an Weihnachten schon wiederzusehen (‚So schnell sterbe ich auf keinen Fall!'), hatte er das Gefühl, seine Tochter besser zu kennen als je zuvor, jedenfalls besser, als er sie die ganze Zeit über gekannt hatte, seit er sie aus der Jugend in die

Erwachsenenwelt entlassen hatte. Sie hatte ihm ihre Welt und deren Bewohner geschildert, in Details, wie er sie seit ihrer Kindheit nicht gekannt hatte, als er eben diese Welt und ihre Bewohner noch durch sein eigenes Zutun geformt und zu einem großen Teil mitbestimmt hatte.

„Selbst wenn ich wirklich bald sterben sollte, hat sich das Ganze schon allein für diese wenigen Tage meines Lebens gelohnt." Mit einem Hochgefühl, das sein Bedauern über Lindas Abschied deutlich überwog, verließ Julian das Flughafengebäude und ging zur Bushaltestelle, wo schon andere Menschen warteten, mit großen Koffern und Taschen, am Ort ihres Besuchs angekommen oder gerade heimgekehrt. „Anfang oder Ende, beides schaut oft zum Verwechseln ähnlich aus."

Pyjama-Alarm

Julian schreckte auf aus seinem Schlaf, bereits das dritte Mal in dieser Woche, schon das zweite Mal in dieser Nacht. Wieder waren es keine Angstträume oder Nebenwirkungen des Medikaments, die seinen Schlaf störten. Sirenenklang schwoll an und wurde wieder leiser, wurde überlagert vom auf- und absteigenden metallenen Dröhnen einer Hupe, wandelte sich in kurze Sequenzen rasch ansteigenden Pfeifens, in Gepiepse, in Zwitschern, in eine surreale Kakophonie von Tönen eines Kinderspielzeugs, die sich über den Innenhof seines Wohnblocks ergoss und durch das gekippte Fenster seines Schlafzimmers drang. Verärgert wälzte sich Julian aus dem Bett, trat ans Fenster und blickte mit müden Augen hinab auf den menschenleeren Parkplatz, der nur spärlich erhellt war durch die kleinen Leuchten über den Hauseingängen. Wie so oft zuvor war auch diesmal nicht die Spur eines Übeltäters zu sehen, wieder einmal musste die Alarmanlage des Autos spontan losgegangen sein, und wieder würde sich niemand finden, der dieser unwürdigen und ärgerlichen akustischen Darbietung ein rasches Ende bereitet. Kurz überlegte er, das Fenster zu schließen, sich wieder hinzulegen und wie zuvor auf die Macht des Schlafes zu hoffen, zu warten, bis ihm die Müdigkeit die nötige Taubheit zum Einschlafen schenken würde. Doch schon im nächsten Moment spürte er erneut den Ärger in sich aufsteigen und verwarf den Gedanken wieder. Julian blickte sich um in seinem Zimmer, bückte sich, um unter sein Bett zu spähen, ging ins Nebenzimmer, wo er in einem Kasten wühlte, und fand schließlich hinter der Tür zum Wohnzimmer, in trauter gemeinsamer

Vergessenheit neben der Angelrute, den gesuchten Tennisschläger. Beide Geräte standen dort seit Jahren unbenutzt, beide waren das Resultat überhasteter Online-Käufe gewesen, ebenso wie die Rudermaschine, die seit langem im Keller vor sich hin rostete und sich ihm für einen kurzen, unangenehmen Moment in Erinnerung rief. Bereits nach wenigen Wochen des offenbar unsachgemäßen Gebrauchs hatte er Rückenschmerzen bekommen, die sich gewaschen hatten, und beschlossen, seine ehrgeizigen Pläne, ein wenig fitter zu werden, auf „später einmal" zu verschieben, wie das so üblich ist in diesen Dingen. Er griff sich den Tennisschläger, zog sich eine Jogginghose an, schlüpfte im Vorraum in seine alten Flip-Flops und eilte hinunter und aus dem Haus. Als er ins Freie trat, nahm er wahr, dass an einigen Fenstern Licht zwischen ein wenig zur Seite geschobenen Vorhängen hindurchschien und wie es an anderen Fenstern bereits wieder verlosch. Er näherte sich dem immer noch lärmenden und heftig blinkenden Auto, stellte sich seitlich neben die Fahrertür, holte den Tennisschläger fest im Griff weit aus und beförderte mit einem in elegantem Bogen durchgeschwungenen Vorhand-Slice den Seitenspiegel über die halbe Länge des Parkplatzes, wo er krachend auf dem Asphalt aufschlug und noch einige Meter weiter dahinschlitterte. Dann begab er sich gemessenen Schrittes auf die andere Seite des Autos und wiederholte den Vorgang, diesmal mit der einst erlernten, beidhändigen Rückhand, bevor er noch einmal einen Panoramablick auf die umliegenden Fensterfronten warf und langsam zum Haus zurückging. Während er über die Hausgangstiege in den ersten Stock aufstieg, hörte er in seinem Kopf eine Zeile aus einem seiner Lieblingssongs von Paul Simon: ‚I fear I'll do some damage one fine day‘, die er nun unerwartet bestätigt fand, und hoffte, dass auch die nächste Zeile sich bewahrheiten würde: ‚But I would not be convicted by a jury of my peers'. Und als er sich schließlich wieder auszog und in sein Bett legte, ging ihm der Gedanke durch den Kopf, dass dies vielleicht ja auch etwas war, das er immer schon einmal hatte machen wollen, und mit einem Gefühl der Zufriedenheit, wie er es sonst empfand, wenn er etwas Wichtiges endlich zu Ende gebracht hatte, schlief er ein. ‚Still crazy after all these years.'

Zu seiner eigenen Überraschung war das Auto kaum eine Woche später verschwunden und tauchte auch nicht mehr wieder auf. Niemand war gekommen, um ihn anzuklagen, ihn zur Verantwortung zu ziehen, der Vorfall schien niemanden zu kümmern. Ganz im Gegenteil glaubte er im Blick so mancher Nachbarn, denen er vor dem Haus ab und zu begegnete, stille Zustimmung und unausgesprochenen Beifall zu erkennen.

Die Flucht ohne Ende

Und dann endlich war es so weit und Julian und Hannes brachen auf in den gemeinsamen Sommerurlaub. Den vielleicht letzten in Julians Leben. Immer wieder drängte sich diese Überlegung in sein Bewusstsein, immer wieder konnte es das letzte Mal sein, dass er etwas Bestimmtes tat oder erlebte. War der Film über den irren Van Gogh, gespielt vom vielleicht noch irreren William Dafoe, der letzte Kinofilm, den er in seinem Leben besuchte, ‚Vernichten' der letzte neue Roman von Houellebecq, der in seiner Zeit erscheinen würde, Joe Jacksons ‚What A Racket!' das letzte neue Album seines Lieblingsmusikers in seinem Leben?

Der Flug war ereignislos verlaufen, und sogar die Flugangst, die Julian sonst vor allem beim Start zu quälen pflegte, oder auch wenn das Flugzeug sonst irgendwann besonders stark ruckelte oder gar in ein Luftloch fiel, war ausgeblieben. „Vielleicht ist es ja so", mutmaßte Julian, „dass die Angst vor dem Tod, die irgendeine vernünftige Grundlage hat, die eher irrationale Todesangst, wie jene vor dem Fliegen, obsolet macht, sie auszulöschen vermag. Eine interessante Erkenntnis", dachte Julian, „wenn auch relativ wertlos. Ich bin mir nämlich sicher, dass, wenn ich den Krebs besiegen sollte, die Flugangst sofort wiederkehrt. Schließlich ist sie eine unvernünftige Angst."

Kurz hatten die beiden Freunde darüber diskutiert, ob sie nicht lieber den Zug nehmen sollten, vor allem Julian war dafür eingetreten. Spätestens mit der Geburt seiner Linda war ihm das Schicksal der Erde ein Anliegen geworden, und er erklärte Hannes, wie riesig ihr CO_2-Fußabdruck wäre, den sie durch den Flug hinterlassen würden.

Dem aber hielt Hannes entgegen, dass Zeit ein kostbares Gut geworden war, welches wenigstens einem von ihnen vielleicht nicht mehr in besonders großem Ausmaß zur Verfügung stünde. Und daher sollen sie lieber nicht, so argumentierte er weiter, ungemütliche Stunden im Zug verbringen und ins nächtliche Nichts der vorbeiziehenden Landschaft starren, wo sie doch schon binnen wesentlich kürzerer Zeit am Meer sitzen könnten, den Blick auf sich kräuselnde Wellen gerichtet und auf wunderschöne Frauen im Bikini. Hinzu käme noch, dass er sich zwar auf den gemeinsamen Urlaub freue, aber auch nicht unbeschränkt Zeit hätte, nicht zuletzt beruflicher Verpflichtungen wegen. Vor allem das letzte Argument gab für Julian den Ausschlag und er stimmte dem Flug schließlich zu.

In Nantes gelandet, nahmen sie ein Taxi zum Busbahnhof und von dort einen Bus an die Küste, nach Saint-Nazaire. Die mittelgroße Stadt an der Mündung der Loire war nicht jene Art von Ort, die sie eigentlich zum Ziel hatten, aber sie würde der Ausgangspunkt ihrer Reise sein, einer Reise mit nur wenig Plan und keinem konkreten Ziel. Für diese erste Station hatte Hannes schon im Vorhinein ein Zimmer gebucht, in einem kleinen Hotel an einem Sandstrand, an dem einst schon Jacques Tatis Monsieur Hulot seine Ferien verbracht hatte.

„Hier können wir uns von den Strapazen der Reise erholen, etwas herunterkommen und uns überlegen, wohin wir weiter wollen", pries Hannes seine Wahl an, nachdem sie eingecheckt hatten. Dabei begleitete er die Erwähnung der Reisestrapazen mit einem breiten Grinsen, schließlich war deren Vermeidung auch eines seiner Hauptargumente für das Flugzeug gewesen.

„Wir sollten uns ein Lokal suchen, einen Happen essen und dann am Strand chillen", schlug er Julian vor, und damit begann eine Reihe von Tagen voll der Mußestunden am Strand, im und unter Wasser, und in einer der Strandbars des jeweiligen Orts. Und wenn sie dort nicht bereits versumpften, was nur in den ersten Tagen passierte, und erst im Dunkeln schon einigermaßen betrunken den schweren Weg zum Zimmer ihrer Unterkunft antraten, um sich für den nächsten Tag auszuruhen, dann gingen sie abends noch in eine der Nachtbars - jeweils jene, aus deren Innerem die beste Musik an ihre Ohren drang – und ließen sich dort volllaufen. Mädchen blieben ein fast ausschließlich theoretisches Thema. Außer kleinen Flirts mit der Bedienung, die für Hannes gewohnheitsmäßig unvermeidbar schienen, und dem gelegentlichen Hinweis auf eine besonders attraktive Strandschönheit, spielten Frauen keine Rolle in diesen Tagen, wenn auch aus für beide Freunde unterschiedlichen Motiven. Während Julian darauf beharrte, dem unbeschwerten Urlaub keine unnötigen Komplikationen hinzufügen zu wollen, beschwor Hannes seine unverrückbare Absicht, seiner neuen Flamme Leya treu zu bleiben.

"Ich glaube, das könnte etwas von Dauer werden", erklärte er Julian, „sie hat etwas, das die anderen nicht haben. Etwas Magisches…"

„Du meinst, sie hat dich verzaubert", konnte Julian dem billigen Kalauer nicht widerstehen, „sie hat sicher ihre ganz speziellen Tricks drauf!"

Hannes gab ein kurzes, dreckiges Lachen von sich, da fuhr Julian fort: „Das waren wirklich zwei sehr spezielle Mädchen, die wir da getroffen haben. Ich kann dir sagen, auch diese Anna, die hätte etwas für mich sein können, ich fand sie wunderbar. Aber dieser Eindruck beruhte wohl nicht auf Gegenseitigkeit, sie hat sich am Ende leider viel zu schnell von mir verabschiedet."

„Sie ist offenbar wirklich etwas seltsam, Leya hat erzählt, dass sie sich völlig zurückgezogen hat in letzter Zeit. Vielleicht blieb dir da ja etwas erspart, es kann so kompliziert sein mit den Mädels…"

Auch wenn sie anfangs noch versuchten, den in Raum stehenden Elefanten geflissentlich zu übersehen und schwere Diskussionen über Leben und Tod tunlichst vermieden, kamen sie nach mehreren Drinks unfehlbar dennoch wieder auf das eine Thema zu sprechen. Doch da ihre besonders große Offenheit stets mit besonders großer Trunkenheit einherging und beide Freunde dazu neigten, am nächsten Tag große Gedächtnislücken aufzuweisen, vermochten weder diese Diskussionen noch die gefühlsmäßigen Entblößungen, die manchmal damit Hand in Hand gingen, die Stimmung nachhaltig zu trüben. Während die Unterhaltungen dennoch zugleich, basierend auf einem diffusen Gefühl, das sie hinterließen, das Band der Freundschaft zu festigen schienen, zumindest empfand dies Julian so.

London Calling

Bereits nach wenigen, anfangs noch allzu exzessiven Tagen hatten sie ihren Rhythmus gefunden, bei dem sie nach einem ausgedehnten Frühstück an den Strand wechselten, später zum Imbiss zu Mittag in die nächstgelegene Strandbar gingen und dann erneut an den Strand zurückkehrten. Und erst wenn sie beide genug hatten vom müßigen Liegen, Lesen und den gelegentlichen Schwimmausflügen in das oft recht kalte Meer, machten sie sich in ihrer Unterkunft ein wenig frisch, suchten sich ein Lokal für ein anständiges Abendessen und anschließend nach Möglichkeit eine Bar mit Livemusik, wo sie sich langsam betrinken und zugleich über die musikalische Darbietung ihr Maul zerreißen konnten.

Neben einem alten und erfahrenen Elvis-Imitator, der eine zwar durchaus passable Stimme hatte, aber seiner Show mit seinem starken französischen Akzent im Gesang ein ordentliches Maß an Lächerlichkeit verlieh, war an einem anderen Abend die französische Ausgabe von Prince ein Highlight. Mit extravagantem Gitarrenspiel, einer guten Stimme und angemessener Aussprache und vor allem einem umfassenden Repertoire aus dem großen Prince-Universum begeisterte er sein Publikum, inklusive der beiden Freunde, die ihn selbst mit ausgefallenen Wünschen nach weniger bekannten Prince-Songs wie Nummern aus dem obskuren Black Album nicht aus dem Konzept zu bringen vermochten.

Sogar am nächsten Tag noch sprachen sie begeistert am Strand über den jungen Künstler, seine Virtuosität an der Gitarre und seine Chancen, damit sein Glück zu machen. „Vergiss es, gute Gitarristen gibt es wie Sand am Meer! Ohne eigene Songs wird er enden wie ich", war das Resümee von Hannes´ Analyse. Und noch während sie diese Ansicht besprachen, wurde Hannes unruhig, schien des Themas überdrüssig zu werden und beschloss, noch ein letztes Mal für diesen Tag im Meer schwimmen zu gehen. Julian schnappte sich daher sein Buch - Peter Stamms Die sanfte Gleichgültigkeit der Welt -, begann auf dem gemieteten Liegestuhl ausgestreckt zu lesen und versank in der Geschichte über die Macht des Schicksals oder über die Unwiederbringlichkeit vergangener Zeiten, noch war er sich nicht sicher, worum es eigentlich ging in dieser Geschichte.

Nach zwanzig Minuten entstieg Hannes wieder dem Meer, schritt vorsichtig über die schroffen Steine zum Liegeplatz zurück und ließ sich mit einem Seufzer auf seine Liege fallen.

„Ah, erfrischend, aber anstrengend, man wird nicht mehr jünger heutzutage."

Er schlug sich mit einem selbstironischen Lächeln auf den zwar nicht großen, aber dennoch erkennbaren Bauch, der sich unter der unbehaarten Brust hervorwölbte, nichts mehr vom durchtrainierten Körper des ehemaligen Vereinsfußballers erkennen ließ, der er in seiner Jugend gewesen war, trocknete sich mit einem Handtuch sein nasses Haar und sagte: "Hast du dieses Model gesehen, das da drüben liegt, diese blonde Göttin? Ich liebe das Meer und seine Bewohner."

Julian blickte von seinem Buch auf, kniff die Augen zusammen und schaute angestrengt in die angezeigte Richtung.

„So genau kann ich das von hier nicht sehen, aber ich glaube dir, du bist der Experte, was die Lockungen des weiblichen Geschlechts betrifft. Und was machst du nun mit der Erkenntnis, gehst du sie besuchen?"

Hannes schüttelte den Kopf und sagte: „Nein, natürlich nicht. Aber man darf doch wenigstens schauen, das muss doch erlaubt sein!"

Julian lachte kurz auf und sagte: „Dann ist es dir ja wirklich ernst mit Leya? Hast du endlich die Richtige gefunden?"

„Dafür ist das Ganze noch zu frisch, das kann ich noch nicht mit Sicherheit sagen. Aber ich glaube, egal wie das jetzt ausgeht, dass ich mich zur Ruhe setzen werde."

Erneut musste Julian lachen und fragte: „Zur Ruhe setzen? Was soll das heißen? Du bleibst mit Leya zusammen oder wirst zum Eremiten?"

„Ich hoffe schon, dass es mit Leya etwas wird, ich möchte endlich… ankommen. Vielleicht sogar wie du eine Familie gründen. Leya hat schon angedeutet, dass sie unbedingt Kinder will. Das war im ersten Moment etwas erschreckend, aber, naja, sie liebt Kinder. Nicht umsonst ist sie ein Clown geworden. Ein Kind wäre wie ein Neubeginn, der perfekte Wendepunkt für mein Leben. Ich würde einerseits ankommen und zugleich etwas Neues beginnen."

„Dann seid ihr viel weiter, als ich dachte", sagte Julian an dieser Stelle, „dann wird es wohl tatsächlich ernst bei dir." Er setzte sich umständlich auf in seinem Liegestuhl, räusperte sich und fuhr fort: „Ich weiß, dass es ein Klischee ist, aber es stimmt tatsächlich: Von allem, was ich im Leben so gemacht habe, ist die Tatsache, Linda gezeugt und herangezogen zu haben, das Eine, das ich keinesfalls würde missen wollen."

Hannes nickte und ließ ein zustimmendes Brummen vernehmen, dann fuhr Julian fort: „Und wohl auch das Einzige, das von mir bleiben wird."

„Wie meinst du das?", fragte Hannes.

„Das Einzige, das nach meinem Tod noch an mich erinnern wird", antwortete Julian. „Nachdem wir beide es nicht geschafft haben, die Nachfolger von Lennon und McCartney zu werden, was natürlich eine himmelschreiende Ungerechtigkeit ist, wird niemand meine Songs hören oder singen, wenn ich einmal unter der Erde bin. Und etwas anderes habe ich nicht hinterlassen, kein Haus, keinen Baum, du weißt schon, eben nichts Erinnernswertes. Und selbst wenn du es doch noch schaffst, wer kennt schon den besten Freund von Elvis Presley, von Bowie, von irgendwem, der berühmt ist?"

„Ich könnte einen deiner Songs aufnehmen und zum Hit machen, wenn ich schon mal berühmt sein sollte. Ich würde dafür sorgen, dass man weiß, dass du ihn geschrieben hast."

„Das ist nett von dir", sagte Julian mit einem Lachen. „Du wirst deine Pläne, in der Musik Erfolg zu haben, also nicht aufgeben?"

„Unsinn!", rief Hannes aus. „Ich habe schon lange aufgehört, darauf zu hoffen, dass mich jemand entdeckt, dafür ist es zu spät. Ich werde weiter Musik machen, das ist mein Leben, ich brauche das. Aber ich habe akzeptiert, dass ich wahrscheinlich nicht mehr berühmt werde. Das habe ich schon vor langer Zeit vertan. Ich denke, ich hätte sofort nach der Schule nach London gehen müssen, jobben, Gigs aufreißen und mich dort entdecken lassen."

Hannes hielt inne, schüttelte bedauernd den Kopf und sagte: „Aber dafür war ich damals zu feige. Die Chance habe ich ausgelassen und das kann ich jetzt nicht mehr nachholen. Vielleicht, nein, sehr wahrscheinlich sogar, hätte ich es auch dort nicht geschafft, es gibt so viele gute Musiker… Aber wenigstens wüsste ich jetzt, ob ich nicht gut genug war, oder ob es die Provinz war und meine eigene Feigheit, die mich meine Träume kosteten."

„Aber im Gegensatz zu mir", entgegnete Julian, „hast du wahrscheinlich noch ein langes Leben vor dir. Es ist zu früh, mit Mitte vierzig nur mehr sein Leben fertig zu leben. Meinst du nicht auch?"

An diesem Abend, in einem ziemlich kleinen Ort, entdeckten sie keine Bar mit Livemusik und fanden sich letztlich in einem heruntergekommenen Lokal wieder, in dem krachend laut Hard-Rock aus riesigen alten Boxen dröhnte. Doch beiden schien es egal, dass sie sich kaum mehr unterhalten konnten, und nachdem Hannes in Windeseile mehrere Gläser Bier und anschließend einen Tequila nach dem anderen hinuntergestürzt hatte, ließ er schon bald seinen Kopf auf die Tischplatte sinken und dämmerte dort, trotz allem Lärm verzerrter Gitarren und hoher, kreischender Hard-Rock-Stimmen, im Schlaf des Desillusionierten dahin. Julian, der ähnliche Eskapaden von Hannes bereits von früheren Besäufnissen kannte, gab sich einer halben Stunde des einsamen Sinnierens hin, ehe er Hannes weckte, ihn aus dem Lokal bugsierte und zur Unterkunft geleitete, wo Hannes sich voll angezogen, mit einem, wie es Julian schien, Hauch gespielter Dramatik, in sein Bett fallen ließ.

Als sich Julian am nächsten Morgen aus seinem Bett erhob, fand er Hannes bis zur Nasenspitze eingehüllt in seiner Decke, die Kleidung auf einem Haufen neben dem Bett aufgetürmt, und ließ ihn weiterschlafen, während er sich zum Frühstück auf die Terrasse setzte.

Erst Stunden später erwachte auch Hannes, brummte mit tiefer Stimme der am Zenit stehenden Sonne zum Trotz ein ‚Guten Morgen‘ und setzte ein „Zeit für den Strand" hinterher. Der Vorabend wurde mit keinem Wort mehr erwähnt und der Urlaub mit wiedergewonnener Fröhlichkeit fortgesetzt.

Von dem Orte, von dem ich jetzt sprechen will…

Eines Mittags am Beginn der zweiten Woche wachten beide nach einer wiederum durchzechten Nacht auf und stellten fest, dass sie die Check-Out-Zeit bei weitem überschritten hatten. Spontan beschlossen sie, den Aufenthalt zu verlängern und einen weiteren Tag im Ort dranzuhängen. Dasselbe hatten sie schon zuvor gemacht in einer ähnlichen Situation, doch diesmal erleichterte ihnen der Blick aus dem Fenster den Entschluss, denn der Himmel war bewölkt und es sah nach Regen aus.

„Lass uns den Ort erkunden", schlug Julian vor, „machen wir doch etwas Sightseeing. Es soll hier eine besonders schöne Kirche geben, sagt mein Reiseführer."

Hannes gab ein unbestimmtes Grunzen von sich, was Julian als Zustimmung, wenn auch kaum Begeisterung, auslegte, wälzte sich aus dem Bett und schleppte sich mit hängenden Lidern ins Bad. Sekunden später war das Rauschen der Dusche zu vernehmen und nach einer für Julian gefühlten Ewigkeit kam Hannes wie verwandelt wieder ins Zimmer, eine Wolke aus Wasserdampf und irgendeinem Duftwässerchen hinter sich herziehend. Als Julian sich dann auch unter die Dusche stellte, kam schon nach sehr kurzer Zeit nur mehr kaltes Wasser daher, weshalb er sehr schnell fertig war mit dem Duschen, sich noch rasch die Zähne putzte, sich frische Kleidung anzog und dann Hannes aus dem Bett aufscheuchte, wo dieser am Mobiltelefon in einer Zeitung las.

An der Rezeption gaben sie Bescheid, noch länger bleiben zu wollen, was der Rezeptionist mit Erleichterung aufnahm, denn er schien das übliche Feilschen erwartet zu haben, mit dem er sonst zu tun hatte, wenn Touristen die Check-Out-Zeit versäumt hatten. Da derselbe Mann nebenbei auch als Kellner fungierte, wurden sie daher auf besonders zuvorkommende Weise bedient, als sie ihr spätes Frühstück einnahmen, das im Grunde schon mehr einem Mittagessen entsprach. Gesättigt und kräftemäßig wiederhergestellt, war Julian bereit, gleich aufzubrechen, während Hannes für ein kurzes Mittagsschläfchen plädierte, sie befänden sich schließlich im Urlaub und die Kirche würde auch später noch stehen, stünde ja bereits schon hunderte Jahre, da würden wenige Stunden wohl kaum ins Gewicht fallen.

„Aber ich kenne dich", hielt Julian dagegen, „wenn du dich jetzt hinlegst, bekomme ich dich erst am Abend wieder auf die Beine. Und dann ist vielleicht Messe oder was weiß ich. Nein, lass uns gleich gehen, schlafen kannst du auch später noch."

Missmutig, aber dem Freund auf seinem ‚letzten Urlaub' ein programmatisches Vorrecht einräumend, stimmte Hannes zu und die beiden zogen los. Schon nach wenigen Minuten, während derer sie eine öde Bundesstraße entlanggingen und an einem ausgedehnten Friedhof voller alter, teils stark verwitterter Gräber vorbeikamen, wie Julian ohne Hintergedanken registrierte, erreichten sie die durchaus beeindruckende gotische Kirche, die im Zentrum des kleinen Ortes lag. Sie sahen einen von einer niedrigen steinernen Mauer eingefriedeten, überraschend großen und komplexen Bau aus mehreren miteinander verschmolzenen Häusern - oder Haupt- und Nebenschiffen, wie Julian zu erraten glaubte - mit unzähligen Figuren,

Reliefs und Inschriften, die die graue Oberfläche des Baus zierten.

Nachdem sie einmal um das Gebäude herumspaziert waren und es von allen Seiten bestaunt hatten, schritten sie die breiten, über die Jahrhunderte vom Regen und den Füßen der Gläubigen glattpolierten Steinstufen hinauf und betraten das kühle Innere der heiligen Stätte. Und während Hannes sich schon nach Sekunden seine Erschöpfung demonstrierend auf einen Stuhl in der hintersten Reihe plumpsen ließ, erkundete Julian die herausragenden Besonderheiten der Kirche. Bedächtig näherte er sich im Mittelgang zwischen mächtigen Säulen dem Altarbereich, hinter dem, ebenso wie an den Wänden der Seitenschiffe, ein riesiges Fenster mit bemaltem Glas das Licht ins helle Innere strömen ließ. Beeindruckt von der Größe und Buntheit des Fensters wandte er sich dann den ebenfalls auffällig bunten Heiligenfiguren zu und entdeckte den heiligen Nonna, den Namenspatron der Kirche, von dem er noch nie zuvor gehört hatte. Enttäuscht darüber, keine Information über dessen Bedeutung und Wirken entdecken zu können, ging er entlang des Seitenschiffs wieder zurück in jene Richtung, in der er Hannes zurückgelassen hatte, vorbei am Leidensweg Christi, oder wenigstens dem, was er dafür hielt, soweit ihn seine Erinnerung an den viele Jahre zurückliegenden Religionsunterricht nicht täuschte.

„Jetzt kannst du es dir aussuchen!", rief Hannes, viel zu laut, wie Julian angesichts der Umgebung empfand, und er war froh, dass keine anderen Besucher in der Kirche waren.

„Was kann ich mir aussuchen?", fragte er in wesentlich geringerer Lautstärke zurück.

„Ob du an Gott glaubst und daran, dass noch etwas kommt danach, oder ob du einfach Wurmfutter wirst, und das war es dann mit dir." Hannes sah ihn herausfordernd an und fuhr fort: „Du glaubst ja nicht an Gott, nicht wahr? Oder hat dich deine Situation bekehrt? Soll ja oft genug vorkommen, eine späte Bekehrung, für den Fall der Fälle."

„Nein, das hat sich nicht geändert, ich werde die Würmer laben und die Maden verköstigen. Besser gesagt, das, was man übriglassen wird von mir. Ich habe nämlich beschlossen, mich auf dem Seziertisch zerlegen zu lassen, als Übungsobjekt für künftige Mediziner herzuhalten. Als Organspender tauge ich nämlich nicht, hat man mir gesagt, wer will sich schon ein Organ einbauen lassen, das möglicherweise vom Krebs befallen ist. Oder von den Medikamenten geschädigt, die ich nehmen muss, das scheint auch ein Problem."

Julian pausierte kurz, schüttelte bedauernd den Kopf, dann sagte er: „Außer meiner Hornhaut vielleicht, aber da scheint kein Engpass zu bestehen. Schade eigentlich, ich würde gerne noch eine Weile in diese Welt blicken. Aber immerhin", er deutete mit den Händen von oben nach unten auf seinen eigenen Körper, „wenn mein vom Krebs zerfressener Körper auch für nichts anderes mehr taugen wird, am Seziertisch wird er vielleicht umso wertvoller sein. Aber falls ich mich irren sollte und es da doch etwas gibt, und falls das dann gestattet ist, werde ich es dich wissen lassen. Dann erscheine ich dir zu Halloween oder einfach so in der Nacht, was immer dir lieber ist."

„Bitte nicht!", rief Hannes aus, wieder viel zu laut. „Das will ich gar nicht wissen. Denn, wenn es das Jenseits gibt, dann existiert auch eine Hölle, und dann komme ich vielleicht genau dort hin. Und wenn ich das glaube, dann muss ich vielleicht mein Leben ändern, um das zu verhindern, und auf alles verzichten, was Spaß macht. Das ist schließlich die Maxime dieses Vereins: ‚Alles, was Spaß macht, ist eine Sünde und verboten'. Sogar Sex vor der Ehe, stell dir das vor, wir wären gezwungen zu heiraten, um endlich Spaß zu haben im Bett, und könnten unser ganzes Leben nur mit einer Frau…. Und das wollen uns gerade diese Heuchler vorschreiben, die sich selbst nicht beherrschen können und die ihnen unterstellten Jünglinge missbrauchen. Wenn das die Guten sind, hoffe ich, dass wir die Bösen nie kennenlernen. Was für Arschlö…"

„Psst!", zischte Julian dazwischen und legte den Zeigefinger auf die Lippen. „Vielleicht ist da ja doch irgendwo ein Pfarrer versteckt, wir müssen diese Leute ja nicht unbedingt hier drinnen beleidigen."

Unverständliches Zeugs murmelnd und den Kopf schüttelnd stand Hannes auf und begleitete Julian nach draußen, wo inzwischen ein Nieselregen eingesetzt hatte.

„Na, das haben wir jetzt davon", sagte Julian und deutete in den schwarzbewölkten Himmel über ihnen, „der Himmel weint, weil du die Kirche beleidigt hast."

Hannes gab ein verächtliches Schnauben von sich und die Freunde machten sich auf den Weg zurück in ihre Unterkunft.

Schwerelos

„Du rennst einfach drauf los und stoppst auf keinen Fall, der Rest geht von allein. Du darfst nur nicht zur Seite wegkippen, aber das passiert nicht, wenn du dich nicht plötzlich seltsam bewegst."

Hannes blickte ihn mit weit aufgerissenen Augen an, zog seine Schultern hoch und hielt ihm die offenen Handflächen entgegen, eine übertriebene Geste, die andeuten sollte, wie offensichtlich und einfach das doch alles wäre. Die Klippe hatte nicht auf ihrem Plan gestanden, aber als sie in einer Strandbar andere davon erzählen hörten, wurde Hannes hellhörig, erkundigte sich nach Details zur genauen Lage der Klippe, dem Weg dorthin und darüber, wie hoch sie denn eigentlich wäre. Nachdem sie ein junger Deutscher auf „sicher weniger als zwanzig Meter" geschätzt hatte, schlug Hannes vor, sich das doch einmal genauer anzusehen, es mochte ein Erlebnis sein, das sich auszahlen könnte.

Nun standen sie da, hatten einigen anderen Männern beim Sprung zugeschaut, lauter cool wirkenden Jünglingen mit durchtrainierten Körpern, die sich mit Schwung in die Tiefe stürzten, ohne Zweifel oder Zögern zu zeigen. Einer war gar mit dem Kopf voraus ins Wasser getaucht, hatte sich an den Rand der Klippe gestellt, die Arme ausgebreitet und wie zum Gebet in den Himmel gestreckt, und sich dann in dieser Pose eines Engels hinauskatapultiert. Diese scheinbare Leichtigkeit, mit der diese jungen Männer die Herausforderung meisterten, machte Hannes zuversichtlich, dass auch sie beide es schaffen würden. Erst im letzten Moment war Julian noch einmal ins Grübeln gekommen, zögerte, hatte sich vom Rand wieder einige Schritte zurückbewegt.

„Ich weiß schon", entgegnete er der Anleitung von Hannes, „was soll mir schon passieren, ich kann höchstens draufgehen dabei. Aber das könnte ich auch schmerzloser haben. Und so mache ich etwas, das ich eigentlich gar nie machen wollte."

„Ja aber denk an den Kick, den es dir bescheren wird. Das ist einmalig, davon wirst du noch deinen Enkelkindern…"

Hannes stoppte abrupt und schlug sich die linke Hand vor den Mund. Julian schaute ihn kopfschüttelnd an und erwiderte: „Sehr witzig. Wieder einmal. Ich glaube ich gehe jetzt zuerst einmal springen und such mir danach einen Keller zum Lachen, wenn ich ihn dann noch brauche."

Mit einer raschen Drehung seines Körpers wandte sich Julian Richtung Abgrund und lief los. „Jetzt nur nicht stehenbleiben", ging es ihm durch den Kopf, und schon sah er den Rand der Klippe näher kommen, erreichte ihn, und dann war er kurz schwerelos, bevor ihm der freie Fall die Eingeweide nach oben zu drücken schien und ihn ein seltsames Gefühl zwischen Angst und Lust durchfuhr. „Ich sollte das jetzt genießen, ein Zurück gibt es jetzt sowieso nicht mehr, aber das mache ich sicher nicht noch einmal", dachte er, während das Wasser rasend schnell näher kam, und schon im nächsten Moment tauchte er darin ein, die Beine voraus, dann der Rest des Körpers, ganz so wie es sein sollte. Er hatte sich unwillkürlich steif gemacht, wie ihm sein Freund empfohlen hatte, den Übergang kaum gespürt, nur wahrgenommen wie es ihm die Arme hochriss, die er zu spät angelegt hatte. Für ein paar Momente sank er tiefer und tiefer unter die Oberfläche, fühlte sich vorübergehend ein zweites Mal schwerelos, bis sich der Drang zu atmen bemerkbar machte und er hektisch nach oben zu rudern begann. Er hatte unbeabsichtigt die Luft angehalten während des Flugs, „Ich Trottel", durchfuhr ihn ein Gedanke, Hannes hatte ihm doch geraten, noch einmal ordentlich Luft zu holen vor dem Eintauchen. Und noch während er nach oben stieg, sah er zu seiner Seite einem Pfeil gleich seinen Freund ins Wasser gleiten, eine umgekehrte Fontäne von Luftblasen mit sich ziehend, bis er nach unten aus seinem Blickfeld verschwand und Julian endlich die Wasseroberfläche durchbrach. Er atmete tief ein und erwischte einen Schwall Wasser dabei, verschluckte sich und musste heftig husten und spucken. Erst als er sich ans Ufer geschleppt und auf einem heißen Stein niedergelassen hatte, konnte er sich endlich wieder beruhigen und durch seine tränenden Augen beobachten, wie sein Freund gänzlich ohne solche Probleme an Land schwamm und sich mit einem breiten Grinsen neben ihn setzte.

"Und? War es das nicht wert? Ist das nicht ein Wahnsinnsgefühl?" Hannes schaute Julian herausfordernd an, und als dieser nicht antwortete, gab er ihm einen freundschaftlichen Stoß in die Seite.

„Ich habe kurz gedacht, ich ertrinke", antwortete Julian schließlich, „so ein Wahnsinnsgefühl war das. Aber du hast Recht, das Gefühl in der Luft war großartig, oder zumindest einzigartig, ich konnte mich zwischen Angst und Freude nicht entscheiden. Aber das war´s, ein zweites Mal bringst du mich nicht dazu. Was kommt nun? Was ist das Nächste, das wir tun wollten, was steht wirklich noch auf meiner Liste?"

Der weitere Urlaub verlief weitgehend unspektakulär und langsam ließen auch die Kräfte der beiden Freunde nach. Statt sich jeden Tag zu betrinken, widmeten sie sich zunehmend mehr dem Faulenzen am Strand, dem Lesen, ein wenig dem Schwimmen und ab und zu dem Schnorcheln, wenn das Meer versprach, etwas zu entdecken bereitzuhalten. Für Julian war dies endlich der Urlaub, wie er ihn ursprünglich im Sinn gehabt hatte, und den Einwand von Hannes, dass damit wertvolle Lebenszeit einfach vertrödelt würde, ließ er nicht gelten.

„Ich wollte mich entspannen, einen Urlaub genießen, wie ich es früher getan habe. Nichts tun und nichts tun müssen, das ist der wahre Urlaub. Es war schon okay, wie es bisher verlief, aber jetzt habe ich genug davon, jetzt beginnt es, anstrengend zu werden. Und der Stress und die Action, das kommt eh das ganze Jahr von selbst zu einem, dafür muss man nicht erst verreisen."

„Da hast du schon recht", gab Hannes zu und war im Grunde wohl froh, dass sie nun etwas kürzer traten. Auch wenn er das exzessive Leben weit besser gewohnt war als Julian, war auch er etwas erschöpft und wollte sich ein wenig Erholung gönnen für das, was er sich für die Zeit nach dem Urlaub vorgenommen hatte.

Wieder zu Hause angekommen, bedankte sich Julian überschwänglich bei Hannes, dem das gar nicht recht war und der sich mit dem Hinweis, ohne Aufschub Leya besuchen zu müssen, gleich verabschiedete, nachdem er Julian aus dem gemeinsamen Taxi entlassen hatte.

Julian betrat das Haus, in dem sich sein Apartment befand, schleppte sein Gepäck in den ersten Stock und schloss die Wohnungstür auf. Sofort nahm er den speziellen Duft des eigenen Heims in sich auf, der ihm immer erst dann auffiel, wenn er eine Weile weg gewesen war. Er bugsierte den Koffer in das Wohnzimmer, inspizierte kurz die Pflanzen am Fensterbrett, die seine Abwesenheit gut überstanden zu haben schienen, und ließ sich erschöpft auf die Couch fallen. Auch wenn er sich körperlich erholt hatte, fühlte er sich geistig momentan völlig leer, spürte, wie ihn eine Schwere überfiel. Wieder war ein Kapitel seines Lebens zu einem Abschluss gekommen, lag sein vielleicht allerletzter Urlaub am Meer hinter ihm. Er hatte sich auf den Urlaub gefreut, ihn zum großen Teil genossen, und jetzt war er vorbei. Und anders als sonst, wenn ihn Bedauern darüber überfiel, dass der Urlaub schon wieder vorüber war, konnte er sich diesmal nicht mit dem Ausblick auf den nächsten Urlaub im kommenden Jahr trösten, und diese Erkenntnis machte ihn schwermütig.

In der Hoffnung, sich zugleich mit dem Schmutz auf der Körperoberfläche auch die Sorgen seiner Seele fortspülen zu können, stellte er sich unter die Dusche, ließ sich lange heißes Wasser über den Rücken fließen und wusch sich gründlich. Tatsächlich fühlte er sich danach ein wenig besser und nachdem er sich im Lokal um die Ecke eine Pizza geholt und diese zu den Abendnachrichten im Fernsehen verspeist hatte, fühlte er seine Lebensgeister wiederkehren. Er ging zum Schreibtisch seines Heimbüros, kramte unter einem Stapel von Urlaubsbroschüren seine persönliche Bucket-List hervor und begann, diese zu studieren. Noch ging das Leben weiter, noch gab es Dinge, die es zu erledigen galt, sprach er sich selbst Mut zu. Er hatte neben Bernd und Maria ein Häkchen gemalt, neben den Namen seiner Tochter Linda ein Herz. Den Abschied von seiner Mutter würde er sich bis zum Ende aufsparen, zuvor galt es da auch noch einiges einzufädeln, was seine

Geschwister betraf. Zuletzt fiel sein Blick auf den Namen von Frau Roth und er beschloss, diese unangenehme Angelegenheit nicht mehr länger aufzuschieben.

Frau Roth und das Ende der Welt

(Am Ende war das Schweigen.)

„Frau Roth muss inzwischen wohl wenigstens 90 sein", überlegte Julian, „wenn nicht gar an die 100. Immer mehr Menschen werden heute 100, nur ich nicht, mir soll das nicht vergönnt sein." Schon als Kind war Frau Roth Julian alt erschienen, aber wenn er nun an seine eigene Mutter dachte, relativierte sich ihr damaliges Alter im Rückblick ein wenig, gar so alt konnte sie damals gar nicht gewesen sein. Frau Roth war eine der unzähligen Nachbarn, die in einem der drei Wohnblöcke wohnten, die zusammen mit den Parkanlagen dazwischen und den weitläufigen Landwirtschaftsflächen rund um sie herum die Welt seiner Kindheit bedeuteten. Wie so viele andere Nachbarn, die selbst keine Kinder in Julians damaligem Alter hatten und deshalb völlig uninteressant erschienen, war Frau Roth, deren Tochter bereits erwachsen war, nur ein unscheinbares, aber dennoch vertrautes Gesicht aus der Siedlung. Eine leicht untersetzte Frau mit hochtoupiertem Haar, fast immer gekleidet mit einer Hausfrauenschürze, den Kindern von ihrem Gang zum Müllhäuschen her bekannt und vom Weg zum nahen Lebensmittelladen oder eingehakt bei ihrem dicken, stets schwer atmenden Mann, vom sonntäglichen Ausflug in die Kirche. Sonst sah man sie selten, und nur wenn sie alle paar Monate ihre Teppiche in den Innenhof schleppte, über die Teppichklopfstangen hievte und mit zwischen den Häusern wiederhallenden Schlägen ihres Teppichklopfers vom eingetretenen Staub befreite, wurden sich die Kinder ihrer Existenz bewusst. Denn dann waren für diesen Tag diese Stangen nicht länger als Kletter- und Turngerüst verfügbar, was vor allem für die Mädchen ein Ärgernis bedeutete, die oft den halben Tag auf diesen Stangen verbrachten.

Das Zentrum der Aktivitäten der Buben befand sich etwas abseits der Siedlung, in der Böschung des dicht mit Büschen und jungen Laubbäumen bewaldeten Damms, entlang dessen oberen Endes die Bundesstraße und parallel dazu die Autobahn verliefen. In diesem von den Kindern als Urwald bezeichneten Grün hatten die Buben ihr Lager errichtet, ein kaum befestigter Verschlag aus alten Christbäumen und verschlissenen Bauplanen, in dem sie sich zu ihren wichtigen Besprechungen trafen, zum Tauschen von Fußballalbum-Stickers und manchmal auch zum Rauchen. Oder besser gesagt zum Paffen, denn darin war man sich einig, ein richtiger Lungenzug, wie ihn die Erwachsenen machten, könnte für den kindlichen Körper den Tod bedeuten. Dieses Wissen hatte einer der Jüngsten in die Runde eingebracht, und weil sein Onkel an Lungenkrebs gestorben war, gestand man ihm eine gewisse Expertise zu in diesen Dingen und hielt sich ans Paffen.

Bei allen Bemühungen, das Lager mit den Planen halbwegs regendicht zu machen und durch zahlreiche Mitbringsel - alte Decken, Poster von Schauspielern und Fußballern und vom Sperrmüll errettete ‚Kunstwerke‘ - etwas gemütlicher zu gestalten, hatte es einen großen Nachteil, und das war der erdige Boden. Die kleine Ebene, die die Basis des Lagers bildete, unter Mühen dem steilen Hang der Böschung mit Spielzeugschaufeln und bloßen Händen abgerungen, verwandelte sich nach jedem Regenguss in eine Schlammpfütze. Versuche, diesem Übel durch Sand aus der Spielplatz-Sandkiste Herr zu werden, scheiterten kläglich, weil auch dieser nach dem ersten größeren

Regenguss sofort wieder weggespült war. Und so war die eines Tages aufgekommene Idee, den Boden mit einem Teppich auszulegen, eine naheliegende und mit allgemeiner Begeisterung aufgenommene. Aber weil Teppiche bekanntlich nicht auf Bäumen wachsen und niemandes Familie gerade einen Teppich wegzuwerfen schien, den man aus dem Sperrmüll hätte erretten können, gerieten die Teppiche von Frau Roth ins Visier der Buben. Es gab deren ohnehin so einige und diese schienen zugleich so alt und unansehnlich, da würde der Verlust des ältesten und am meisten verschlissenen Exemplars wohl leicht verschmerzbar sein für die gute Frau.

Gesagt, getan, zogen Julian und sein bester Freund Manuel los, stahlen im Licht der frühabendlichen Dämmerung den am hässlichsten scheinenden Teppich von der Stange, transportierten ihn eingewickelt in eine der alten Decken ins Lager und präsentierten schon am nächsten Tag (Tag 1), nicht ohne angemessenen Stolz auf ihre Heldentat zu versprühen, den anderen Buben ihre Diebesbeute. Rasch wurde der Teppich ausgerollt, nach einigem Hin und Her an passender Stelle mit schweren Steinen fixiert und schließlich, in einem Akt der Neueinweihung des nunmehr so aufgewerteten Lagers, eine für ebensolche Zwecke aufgesparte Siegeszigarette angezündet. Es dauerte nicht lange und schon war der Teppich mit dem ersten Brandloch markiert, entstanden, weil einer der Buben allzu fest an der Zigarette gezogen und diese im einsetzenden Hustenanfall aus der Hand verloren hatte.

Am Tag 2 erschien der erste Zettel am Eingang von Frau Roths Wohnblock. In fetten, großen Lettern, so gar nicht nach der Handschrift einer älteren Frau ausschauend, wurde da der Verlust des Teppichs angezeigt, eines alten

Erbstücks der Familie, das man gerne wiedergehabt hätte. Sollte jemand den Teppich aus Versehen entwendet haben oder es sich um einen dummen Lausbubenstreich handeln, so wäre man dankbar für eine Rückgabe und würde von einer weiteren Verfolgung des Diebstahls absehen. Andernfalls, sollte eine Rückgabe nicht zeitnah erfolgen, müsste man die Polizei einschalten und es wäre mit entsprechenden Unannehmlichkeiten zu rechnen. Es folgte eine erregte Diskussion unter den Buben, und die Rückgabe wurde in Erwägung gezogen, doch angesichts des Brandlochs und seiner vielleicht verräterischen Implikationen wurde eine Entscheidung auf den nächsten Tag verschoben.

Am dritten Tag war der Zettel vervielfältigt und an die Eingangstüren aller Wohnhäuser geklebt worden. Zudem sah er sich um eine weitere Zeile ergänzt, in der eine Belohnung von 50 Schillingen versprochen wurde, auszuzahlen an den Finder des Teppichs oder an einen Hinweisgeber, der dessen Fund ermöglichen würde. Wieder diskutierten die Buben aufgeregt die neue Lage, wieder kam es zu keinem Entschluss, man verpflichtete sich lediglich gegenseitig zur eisernen Verschwiegenheit und beschwor eine Brüderlichkeit, die den Verlockungen der Belohnung widerstehen sollte.

Am vierten Tag hielt der Rettungswagen vor dem Wohnblock von Frau Roth. Zwar war er ohne das Tönen des Martinshorns, aber mit eingeschaltetem Blaulicht vorgefahren, und auch die beiden Sanitäter, die eine leere Trage ins Gebäude mitgenommen hatten, waren sichtlich in Eile gewesen. Als sie nach wenigen Minuten wieder aus dem Haus traten, lag eine dicke Person auf der Trage, eine Atemmaske über das Gesicht gelegt, sodass niemand die

Identität des Kranken erkennen konnte. Mit geübten Griffen wurde die Trage ins Innere des Krankenwagens bugsiert, wurden geräuschvoll die Türen zugeschlagen und schon fuhr der Wagen los. Das laute Heulen des nunmehr eingeschalteten Martinshorns unterstrich für die rätselnden Beobachter des Geschehens den Ernst des Vorfalls.

Die Nachricht vom Tode des Herrn Roth machte schon am Vormittag des fünften Tages die Runde. Gemäß den Spekulationen, die der inoffizielle Hausfrauenfunk verlautbarte, hatte der Mann lange Zeit an einer schweren Lungenerkrankung gelitten, oder an Diabetes, an einer Herzerkrankung oder an Krebs. Der vermuteten Krankheiten waren viele, am Resultat änderte sich dadurch nichts. Nur unter den Buben wurde eine weitere mögliche Todesursache erwogen, eine aus dem Verlust des Teppichs entstandene, sei es ein Herzinfarkt der Aufregung wegen oder tödlicher Gram ob der verlorenen Auslegeware. Ungeachtet der Vermutungen über die wahre Todesursache wurde aus der zuvor noch gefeierten Zierde des Lagers durch den Tod des Mitbesitzers mit einem Schlag ein Indiz, ja für manche gar ein Mordinstrument.

Dieser Erkenntnis folgend schlichen sich Julian und Manuel am sechsten Tag, wieder das Zwielicht des vorabendlichen Dämmerns nutzend, zum Lager an der Böschung, griffen sich das vermaledeite Stück Webware, trugen es zum nahegelegenen Fluss und versenkten es darin.

Am siebten Tag wurde das Verschwinden des Teppichs registriert, mit einer gewissen Erleichterung allgemein als schicksalhaft akzeptiert und im Übrigen die ganze Angelegenheit mit einem Schweigen bedacht.

Erst einige Monate später fiel es einem der Buben auf, dass Frau Roth ihre Teppiche nicht mehr zu den

Klopfstangen trug. Nie mehr waren die Teppichstangen durch ihre Teppiche blockiert, nie mehr hallte das Echo ihrer wuchtigen Schläge durch den Innenhof. Viel seltener noch als früher sah man Frau Roth auf ihrem Weg zum Lebensmittelladen, und auch nicht mehr jeden Sonntag konnte man sie beim Gang zur Kirche beobachten. Schwarz gekleidet und nunmehr stets allein wandelnd, rief ihre Erscheinung ein mitleidiges Seufzen bei den Nachbarn hervor und ein unbestimmtes Gefühl der Schuld in den Buben der Siedlung.

Für Julian blieb dieses Gefühl auch noch nach seinem Wegzug in die Universitätsstadt bestehen, verblasste aber über die Jahre, wurde zugedeckt von neuen und naheliegenderen Sorgen, und war schließlich völlig verschwunden. Erst so viele Jahre später, als er Frau Roth unerwartet bei einem Besuch seiner Mutter im Altenheim über den Weg lief, wo sie schon seit langem selbst Insassin war, erwachte das Schuldgefühl von neuem in ihm und wollte nicht wieder einfach fortgehen aus seinen Gedanken. Seit dieser Begegnung, bei der ihn die alte Frau gar nicht registriert hatte, wollte er mit ihr über den so lange zurückliegenden Vorfall reden, sich ihr erklären und sich entschuldigen. Dabei ahnte er durchaus, dass dies vor allem ein egoistisches Anliegen war, in der alten Frau vielleicht nur eine alte Wunde aufreißen könnte, um den ungewissen Lohn, ihm sein Gewissen zu beruhigen. Er musste es dennoch tun, wie er empfand, mit der Aussicht auf den eigenen Tod sprach er sich selbst gewisse Sonderrechte zu, wozu auch ein gediegenes Maß an unverblümtem Egoismus gehörte.

Die Pflegerinnen reagierten etwas verwundert, als er nach dem Zimmer von Frau Roth fragte. Erst als er erklärte, dass sie eine ehemalige Nachbarin sei, eine Bekannte aus Kindheitstagen, nickten sie, Einsicht und Zustimmung andeutend, und nannten ihm die Nummer der Station und des Zimmers von Frau Roth. Dort führte ihn eine Pflegerin zum Zimmer, klopfte, während sie im gleichen Atemzug schon die Tür aufriss, und bugsierte ihn sanft ins Zimmer. Über Julians Rücken hinweg rief sie „Frau Roth, sie haben Besuch! Ein ehemaliger Nachbar von Ihnen ist da!" in den Raum hinein, machte kehrt und schloss die Tür hinter sich.

Frau Roth saß an einem Tisch am Fenster, eine Zeitschrift vor sich liegend, und wandte Julian mit einer langsamen, ruckhaften Bewegung den Kopf zu. Nach wenigen Sekunden huschte ein Ausdruck der Erkenntnis über ihr Gesicht und sie sagte: „Du bist also ein Nachbarsbub, einer aus dem 51er Haus. Oder aus dem 55er. In dem meinen, dem 53er, hast du jedenfalls nicht gewohnt. Kenne ich dich?"

Julian war verblüfft und zugleich froh über die logisch scheinenden klaren Schlüsse, die sie zog, weil er annahm, dass ihre geistige Fitness alles ein wenig leichter machen würde. Er zog sich den Besucherstuhl an den Tisch heran, setzte sich und antwortete: „Ja, Frau Roth, ich habe im 51er Haus gewohnt. Von meiner Geburt an bis zum Ende des Gymnasiums, dann bin ich weggezogen, um zu studieren."

Frau Roth schaute Julian an, schien die gebotene Information zu registrieren und zu verarbeiten, und gab Julian dann mit einem leichten Nicken zu verstehen, dass er fortfahren möge.

„Ich kann mich gut erinnern, wie sie immer mit ihrem Mann zum Supermarkt gegangen sind, mit dieser Tasche mit den Rollen unten dran, das hat nämlich damals noch niemand sonst gehabt."

Julian pausierte, sah sie nicken und hörte sie etwas von ihrer Tochter murmeln und von Amerika, dann fuhr er fort: „Und ich erinnere mich, wie sie damals immer ihre Teppiche im Hof geklopft haben. Das hat kaum wer gemacht damals, es hat ja schon jeder einen Staubsauger gehabt."

Erneut blickte die Frau vorerst reaktionslos ins Leere, dann nickte sie bedächtig und sagte: „Ja, mit dem Klopfen wird der Teppich einfach viel sauberer, und der Franzi hat außerdem den Lärm von diesen Saugern nicht gemocht. Aber später hat meine Tochter mir dann trotzdem einen gekauft, nachdem sie uns den Teppich gestohlen haben und nachdem der Franzi eh schon nimmer war."

„Ja, der Teppichdiebstahl hat uns damals alle beschäftigt, Frau Roth, aber viel mehr noch natürlich, wie ihr lieber Mann verstorben ist." Julian schluckte, holte tief Luft, um endlich zum Eigentlichen zu kommen. „Hat das eigentlich miteinander irgendwie zu tun gehabt? Ich meine, haben der Diebstahl des Teppichs und der Tod ihres Mannes miteinander zu tun? Das war ja beides innerhalb von wenigen Tagen, da haben wir Kinder vermutet, dass…"

„Ach was!", unterbrach ihn Frau Roth. „Was soll denn der Teppich mit dem Tod von Franzi zu tun haben? Der blöde Teppich war doch bloß ein Ärgernis, noch dazu in einer Zeit, wo es mit dem Franzi so schnell bergab gegangen ist. Hätte meine Tochter nicht diesen blöden Zettel geschrieben und dann noch diese Belohnung ausgesetzt…", Frau Roth schüttelte den Kopf, dann sprach sie weiter: „Froh war ich, dass ich diesen alten Fußabstreifer nicht mehr habe klopfen müssen. Von wegen Erbstück, die Belohnung war doch viel mehr wert als der alte Teppich selbst. Aber ich hatte keine Zeit für diesen Blödsinn, weil es dem Franzi ja immer schlechter gegangen ist. Was soll ich an einen alten Teppich denken, wenn mein Liebster im Sterben liegt?"

Frau Roth hielt plötzlich inne, blickte mit von Tränen glänzenden Augen ins Nirgendwo, schien eine Weile in ihren schmerzhaften Erinnerungen gefangen. Bis sich die angestrengte Grimasse ihres Gesichts zu lösen schien, sie sich Julians Gegenwart wieder bewusst wurde und sie sich wieder ihrem Besucher zuwandte.

„Es tut mir leid, Frau Roth, ich wollte nicht so schmerzhafte Erinnerungen wachrufen, ich wollte nicht…"

„Aber nein, junger Mann!", unterbrach ihn die alte Dame, griff sich seine Hand und tätschelte ihn beruhigend auf den Handrücken. „Ich denke doch ohnehin jeden Tag an meinen lieben Franzi, jeden einzelnen Tag, seit er nicht mehr bei mir ist. Und bald, wenn es Gott will, sehen wir uns wieder. Vielleicht hat er ja etwas abgenommen, ist wieder etwas besser beieinander, das hätte ihm ja schon zu Lebzeiten nicht geschadet. Aber wenn er halt gar so gerne gegessen hat, mein Franzi."

Noch immer seine Hand haltend, beugte sie sich näher zu Julian hin und fuhr fort: „Sie müssen wissen, junger Mann, ich werde demnächst 95, jetzt ist der Franzi schon mehr als 30 Jahre nimmer bei mir. Es wird Zeit, dass ihm wieder jemand seine löchrigen Socken stopft, dass jemand seine alten Hemden flickt." Sie hielt kurz inne und schüttelte den Kopf, dann sagte sie: „Verlottert wäre er ohne mich, der Franzi."

Julian lachte kurz auf, blickte Frau Roth ins Gesicht und fragte: „Liebe Frau Roth, glauben Sie denn, dass man im Himmel abnehmen kann, dass man Löcher in den Socken bekommt und einem die Hemden zerreißen?"

„Das kann ich nicht sagen, das weiß ich nicht, junger Mann. Aber wenn der Himmel das wahre Glück sein soll, dann ist es so. Dann darf ich mich wieder um meinen Franzi kümmern, ihm die Socken flicken und darauf schauen, dass er nicht immer so viel fettes Zeug isst. Wenn es einen Himmel gibt, dann ist er für mich so, wie ich ihn mir vorstelle. Sonst wäre es ja nicht der Himmel."

Julian stimmte mit einem breiten Grinsen im Gesicht zu und überredete die alte Dame zu einem kleinen Ausflug in die Cafeteria des Altenheims. Auf dem Weg dorthin holten sie gemeinsam seine Mutter ab und saßen schließlich zu dritt bei Kaffee und Kuchen. Und als hätte der Anblick der alten Nachbarin plötzlich einen Schleier gelüftet, der zuvor ihren Geist getrübt hatte, redete seine Mutter eifrig drauf los, tauschte mit Frau Roth Erinnerungen an die alte Siedlung aus, an geschätzte und weniger geschätzte alte Nachbarn und an die verstorbenen Ehemänner der beiden Frauen.

Als Julian zwei Stunden später beide Damen in ihre Zimmer zurückbegleitet und sich verabschiedet hatte, ging er leichten Herzens zum Bahnhof und freute sich darüber, auf welche unerwartet positive Art sich die alte Schuld gegenüber Frau Roth in Wohlgefallen aufgelöst hatte. Und beim nächsten Besuch seiner Mutter, das nahm er sich vor, würde er die beiden Damen wieder zusammenbringen und sie für eine Weile wenigstens in glücklichen Erinnerungen mit ihren Ehemännern vereinen.

London Calling II

„Hallo Schatz. Ich hatte spontan das Verlangen, dich anzurufen. Ich hoffe, ich störe nicht, aber ich dachte, versuchen kann ich es ja. Wie geht es dir?"

„Ich bin gerade unterwegs, ich treffe mich mit einer Studienkollegin. Aber nett, dass du anrufst. Was sagt denn die Ärztin, wie es sich bisher entwickelt und, noch viel wichtiger, wie fühlst du dich selbst, wie geht es dir?"

Im Hintergrund war ein Rauschen zu hören, wahrscheinlich der Straßenverkehr, dachte Julian, dann wurde kurz eine weibliche Stimme lauter und wieder leiser, ohne, dass verständlich war, was sie sagte.

„Es geht mir gut, mein Schatz, zumindest einigermaßen. Ich könnte nicht gerade Bäume ausreißen, aber ein dickes Büschel Gras, das ginge schon." Linda kicherte, wenigstens hörte es sich so an, die Verbindung schien zwischendurch immer wieder kurz abzureißen. „Aber ich lass dich wissen, wenn sich etwas Wesentliches ändert", fuhr Julian fort, „das habe ich dir versprochen, nur keine Angst. Morgen habe ich wieder eine Kontrolle."

„Das ist gut zu hören, aber…"

„Aber was?"

„Ein bisschen besorgt bin ich ehrlich gesagt inzwischen doch. Du magst es sowieso nicht, wenn ich mit dem üblichen ‚Du schaffst das schon!'-Gerede komme, deshalb traue ich mich auch, das zu sagen. Ich habe im Web ein wenig recherchiert. Auch wenn das neue Medikament ganz super ist, wirkt es bei weitem nicht bei allen Patienten. Und danach bleibt nicht mehr viel, soweit ich das verstanden habe, danach…"

„Du musst dir keine Sorgen machen. Lass es uns damit halten wie Karl Valentin. Er hat gesagt: ‚Ich freue mich, wenn es regnet, denn wenn ich mich nicht freue, regnet es auch‘. Und ob wir uns Sorgen machen wegen der Therapie oder nicht, ändert am Ergebnis wohl auch nichts. Lass uns also von etwas Interessanterem reden, wie geht es mit deinem Engländer?“

Es entstand eine kleine Pause, Linda schien zu überlegen, was sie antworten sollte.

„Steven. Steven heißt er, und wir haben uns getrennt. Es ging nicht mehr mit uns, es hat sich einfach nicht mehr gut angefühlt.“

Wieder herrschte kurzes Schweigen. Julian wartete, ob noch mehr dazu kommen würde, doch als die Stille anhielt, fragte er schließlich: „Und wie fühlst du dich dabei? Bist du traurig, froh, dass es vorbei ist, unsicher, was du empfinden sollst?“

„Ja, alles zugleich und noch mehr. Ach, ich weiß es nicht. Aber ich habe mich entschlossen, jetzt eine Weile allein zu bleiben. Ich meine, nicht nur ein paar Wochen, sondern…, ich will … aber was rede ich da. Es ist doch völlig egal, das ist kein Drama, Papa. Ich will nicht, dass du dir meinetwegen Sorgen machst. Ich komme schon zurecht.“

„Ich weiß, mein Schatz, du hast sicher alles im Griff, wie immer. Ich will nur, dass du glücklich bist, mit Mann oder ohne, das ist mir egal. Aber du hast jemanden, der sich um dich kümmert? Du bist nicht allein?“

„Paula ist bei mir, ich habe dir von ihr erzählt, sie wohnt mit mir.“

„Das ist gut. Ich weiß ja, dass das abgedroschen klingt, aber Freunde sind wichtig. Vergiss das nicht. Ohne Freunde…"

„Ich weiß schon, du meinst es nur gut mit mir. Ich bin jetzt da, ich muss Schluss machen, sonst komme ich zu spät. Aber nett, dass du angerufen hast, und viel Glück bei der Kontrolle morgen. Bis demnächst, Bussi, ciao Papa!"

Das Telefonat war zu Ende, noch ehe Julian geantwortet hatte, sein ‚Ciao Schatz, ich liebe dich!' ging hinaus in den Äther und verlor sich ungehört in den Weiten des Funknetzes. Gerne hätte er noch von seinem Besuch bei Frau Roth und Lindas Oma erzählt, doch das musste er wohl bei einer anderen Gelegenheit nachholen, das Leben der Jungen ist zu hektisch für alte Geschichten, hat einfach keine Zeit für solche Extrawürste. Julian legte sein Mobiltelefon zur Seite und drückte die Mute-Taste auf der Fernbedienung, um wieder den Ton des Kommentators zu hören. Das Fußballspiel, das er begonnen hatte, anzuschauen, und das ihn gelangweilt hatte, und während dessen ihm die Idee zum Anruf bei Linda gekommen war, lief noch immer weiter. Inzwischen stand es 2:1, er hatte in der kurzen Zeit des Telefonats zwei Tore versäumt. Immerhin führte seine Mannschaft, der erklärte Underdog. „Life is what happens to you while your're busy making other plans" hat John Lennon gesungen und war nicht lange daraufhin erschossen worden. Es konnte also durchaus noch spannend werden. Das Spiel und vielleicht ebenso sein Leben.

Der Leviathan erhebt sich

Als Julian am nächsten Tag zur monatlichen Kontrolle bei Dr. Kovaleva erschien, wurde er ziemlich unvermittelt wieder aus den mit Frau Roth imaginierten himmlischen Gefilden auf die Erde zurückgeholt. Die Besprechung erinnerte ihn allzu rüde daran, dass sein Leben im Diesseits noch nicht dem himmlischen Wunschkonzert entsprach, das die alte Dame für jedermann ersonnen hatte.

„Er ist nicht wirklich schlechter geworden", sagte Dr. Kovaleva, „außer diesem Wert hier vielleicht, der könnte ruhig etwas weniger hoch sein. Aber insgesamt ist es mehr oder weniger unverändert geblieben. Und es gibt immer noch keine Anzeichen für Metastasen, das ist ein sehr guter Befund."

„Super", sagte Julian nach dieser wohl tröstlich gedachten Mitteilung mit tatsächlich nur geringem Enthusiasmus, „dann kommt zum Prostatakrebs wenigstens nicht auch noch Krebs an einer anderen Stelle dazu. Ich sollte feiern…"

Die Ärztin hob den Blick von den Befundpapieren und sah ihm, ohne auf Julians zynische Bemerkung einzugehen, in die Augen.

„Was mich dabei nicht so sehr freut, ist, dass es nicht besser geworden ist. Es gibt kaum eine Veränderung. Und das könnte bedeuten, dass Sie auf das Medikament nicht so ansprechen wie erhofft, und das wäre gar nicht gut."

Julian schwieg, schaute der Ärztin seinerseits in die Augen, wartete auf weitere Informationen, doch es kam nichts mehr. Schließlich unterbrach er die unangenehme

Stille, gab sich in diesem Duell des Schweigens geschlagen und sagte: „Und was bedeutet das nun für mich? Bekomme ich etwas anderes, eine andere Behandlung, oder geben wir auf, lassen es einfach gut sein?"

„Auf keinen Fall", unterbrach ihn Dr. Kovaleva, „im Grunde ändert sich vorerst gar nichts. Nachdem Sie das Medikament inzwischen recht gut zu vertragen scheinen, machen wir vorerst einfach weiter und beobachten. Es kann schon sein, dass die erhoffte Wirkung erst noch einsetzt. Wenn sich nichts verschlechtert, können wir ruhig noch zuwarten. Es ist bloß so, dass sich typischerweise die Wirkung eher rasch zeigt und erst später dann eventuell wieder abklingt. Hier schaut er derzeit nach gar nichts aus, aber das ist akzeptabel, solange sich keine Metastasen bilden, wofür es derzeit zum Glück noch keinerlei Hinweise gibt."

„Noch, sagen Sie", warf Julian ein, „das heißt, es kann schon noch dazu kommen, nicht wahr? Und was passiert dann?"

„Wir müssen abwarten, wie es sich entwickelt. Die Hoffnung war, dass der Tumor schrumpft und ganz verschwindet, das wäre der beste Outcome gewesen. Wenn das nicht passiert, müssen wir eventuell eine Kombinationstherapie mit einem weiteren Medikament versuchen, vielleicht auch wieder eine Strahlentherapie. Aber vorerst bleiben wir dabei, Sie nehmen weiter das Medikament und wir schauen immer wieder nach, ob sich etwas verändert hat."

Julian nickte zustimmend, erhob sich aus seinem Stuhl und reichte der Ärztin zum Abschied die Hand.

„Sie wollten, dass ich ganz ehrlich bin mit Ihnen, nichts beschönige. Ich hoffe, Sie haben Ihre Meinung nicht geändert. Wie geht es Ihnen übrigens mit Ihrer Plattensammlung, haben Sie sich Schönberg schon angehört?"

Julian verneinte die Frage durch Kopfschütteln und antwortete: „Schönberg noch nicht, aber alles Mögliche sonst. Und bis heute Früh habe ich mich noch auf den Himmel gefreut, denn in meinem Himmel wird mir Schönberg ein Privatkonzert spielen und mir noch dazu gleich alles verständlich erklären."

„Dann haben Sie einen eigenen Himmel, wenn es einmal so weit sein sollte, verstehe ich das richtig?"

Dr. Kovaleva sah ihn herausfordernd an.

„Ja, und Sie werden den Ihren haben, und jeder und jede den Himmel, den er oder sie sich wünscht, das hat mir vor Kurzem eine sehr nette alte Dame erklärt. Nur dann ist der Himmel wirklich ein Himmel. Das scheint mir tatsächlich logisch."

Das Gehörte verarbeitend und bedächtig nickend hob Dr. Kovaleva die Hand zum Abschied, als plötzlich ihr Telefon klingelte und sie unsanft aus ihren Überlegungen gerissen wurde. Während sie den Hörer von der Gabel hob, um den Anruf entgegenzunehmen, war Julian schon aus dem Zimmer entschwunden, seiner neuen, wenig himmlischen Gegenwart entgegenzutreten.

Der mit dem Wolf tanzt

Wieder in seinem Apartment angekommen, wich die erste Ernüchterung, mit der er die Neuigkeiten noch rational einzuordnen suchte, zuerst nur Stück für Stück und nach einer Weile mit wachsender Geschwindigkeit einer tiefen Niedergeschlagenheit. Der ungünstige Zwischenbefund, die Aussicht auf eine andere, unangenehmere Art der Behandlung, und nicht zuletzt die Erinnerung daran, dass die ganze ‚Krebsgeschichte' mit seinem nicht mehr allzu fernen Tod enden könnte, hatten das Zwischenhoch, das Julian nach dem unerwartet positiven Ausgang seines Besuchs bei Frau Roth erfasst hatte, zu einem jähen Ende gebracht.

Als wäre in Folge der Erkenntnisse sein Gehirn in Watte gepackt und sämtliche Energie aus seinem Körper geradezu herausgeflossen, fühlte Julian sich plötzlich wie betäubt, schwach und kraftlos und gab sich mit einem Gefühl der Wehrlosigkeit der völligen Tatenlosigkeit auf seiner Couch im Wohnzimmer hin. Unfähig, mehr als die lebensnotwendigen Verrichtungen zu vollbringen, verbrachte er nun tagelang im Wechsel zwischen ebendieser Couch, dem WC und seinem Bett, ging nicht ans Telefon (SMS an Hannes: Ich bin die nächsten Tage nicht ansprechbar) und reagierte nicht auf ein Klingeln an der Wohnungstür. Das Ganze war gepaart mit dem Bewusstsein, dass, wenn die Dinge tatsächlich so schlecht stünden, wie er sich fühlte, jeder einzelne Tag seines Lebens ja umso kostbarer wäre. Und gerade diese Tage so sinnfrei zu verbringen, die Zeit totzuschlagen wie ein lästiges Insekt, deprimierte ihn daher umso mehr, verstärkte die Sinnkrise in ihm noch weiter.

Erst nachdem er am Ende des vierten Tags, angelockt vom passenden Titel, sämtliche Folgen von ,How not to live your life' angesehen und bei manchen Szenen durchaus herzhaft gelacht hatte, schöpfte er wieder etwas Lebensmut oder wenigstens den Willen, sein Leben anders weiterzuleben.

Und so beschloss Julian, nach langer Zeit endlich wieder einmal seine Freundin Mona anzurufen. Mona gehörte zu jener seltenen Spezies von Freunden, die vererbt worden waren. Als eine von mehreren Bekanntschaften hatte er Mona durch seine Kurzzeit-Freundin Barbara kennen und schätzen gelernt, und nachdem die Beziehung zu Barbara auseinander- und die meisten der Bekanntschaften rasch wieder verlorengegangen waren, war ihm Mona erhalten geblieben. Bei ihrem ersten Anruf nach der Trennung war er noch verwirrt gewesen, hatte Mona am Telefon vorsichtig zu erklären versucht, dass er nicht länger der Partner ihrer Freundin war und er dieser daher auch keine Nachrichten mehr überbringen könnte.

„Aber das weiß ich doch, ich lebe ja nicht hinter dem Mond! Wir beide können doch auch so weiterhin Freunde bleiben, oder spricht etwas dagegen?"

Julian war überrascht, aber überaus erfreut, und von da an trafen sie sich unregelmäßig, aber über die Jahre kontinuierlich. Sie tauschten sich über die jeweiligen Partner aus, ohne peinliche Details preiszugeben, über die Leiden und Freuden der Kindererziehung, nachdem sie beide Eltern geworden waren, und über die Aussichten auf eine neue Beziehung, wenn Julian wieder einmal verlassen worden war.

Mona war ein paar Jahre jünger als Julian, hatte dichtes schwarzes Haar, das ihr pausbäckiges Gesicht einrahmte, und hatte eine etwas füllige Figur und kräftige Arme, die ihr zupackendes, praktisch veranlagtes Wesen unterstrichen. Sie war verheiratet mit einem Mann, der beruflich irgendetwas mit Elektrotechnik zu tun hatte, hatte zwei Mädchen, die ein paar Jahre älter waren als Linda, und arbeitete als Erzieherin in einem Heim für Kinder mit sozialen Defiziten. Julian fand es faszinierend, dass jemand mit ‚schwierigen Kindern‘ arbeitete und diese Arbeit so gerne zu machen schien, wie es bei Mona der Fall war. Er fragte sie schon bei ihrem ersten Aufeinandertreffen nach den Gründen für die Schwierigkeiten der Kinder.

„Die meisten sind zuhause vernachlässigt worden, entweder weil ihre alleinstehende Mutter keine Zeit hat neben ihrem Job und sonstigen Verpflichtungen, oder weil beide Eltern glauben, Karriere machen zu müssen. Ein paar haben einfach Junkies als Eltern, die nichts auf die Reihe kriegen, das sind die ärmsten von allen, weil das nie auf Dauer besser wird."

Julian hatte ein wenig gegrübelt nach dieser Antwort, sie schien ihn überrascht zu haben. Er fragte: „Aber sind die Karriereeltern, die keine Zeit für ihren Nachwuchs haben, denn nicht meist reiche Arschlöcher, die ihre Kinder auf Internate schicken, wo diese dann zu reichen Arschlochkindern erzogen werden?"

„Das sind die wirklich reichen Leute, die du meinst, die schicken ihre verkorksten Kinder zum Psychotherapeuten, nicht zum Sozialarbeiter. Bei uns landen die Kinder der Möchtegern-Reichen, die zwar Weihnachten in der Karibik feiern, aber für ein Internat dann doch zu wenig Geld haben, oft sogar große Schulden anhäufen. Diese

Kids haben zwar mit fünf ihr eigenes iPhone, auf dem sie alle möglichen Dinge beherrschen, aber sie drehen durch, wenn sie mit anderen Kindern irgendwelche Schwierigkeiten erleben, weil sie diese nicht einfach mit einer Handbewegung wegswipen können."

Was Julian neben ihrer Aufrichtigkeit und Verlässlichkeit besonders an Mona schätzte, war ihr unverbrüchlicher Optimismus, den sie bislang in allen Lebenslagen gezeigt hatte, und der sie trotz ihres Jobs, der ja viele der weniger schönen Seiten des Lebens widerspiegelte, noch nie verlassen hatte. Aber als er ihr nun, nach dem zweiten Glas Bier im gedämpften Licht einer Nachtbar, seine neue Situation und ihre Implikationen geschildert hatte, seine Ängste und Befürchtungen, blieb sie vorerst ruhig, nickte sanft und starrte ins Leere. Julian begann schon zu bedauern, ihr diese Bürde auferlegt zu haben, und fühlte den Drang, nun seinerseits seine offenbar geschockte Freundin zu trösten.

„Du musst verstehen, so etwas kann man nicht einmal mit seinem besten Freund besprechen. Die Tatsachen, ja, das schon. Aber über die Gefühle, die man dabei empfindet, das geht nicht." Julian schüttelte den Kopf, um seine Aussage zu unterstreichen, und fuhr fort: „Dabei geht es gar nicht einmal darum, dass wir uns nicht betroffen zeigen dürfen. Dass die Aussicht, vielleicht bald sterben zu müssen, nicht gerade witzig ist, das können auch die größten Machos verstehen. Aber, dass wir dazu irgendwelche Gefühle haben, dass wir traurig sind, vielleicht sogar öffentlich, das geht nicht. Gefühle darfst du zeigen, wenn deine Fußballmannschaft gewonnen hat, schon weniger deutlich, wenn sie verloren hat. Ja, sogar traurig darfst du sein, zum Beispiel, wenn sich ein wichtiger

Spieler verletzt, aber nur auf einer rationalen Ebene. Du darfst traurig sein darüber, dass dadurch das Mittelfeld geschwächt ist oder weil der Goalgetter ausfällt, aber, dass der Spieler vielleicht Schmerzen hat oder seine Karriere beenden muss, das ist kein Grund für Trauer oder gar Mitgefühl."

Im Hintergrund lamentierte Prefab Sprout über die Grausamkeit des Lebens und der Liebe, sang: ‚Cruel is the gospel that sets us all free, then takes you away from me'. Mona war seinen Ausführungen gefolgt und schüttelte nun mit einem mitleidigen Lächeln den Kopf.

„Ich bin froh, dass du es mir gesagt hast, dafür sind Freunde da. Auch wenn ihr Männer das vielleicht anders seht. Vielleicht laufen ja deshalb ausschließlich Männer Amok, weil sie keinen haben, mit dem sie wirklich reden können. Ich könnte das selbst auch nicht für mich behalten. Ich weiß jetzt bloß nicht, was ich dazu sagen soll. Es ist ja nicht die übliche Sorge, wo wir einen Tequila bestellen und darauf anstoßen, dass eh alles wieder gut wird."

„Nein, leider nicht. Ich muss zugeben, ich habe diesmal wirklich Angst um mein Leben, oder besser gesagt, Angst davor, zu sterben. Ich meine so richtig, zum ersten Mal richtig Angst." Julian verstummte kurz, schüttelte den Kopf und korrigierte sich im nächsten Augenblick, indem er sagte: „Nein, das stimmt eigentlich gar nicht, einmal hatte ich schon vorher so etwas wie Todesangst. Aber das war viel konkreter, nicht so diffus, so…"

„Was?", unterbrach ihn Mona, „Was ist da passiert? Das hast du mir noch nie erzählt." Julian nickte und beide schienen sich ein wenig zu entspannen, so als könnte ein Bericht über vergangene Ängste die gegenwärtige auslöschen.

„Das liegt schon sehr lange zurück, aber das werde ich nie vergessen. Ich hatte Angst, dass mich die Wölfe fressen."

„Die Wölfe, das ist nicht dein Ernst! Wo gibt's denn noch Wölfe, außer im Zoo? Ich meine, in letzter Zeit gibt es ja doch wieder einige, aber…"

Julian lachte kurz auf, nickte und grinste breit.

„Ja genau dort, im Zoo. Genau dort ist es ja passiert. Ich habe mal einen Monat lang im Zoo gearbeitet, das war ein Ferialjob, als ich noch ins Gymnasium ging. Damals habe ich mich gerade für Tiere sehr interessiert und ich hatte da so eine romantische Vorstellung, dass man im Zoo am besten mit Tieren zu tun haben würde. Also mit richtigen, wilden Tieren, nicht mit Haustieren. Die tatsächliche Arbeit war dann sehr ernüchternd. Anfangs habe ich nur beim Bau einer neuen Aquarienanlage geholfen, das war einfach Arbeit wie auf jedem anderen Bau auch, da ist es ganz egal, was man da baut. Da haben mich die Leute, die immer dort arbeiten und körperliche Arbeit gewohnt waren, richtig fertiggemacht. Daher habe ich mit dem Vorarbeiter gesprochen und ihm erklärt, was ich eigentlich wollte und dass ich für diese Art der Arbeit nicht geeignet wäre. Das hat er wohl eingesehen und mich von da an zu den Tieren gelassen. Aber auch das war nicht wirklich ein Traumjob. Als Erstes am Morgen habe ich jeden Tag zwei bis drei Stunden den Stall der Wisente gereinigt, das ist so eine Art Büffel, riesige Tiere, die auch riesige Haufen von Scheiße produzieren. Ich habe täglich mit einer Schaufel einen ganzen Schubkarren damit gefüllt und weggebracht. Und wenn ich damit fertig war, habe ich die Scheißekugeln von Gämsen und Steinböcken aus deren Gehegen gekehrt.

Und dann die Scheiße von Wildschweinen, Bären, Elchen, Murmeltieren… naja, Scheiße aller Art halt."

Julian hielt kurz inne, um einen Schluck Bier zu trinken, und gab nach einer Zwischenfrage Monas nach den Wölfen mit einem Winken zu verstehen, dass er gleich daraufkommen würde.

„Darauf komme ich schon, nur Geduld. Bei manchen dieser Tiere ging ich in das Gehege, während sie drin waren, weil sie nicht besonders gefährlich sind, bei anderen nur, wenn sie draußen waren oder im Stall, je nachdem. Also bei den Bären oder Elchen, da ging das nur so, aber bei einigen der anderen machte ich neben den Tieren sauber. Und zu den Wölfen durfte ich nur zusammen mit dem Vorarbeiter, weil sie den als ihren Rudelführer anerkannten. Wenn ich ihn begleitete, ließen mich die Wölfe in Ruhe, auch wenn mir nie richtig wohl war dabei. Er brachte ihnen frisches Fleisch und währenddessen sammelte ich ihre Scheiße auf. Aber einmal bemerkte der Vorarbeiter beim Hinausgehen, dass er etwas vergessen hatte, er war mit einem Klemmbrett unter dem Arm ins Gehege gekommen und hatte es zum Füttern abgelegt. Und da schickte er mich zurück, es zu holen.

‚Wir haben ihnen ja gerade etwas zu fressen gegeben', meinte er auf meine Bedenken hin, ‚die sind beschäftigt genug. Außerdem bist du gleich wieder zurück, keine Angst, da passiert nichts.'

Ich habe das irgendwie einfach geglaubt, gedacht, so etwas würde er doch nicht einfach so sagen, wenn dem nicht so wäre. Also bin ich zurück, einen kleinen Pfad im Gehege entlang, und gerade, als ich das Klemmbrett aufhebe, schaut ein Wolf hinter einem Busch hervor. Schaut mich an, verfolgt mich mit seinem Blick und lässt mich nicht aus den Augen. Ich ging also schnell zurück, habe mich immer wieder umgeblickt, ob er hinter mir her ist, und als ich schon fast am Ausgang bin, versperren mir zwei Wölfe den Weg. Ich blieb stehen und sah die Wölfe an, sie sahen mich an, ich war wie gelähmt. Der Vorarbeiter war nirgends mehr zu sehen und ich hatte das Gefühl, das wussten die Wölfe. Da hatte ich Todesangst, da war die Gefahr ganz konkret, physisch greifbar und auch nicht in ferner Zukunft, sondern ganz im Jetzt. Ich hatte keine Ahnung, was ich tun sollte. Im ersten Impuls wollte ich um Hilfe rufen, aber traute mich paradoxerweise nicht. So als würden die Wölfe dann plötzlich verstehen, in welcher Not ich mich befand, und wenn ich nur stehenblieb und schaute, würden sie es nicht wissen können. Es war nicht unbedingt logisch, aber in dem Moment schien es mir plausibel."

„Ja und dann?", fragte Mona ungeduldig, als Julian wieder zu seinem Glas griff. „Was ist dann passiert?"

„Dann kam zu meinem Glück auf dem Pfad, der am Gehege vorbeiführt, ein Kollege daher, der gerade mit einem Schubkarren auf dem Weg zu den Wildschweinen war. Er sah mich und erfasste sofort die Situation, in der ich mich befand. Er trat an den Zaun, etwas entfernt von mir, und schlug dagegen und rief den Wölfen, versuchte sie abzulenken von mir. Leider schien das nicht zu funktionieren, als ich wieder zu den Wölfen schaute, stand bereits ein dritter dort, dem Lärm, den mein Kollege machte, schenkten sie kaum Beachtung. Da verschwand mein Kollege aus meinem Blickfeld und kurz bekam ich echte Panik und die Wölfe schienen nun ganz langsam näher zu kommen. Ich schaute mich um, überlegte, wohin ich laufen könnte, dabei hatte der Vorarbeiter erklärt, dass man auf keinen Fall davonrennen darf. Aber das war die Theorie, in der Praxis schien Davonlaufen immer noch besser als einfach zu warten und nichts zu tun. Aber noch bevor ich mich zu irgendwas entschlossen hatte und mich bewegte, kam der Vorarbeiter durch den Eingang ins Gehege und verscheuchte die Wölfe, mein Kollege hatte ihn alarmiert. Es ging ganz einfach, er wedelte bloß mit den Armen und rief ihnen etwas zu. Und sie stürmten ins Gebüsch, gerade so, als hätten sie ein schlechtes Gewissen. Dann holte er mich und begleitete mich hinaus. In der letzten Woche meiner Ferialarbeit nannten mich dann alle Mitarbeiter im Zoo ‚Mogli‘, du weißt schon, der Bub aus dem Dschungelbuch, der bei den Wölfen aufgewachsen ist. Und ins Gehege durfte ich auch nicht mehr, aber das war alles andere als eine Strafe.“

Mona nickte zustimmend, wischte sich den eingebildeten Schweiß von der Stirn und schlug vor, zur Bewältigung vergangener Todesängste doch noch auf das bewährte Rezept der Tequilas zurückzugreifen.

„Stoßen wir darauf an, dass es gut gegangen ist, und trinken wir darauf, dass es auch diesmal gut gehen wird. Wir müssen optimistisch bleiben und positiv denken. Pessimismus ist hier nämlich auch keine große Hilfe.“ Julian stimmte ihr zu und für den Rest des Abends besprachen sie Details zur Behandlung, redeten einander Statistiken schön und bestärkten sich im Glauben an das Gute, das kommen möge. Als sie wieder auseinandergingen, fühlte sich Julian gleichsam wieder auf die Spur gebracht, dazu ermuntert, an seine Listen zu denken und die Hoffnung auf Heilung oder wenigstens eine längere Zeit des Stillstands der Erkrankung nicht zu verlieren. Und in seinem

Kopf hörte er Prefab Sprout singen ‚They ask for more than you bargained for, but then they ask for more…'

Uns bleibt immer Paris

„Ja, hallo?"

„Sabine?"

„Ja, das bin ich. Und wer ist dort?"

„Hier ist Julian."

„Julian?"

„Dein Jugendfreund Julian. Der mit dem ein wenig schiefen Gebiss, aber dem dennoch unwiderstehlichen Lächeln. Das hast du selbst so gesagt."

„Julian! Das ist ja eine Überraschung. Das kommt wirklich unerwartet."

„Ja, ich weiß. Ich hoffe, ich störe dich nicht bei irgendetwas Wichtigem."

„Nein, gar nicht… kommt drauf an… was willst du, warum rufst du an?"

„Ich muss dich etwas fragen. Und das wird dir sicher seltsam vorkommen, aber ich hoffe, du kannst mir eine Antwort geben."

„….?"

„Kannst du dich an unseren Sommer erinnern? Den Sommer, an dem wir fast jeden Tag miteinander verbracht haben. Unten im Vorhaus und im Schwimmbad und… eigentlich überall."

„Äh…, ja, ich denke schon. Du meinst einen Sommer vor…, hm, vor über 30 Jahren. Ich erinnere mich natürlich, das war ein schöner Sommer, wir hatten viel Spaß damals. Was ist damit?"

„Das war auch für mich ein schöner Sommer, ein sehr schöner. Und du hast wohl damals sicher bemerkt, … dass ich unheimlich verliebt in dich war. Dass ich dich so gerne geküsst hätte. Jeden Tag. Aber ich traute mich nie. Ich war zu feige."

„Aha. Ich weiß nicht, ob… Und was ist jetzt die Frage?"

„Unsere gemeinsame Freundin Andrea hat mir vor einiger Zeit erzählt, nun ja, dass…, dass du auch in mich verliebt warst, damals. Ich habe ihr das nicht geglaubt, aber sie hat darauf bestanden, dass es wahr ist. Und irgendwie könnte ich mir in den Arsch beißen, wenn es stimmt, aber wissen würde ich es dennoch gerne."

„Das heißt, ich soll dir jetzt sagen, ob ich damals in dich verliebt war?"

„Ja, das wäre die Frage. Und es wäre nett, wenn du mir eine ehrliche Antwort gibst."

„Okay…. Keine Ahnung, was das jetzt bringen soll, aber… naja, ein bisschen schon, ein bisschen war ich auch in dich verliebt. Und ich hätte mir gewünscht, dass du einmal etwas versucht hättest. Ich hätte allzu gerne endlich einen Jungen geküsst in diesem Sommer. Andrea hatte ihren ersten Freund damals, du weißt schon, Peter, aus dem achten Stock, der mit den Locken. Sie hat mir erzählt, wie toll es ist, sich zu küssen, Händchen zu halten und so weiter. Und ich hätte irgendwie auch gerne…. Und du warst ja wirklich nett, wir verstanden uns so gut. Wer weiß, was daraus geworden wäre…"

„Das kann keiner wissen, aber es wäre sicher schön gewesen, es zu erfahren."

„Und warum willst du das genau jetzt wissen? Bist du gerade auf der Suche? Willst du versuchen, die alte Magie zwischen uns wiederzubeleben? Nur zur Info: Ich habe zwei Kinder, ich bin… nun ja, du bist um Jahrzehnte zu spät!"

„Haha, nein, keine Angst. Ich habe selbst auch ein Kind. Auch wenn mich die Mutter verlassen hat, aber ich suche niemanden. Und bei dir, gibt es einen Vater zu deinen Kindern?"

„Ja. Es gab einen. Er ist leider vor ein paar Jahren gestorben. An Krebs."

„Das tut mir furchtbar leid, das… Oje. Wie alt sind deine Kinder? Bist du gut versorgt, hast du… ach, entschuldige bitte, das geht mich gar nichts an…"

„Schon gut. Die Kinder sind schon erwachsen, mehr oder weniger, die Jüngere wird nächstes Jahr die Schule beenden und dann wohl ausziehen, um zu studieren. Die Ältere ist schon länger weg, arbeitet bereits, ich sehe sie kaum mehr, so ist das mit Kindern. Aber du bist ja selbst Vater, dann weißt du das wahrscheinlich. Melde dich wieder, in ein paar Jahren, möglicherweise bin ich dann einsam und froh, wenn sich ein alter Freund wieder meldet. Ich habe schon ein paar Fältchen. Und etwas zugenommen auch. In meinem Alter ist der Männermarkt… sagen wir, überschaubar. Andererseits kannst du ja selbst fett und glatzköpfig geworden sein, wer weiß. Mal schauen, ob dein Lächeln noch was taugt. Also, im Falle, schick mir vorher ein aktuelles Foto von dir!"

„Das mache ich, versprochen, ich melde mich. Und danke für deine bereitwillige Auskunft. Ich wollte es einfach wissen. Schon lange. Jetzt habe ich eine verpasste Gelegenheit mehr in meinem Leben, über die ich nachdenken kann. Aber die Erinnerung an diesen schönen Sommer wird uns immer bleiben. Wie heißt es so schön in diesem berühmten Film: Uns bleibt immer Paris."

Triumph der Schönheit

Sein erster Krebs, als welchen er ihn nun im Rückblick bezeichnete, war in Julians Erinnerung kaum mehr als eine unangenehme Phase seines Lebens, eine dunkle Episode einer abgeschlossenen und abgehakten Vergangenheit. Auf den ersten Schreck nach der Diagnose war die beruhigende Prognose der beiden Ärztinnen gefolgt, die Behandlung, deren Nebenwirkungen ihm zwar einiges abverlangt aber zu einem rasch sichtbaren Erfolg geführt hatten, und letztlich das gute Gefühl, wieder geheilt zu sein und die ganze Chose bewältigt zu haben.

Der ‚zweite Krebs‘ war anders. Von Beginn an mit einer schlechten Prognose behaftet, ließ er ihn den ‚Rest seines Lebens‘ planen, stürzte ihn in Phasen der Panik, in Phasen der Depression und schien diesmal nicht vorüberzugehen. Und dennoch, zu seiner eigenen Überraschung, trotz des ausbleibenden Behandlungserfolgs und dem nach wie vor über ihm schwebenden Damoklesschwert, daran zu sterben, verlor der Krebs mit der Zeit seinen Schrecken. Julian fühlte selbst, dass diese Entwicklung irrational war, ja irgendwie sogar unangemessen, so als würde er den Krebs nicht länger zur Kenntnis nehmen wollen oder ihm wenigstens nicht mehr mit dem gebührenden Respekt begegnen. Doch je länger die Situation unverändert blieb, im Grunde ja tatsächlich sogar langsam eine Verschlechterung zeigte, die allerdings so schleichend vor sich ging, dass er kaum etwas davon wahrnehmen konnte, desto gleichgültiger wurde er, desto weniger empfand er den Drang, seine Listen abzuhaken und den Rest seines Lebens zu etwas Besonderem zu machen. Zwar erinnerten zunehmend häufig unbestimmte Beschwerden an sein Leiden, dumpfe Schmerzen im Unterleib, Probleme beim Wasserlassen und eine wiederkehrende Appetitlosigkeit, die ihn schon einige der als ohnehin überschüssig erachteten Kilos gekostet hatten, doch abgesehen von den monatlichen Untersuchungen bei Dr. Kovaleva ignorierte er seine Erkrankung zunehmend. Wie einen lästigen Leberfleck, den man irgendwann einfach nicht mehr wahrnimmt, oder eine alte Narbe, deren sporadisches Jucken eben als Teil des Lebens akzeptiert worden ist. Er nahm wieder vermehrt neue Arbeitsaufträge an, traf sich mit Freunden und Bekannten und bestritt von außen betrachtet sein Leben so, als wäre da nie etwas gewesen.

Die Kontrolltermine im Krankenhaus waren die am wenigsten leicht zu ignorierende Erinnerung daran, dass da doch etwas war, und auch das inzwischen nasse Herbstwetter war nicht dazu angetan, seine Stimmung zu heben. Der oft so graue Himmel, die kürzer werdenden Tage, Julian war nie ein Fan dieser Jahreszeit gewesen, da mochten die Blätter der Bäume so bunt leuchten, wie sie wollten. Zudem schien ihm auch Dr. Kovaleva hartnäckig die Rückkehr in sein altes Leben verwehren zu wollen, gemahnte ihn stets daran, sich nicht zu übernehmen, riet ihm zugleich dazu – was er als einen eigenartigen Widerspruch empfand – sein Leben zu genießen, zapfte ihm sein Blut ab und legte ihn mit einem besorgt wirkenden Blick in große Magnetröhren.

Als er ein weiteres Mal nach einer Kontrolle bei Dr. Kovaleva, erleichtert um ein wenig Blut und beschwert um eine Mahnung zur eigenen Schonung, in Richtung des Fahrstuhls ging, der ihn nach unten zum Erdgeschoß und zum Ausgang bringen sollte, fand er sich plötzlich gezwungen, einen Umweg zu machen, weil der Gang durch ein gelbes Band abgesperrt war und ein Hinweisschild ihn zu einem anderen Fahrstuhl umleitete. Fortwährend nach weiteren Hinweisen ausblickend, die ihm den Weg weisen würden, kam er vorbei an der Abteilung für Strahlentherapie, ging vorbei an den wenigen Patienten, die im Warteraum vor der Rezeption saßen – ein paar lautlos in die Betrachtung ihrer Mobiltelefone oder einer Zeitschrift vertiefte Frauen und Männer in Straßenkleidung oder Krankenhauskitteln - und sah endlich das Symbol, das den Weg zum Fahrstuhl anzeigte. Nur wenige Schritte weiter hielt er plötzlich inne, schüttelte ungläubig den Kopf, trippelte etwas zurück und blickte erneut in die Runde der dort wartenden Menschen. Tatsächlich, ganz hinten, in sich zusammengesunken und in den Sitz gekauert, in einem weiten braunen Pullover mit Rollkragen, einer grauen Wollhose, die großen Augen ihres hageren Gesichts starr auf eine Zeitschrift gerichtet, saß Anna. Anna, die hübsche Freundin Leyas, die damals so gut gestylt angezogen gewesen war und mit der er sich so gut unterhalten hatte. Doch nicht nur die vormals enge, stylische Kleidung hatte sie getauscht gegen eine weite und keinem Modetrend verpflichtet scheinende, nicht nur die Augen schienen größer denn je in ihrem ausgemergelt scheinenden Gesicht, auch ihre Frisur war, nun ja, keine Frisur mehr, ihr Haar war verschwunden, war einer spiegelglatt scheinenden Glatze gewichen.

Verwirrt zögerte Julian, war sich unschlüssig, ob er auf sie zu- oder unbemerkt fortgehen sollte, da schaute Anna auf, erblickte ihn, und ihre Blicke trafen sich. Erschrocken wandte Anna sich ab, starrte wieder in ihre Zeitung, in Mimik und Haltung einer ertappten Diebin gleichend, die durch Bewegungslosigkeit versuchte, sich unsichtbar zu machen. Nun war es an Julian, zu entscheiden, ob er das Spiel mitspielen und einfach fortgehen oder doch zu ihr hintreten und die für beide unerwartete Begegnung wagen sollte. Er entschied sich für Letzteres und ging auf sie zu.

„Schicke Frisur", ging es ihm durch den Kopf, doch im letzten Augenblick fasste er sich und sagte stattdessen, was ihm taktvoller und tatsächlich auch wahr zu sein schien: „Du hast eine sehr schöne Kopfform. Da hast du Glück, andere sehen glatzköpfig aus wie Neandertaler. Du bist ohne Haare sogar noch schöner als mit."

Mit einem leichten Kopfschütteln versuchte Anna, gespielte Überraschung zu zeigen, verarbeitete das Gehörte und entschloss sich zu einer ehrlichen Reaktion und sagte: „Ich habe gehofft, du siehst mich nicht. Schön, wenn dir meine Frisur gefällt, aber in dieser Umgebung wirst du dir leicht denken können, dass das kein modisches Statement ist. Was machst du hier, hast du jemanden besucht?"

Julian lächelte sie an, setzte sich auf den freien Stuhl neben sie und antwortete, ohne viel nachzudenken, einer im Moment der vermuteten Gemeinsamkeit geschuldeten Eingebung folgend: „Nein, ich habe Krebs und war zur Kontrolle. Es schaut leider nicht sehr gut aus für mich. Wie steht es bei dir?"

Anna lächelte nun ebenfalls, wenn auch etwas gequält, dann erst schien sie das soeben Vernommene zu verstehen, zeigte ein erstauntes Gesicht, die Augen weit aufgerissen. Sie schien verblüfft über Julians Mitteilung, noch mehr sogar über seine Offenheit, zögerte ein wenig, aber kam dann zum selben Ergebnis wie ihr Gegenüber.

„Ich habe auch Krebs, aber das hast du wohl schon erraten. Ich bin nicht ganz sicher, wie es um mich steht, die Ärzte auch nicht. Ich habe Brustkrebs, aber leider nicht die Art, die man gut behandeln kann. Aber wir versuchen es und jetzt ist wieder einmal die Bestrahlung dran."

Sie hielt im Reden inne, lauschte, ob der Patientenaufruf über den Lautsprecher ihr galt, stellte fest, dass dem nicht so war, und setzte fort: „Jetzt wollte ich schon fragen, welchen Krebs du hast und wie es bei dir so läuft. Aber eigentlich ist das schräg. So als hätte jeder von uns ein Kind, oder einen Hund und wir würden uns im Park treffen. Hundebesitzer und Mütter mit Kinderwägen, die führen doch so typische Gespräche, nicht wahr? Wie alt ist er denn? Was kann sie denn schon? Oder welche Rasse genau ist das eigentlich? Das letzte natürlich nur bei den Hunden."

„Danke, dass du das gleich aufgeklärt hast", unterbrach Julian. „In meinem Kopf hörte ich schon die andere Mama antworten: ‚Der Vater ist ein Deutscher, ein Kaukasier, und ich bin von hier, die Kleine ist also ganz reinrassig, ein Prachtexemplar.'"

Julian hatte mit hoher Stimme gesprochen, eine affektierte Frauenstimme nachäffend, dann setzte er in normaler Tonlage fort: „Bei mir ist es Prostatakrebs, und zwar schon das zweite Mal, also auch nicht das Standardprogramm. Immerhin haben wir uns beide die jeweils häufigste Krebsart ausgesucht, und ich glaube sogar, dass es einige Medikamente gibt, die man da und dort gleichermaßen anwendet. Da haben wir also mehr gemein, als man denken möchte. Und wir können viel interessantere Gespräche führen als Mütter und Hundebesitzer, über

Tumorgrößen, Überlebensstatistiken, Medikamente, deren Nebenwirkungen, lauter so aufregendes Zeug."

Anne nickte zustimmend, ihr Gesichtsausdruck war aber etwas nachdenklicher geworden, und mit leiser Stimme sagte sie: „Interessantere Dinge, ja. Mir wäre lieber, wir hätten beide einen Hund. Oder ein Kind. Ich denke, ich komme jetzt dann gleich an die Reihe. Und direkt nach der Bestrahlung bin ich nicht besonders gesellschaftsfähig. Aber vielleicht können wir uns ein andermal sehen und … naja, quatschen. Muss ja nicht über Krebs sein und über Nebenwirkungen. Wir haben uns damals auch über andere Dinge sehr gut unterhalten, über …" - „Frau Anna S. in den Untersuchungsraum 4 bitte" - „…so, die meinen jetzt wirklich mich, ich muss weg."

Anne nahm einen Kugelschreiber aus der Handtasche, die sie zwischen ihren Füßen eingeklemmt hatte, griff nach Julians Arm und schrieb ihm ein paar Zahlen auf den Handrücken.

„Da kannst du mich erreichen", sagte sie, bereits im Aufstehen begriffen, und ergänzte im Fortgehen, „wenn du möchtest. Das würde mich sehr freuen."

Julian rief ihr ein „Okay, das mache ich!" nach, besah sich seinen Handrücken und holte schon im nächsten Moment sein Mobiltelefon aus der Hosentasche, um dort die Nummer einzugeben, bevor sie durch irgendein Missgeschick verloren gehen könnte. Und wieder erklang in seinem Kopf die Melodie von Prefab Sprout, wieder hörte er dieselbe Textzeile die Grausamkeit des Lebens bedauern: ‚Cruel is the gospel that sets us all free, then takes you away from me'.

„Dieses Mal", dachte er weiter, „lass ich dich nicht wieder so einfach aus meinem Leben verschwinden. Wir haben beide nichts zu verlieren, außer vielleicht unser Leben."

In nachdenklicher Stimmung, aber zugleich ein wenig beschwingt beim Gedanken, eine Leidensgenossin gefunden zu haben, erhob er sich, ging den zuvor eingeschlagenen Weg zum Fahrstuhl weiter und machte sich auf den Weg nach Hause. Er freute sich schon jetzt auf sein Treffen mit Anna, er mochte sie, hatte schon beim ersten Treffen gefühlt, dass auch sie ihn gern hatte, und spürte, wie ganz diffus so etwas wie Hoffnung in ihm aufkeimte.

Die hundert Tage

Als Julian sich von Annas Eltern und ihrem Bruder verabschiedet hatte, ging er über den knirschenden Kies, vorbei an einem großen marmornen Engel und einer riesigen alten Silberlinde, durchschritt in langsamem Gang das in einen Arkadenbau eingebundene Portal und begann nachzurechnen. Er kam auf hundert Tage, nicht viel mehr und nicht viel weniger, auf hundert Tage, die ihr gemeinsames Glück gedauert hatte, auf hundert Tage, bevor eine so deutliche Verschlechterung eingetreten war, dass das Unglück das Glück zu überwiegen begann. Ungefähr hundert Tage lernten sie einander besser kennen, wurden immer mehr zum unverzichtbaren Bestandteil im Leben des anderen, hatten sie, wenn es ihr Zustand erlaubte und sie das Begehren verspürten, Sex miteinander, und lebten, wie Julian sich erneut ins Bewusstsein rief, ein auf eine seltsame Art glückliches Leben.

Julian hatte nicht lange gewartet mit seinem Anruf, damals nach ihrer Begegnung im Krankenhaus, und hatte sie zuerst bei Tag im Café, dann am Abend in der beiden bereits vertrauten Bar getroffen, bis er am Ende einer weiteren Begegnung mit zu ihr nach Hause ging und mit ihr schlief. Der Sex verlief überaus vorsichtig, beide gingen sehr sanft miteinander um, so, wie Julian vermutete, dass es alte Leute täten, im Versuch, einander nicht zu verletzen, sich nicht körperlich über Gebühr herauszufordern und, soweit es Annas Zurückhaltung betraf, auch in der Unsicherheit, ob sie ihm ‚da unten' Schmerzen bereiten würde, sollte sie zugreifen, wie sie es früher unter Umständen getan hatte.

Julian ließ seine Arbeit erneut nur auf Sparflamme weiterköcheln, widmete alle Zeit, die ihm Anna gewährte, gemeinsamen Aktivitäten, begleitete sie, wenn sie es wünschte, zur Bestrahlung und nach Hause, schlief je nach ihrem Wunsch und Befinden bei ihr oder im eigenen Apartment, und lebte, ohne viele Gedanken an die eigene Erkrankung zu verschwenden. Ein erneuter Kontrollbesuch bestätigte einen sich nur sehr langsam verschlechternden, beinahe stabilen Zustand seinerseits, mit dem sich Dr. Kovaleva einigermaßen zufrieden zeigte. Seine wiedergewonnene positive Einstellung schien seine Beschwerden von unbestimmt schmerzhaft auf allenfalls lästig abzuschwächen, nur wenn er daheim arbeitete, hatte er sich angewöhnt, dies an einem Stehpult zu tun, weil er im Sitzen nach einer Weile einen diffusen Druck im Schritt zu spüren begann, erneut an den Zustand seiner Prostata erinnert wurde, und ihn diese Mahnung, wie er es empfand, allzu sehr von seiner Arbeit ablenkte.

Bei einer Gelegenheit nahm er Anna sogar zu einem Besuch seiner Mutter im Altenheim mit und die Mutter zeigte sich erfreut und sie gingen zu dritt in die Cafeteria. In einem Moment verwirrter Klarheit sprach sie Anna als Lindas Mutter an, schüttelte nach kurzer Überlegung verärgert den Kopf, entschuldigte sich und nannte sie fortan dennoch nur mehr Carolina. Anna und Julian warfen sich einen kurzen Blick zu und besiegelten mit einem knappen Nicken den Entschluss, den Irrtum nicht aufzuklären, im Wissen, dass dies kaum hilfreiche Erhellung, sondern allenfalls noch größere Verwirrung stiften würde. Am Geburtstag von Julians Mutter wiederholten sie den Besuch, und bei einer kleinen Familienfeier in einem Kaffeehaus lernte Anna dann auch noch die überraschend kurzfristig gekommene Linda und Julians Geschwister kennen. Für diese beiden, die über Julians Leben kaum je Bescheid gewusst hatten, war Anna nur wieder eine neue Freundin des Bruders, die ihnen zwar nett schien, von deren Wiedersehen im nächsten Jahr sie aber nicht überzeugt waren, ungeachtet des ihnen nicht enthüllten Zustands ihres Bruders oder von Anna selbst. Linda hingegen war überaus erfreut, als sie Anna kennenlernte, und gab ihrem Vater unter vier Augen zu verstehen, wie glücklich sie seine ganz offensichtlich wiedergefundene Lebensfreude machte.

Ansonsten gingen Julian und Anna zu Vorstellungen ins Kino, in Konzerte und Kabaretts, machten Ausflüge in die nähere Umgebung und lebten das entspannte Leben eines sehr langen Urlaubs daheim, ohne an dessen Ende und mögliche Verpflichtungen danach zu denken.

Hundert Tage währte sein Glück mit Anna, und dann erhielt er einen Anruf von ihr, in dem sie ihm mitteilte, dass sie nach einer Kontrolle von den Ärzten zum Bleiben überredet worden war. Er besuchte sie täglich, wenn die Ärzte es zuließen, lernte Annas Eltern, Verwandte und Bekannte kennen, sah Anna von Schmerzen geplagt, dann von Medikamenten betäubt dahinschwinden, hielt ihre Hand, wachte bei ihr, weinte mit ihr, und erfuhr eines Morgens, dass sie in der Nacht nach einem Herzinfarkt, wie er in solchen Fällen manchmal aufzutreten scheint, gestorben war.

Julian versuchte, sich in Arbeit zu vergraben, gerade so wie es gesunde Menschen tun, sich vom Nachdenken abzulenken, dem Grübeln wenig Gelegenheit zu geben. An manchen Tagen gelang ihm dies schlecht, an manchen sehr gut, besonders wenn ihn zwischendurch Hannes besuchte oder sie sich zu Kaffee oder Bier trafen. Als Hannes ihm erzählte, dass Leya, mit der er noch immer zusammen war, schwanger war, freute er sich für seinen Freund, bedauerte aber schon im nächsten Augenblick, dass er das Kind vielleicht nicht mehr aufwachsen sehen würde. So war auch aus diesen Treffen die anfängliche Leichtigkeit entschwunden, der Unernst ihrer Unterhaltungen einem oft schmerzhaften Zynismus gewichen und auch der von Hannes forcierte Optimismus war nach und nach durch einen ohnmächtigen Fatalismus ersetzt worden. Julian fühlte geradezu, wie er mit jedem Atemzug ein wenig seines Lebenswillens aushauchte, wie er aller Freuden überdrüssig wurde und ihm nichts mehr richtig Spaß machte. Jeden Morgen kämpfte er sich gegen eine hundertfache starke Schwerkraft aus dem Bett und jeden Abend legte er sich geschlagen wieder in dasselbe hin. Dem traurigen Frühling folgte ein trauriger Sommer, und anstatt sich darüber zu freuen, es bereits so lange geschafft zu haben, fand Julian sein Leben zunehmend unerträglich. Er wusste, dass er irgendetwas in seinem Leben ändern musste, dass er auf diese Art nicht würde weitermachen können. Aber der bloße Gedanke an Linda ließ ihn jede Überlegung an Selbstmord sofort wieder aus dem Kopf verdrängen und er nahm sich felsenfest vor, weiterzukämpfen. „Ich brauche einen Tapetenwechsel, sollte irgendwohin fahren, eine neue Umgebung erleben." Er stellte sich an sein Stehpult, bewegte die Maus ein wenig hin und her und hörte den Computer aus dem Dämmerschlaf erwachen.

1002 Nächte

„Nichts als eine endlose Ebene, eine öde Fläche, keinerlei Abwechslung bis zum Horizont, und dazu noch extrem kurze Tage und elend lange Nächte. Und die paar Seelen, die du vielleicht trotz allem triffst, sind komische Käuze, Alkoholiker, haben seltsame Frisuren und tragen sich mit Selbstmordgedanken. Das findest du wirklich erstrebenswert?"

Hannes schüttelte ungläubig den Kopf und warf Julian einen skeptischen Blick zu.

„Das ist vielleicht gar nicht so eintönig, wie du meinst", entgegnete Julian. „Noch steht meine Route ja nicht fest. Man kann zum Beispiel an der Küste entlang fahren, durch sehr idyllische Dörfer und Städte, wie der Reiseführer behauptet. Und auch die Nächte sind noch gar nicht so lang, der Herbst scheint die ideale Zeit für so einen Trip. Aber im Grunde will ich tatsächlich eher mitten durch das Land, über die großen Ebenen, da geht es sehr lange ganz gerade dahin, man trifft tagelang niemanden, kann sich völlig auf sich selbst konzentrieren. Das scheint mir seinen eigenen Reiz zu haben, etwas Meditatives, irgendwie Beruhigendes."

„Aber wer will denn so etwas? Genau das meine ich ja!", warf Hannes ein. „Ich denke, du brauchst jetzt Ablenkung, nicht Beruhigung. Außerdem schaust du gar nicht so besonders fit aus, wenn ich das sagen darf. Mag es die Krankheit sein oder noch immer die Trauer, du wirkst nicht so, als würde dir tagelanges Radfahren jetzt guttun."

Hannes griff nach seiner Kaffeetasse und nippte an seinem Getränk. Sie hatten sich nach längerem wieder einmal im Café getroffen, Julian hatte Hannes angerufen, er wollte ihm seine Pläne darlegen.

„Ich will mich eben nicht ablenken", widersprach ihm Julian energisch und ging auf die Bemerkung zu seinem Gesundheitszustand gar nicht ein. „Es ist gerade die Einöde, die mich jetzt lockt. Ich will Zeit haben, nachzudenken, zu überlegen, wie ich nun weitermache."

Julian strich sich mit der Hand über die Stirn, griff sich in den Nacken und verzog sein Gesicht zu einer Grimasse des Schmerzes. Er hatte schon seit vielen Tagen keine gute Nacht mehr erlebt, fühlte sich am Morgen stets wie gerädert und, sobald ihm die Realitäten seines Lebens ins Bewusstsein getreten waren, auch seelisch verwundet und abgekämpft. Dazu kam, dass er kaum mehr je wirklich Hunger verspürte und sich immer wieder zum Essen geradezu zwingen musste, um nicht noch weiter abzunehmen.

„Die vergangenen Monate habe ich versucht, schnell noch etwas Leben aufzuholen, altes Zeug abzuschließen, Dinge noch ein letztes Mal zu machen. Und dann hatte ich sogar das verdammt große Glück, noch einmal jemanden zu finden, mit dem ich... naja, beinahe glücklich sein konnte. Beinahe, schließlich war Anna und mir immer bewusst, dass wir ein Ablaufdatum hatten, das ließ sich nie völlig ausblenden."

Hannes nickte stumm, er fühlte, dass es nichts dazu zu sagen gab, dass kein Beitrag von ihm irgendetwas ändern könnte an Julians momentaner Stimmungslage.

„Es ist alles so schnell gegangen in letzter Zeit, jetzt denke ich, so ein Trip ohne viel Abwechslung, mit vielleicht sogar so etwas wie einer gewissen Monotonie und Langeweile, das könnte genau das Richtige sein. Ich kann nicht einfach weitermachen, als wäre nichts geschehen, mich ablenken, mir meine Zeit vertreiben, dafür bleibt mir einfach zu wenig davon."

„Du darfst nicht so pessimistisch sein", unterbrach ihn sein Freund erneut, „das bringt doch auch nichts. Vergiss nicht, wir wollen im nächsten Sommer die WM-Tour machen, da zähle ich auf dich. Du hast dich so dafür eingesetzt und die beiden anderen überredet, das soll doch nicht umsonst gewesen sein. Das Stade de France sehen und sterben…"

„Wie gut, dass einer von uns noch Humor hat."

Julian schüttelte mit einem Lachen den Kopf und sprach weiter: „Ich will nachdenken, und das kann ich hier nicht, dafür muss ich wenigstens für eine kleine Weile weg. Es sind nur zwei Wochen, vielleicht weiß ich dann besser, was zu tun ist. Und du hast ja ohnehin die schwangere Leya, um die du dich kümmern musst, dann falle ich dir endlich einmal weniger zur Last."

Hannes wollte gerade zur Entgegnung ansetzen, doch Julian winkte ungeduldig ab und sagte: „Du brauchst gar nichts dazu sagen, du hast dich vorbildlich verhalten, einen besseren Freund kann man sich gar nicht wünschen. Aber du solltest dich jetzt mehr auf das neue Leben, das gerade im Entstehen begriffen ist, konzentrieren und nicht auf eines, das gerade vergeht. Ich mache meinen Ausflug ins Land der langen Nächte und der schweigsamen Menschen, versuche, mit meinem Leben ins Reine zu kommen, und lass dich danach wissen, was dabei herausgekommen ist. Vielleicht kannst du ja etwas lernen von mir, etwas, das du deinem Kind später weitergeben kannst. Die Weisheit der Sterbenden ist unermesslich. Von wem das ist? Von mir und es ist sicher völliger Blödsinn, also vergiss es gleich wieder. Also, jetzt zu etwas Erfreulicherem, was wäre die erste Etappe in Frankreich, wie schaut der Plan aus?"

On The Road

Julian hatte beschlossen, in Helsinki zu starten und vor seiner Fahrradtour die Gelegenheit zu nutzen, sich die ihm noch unbekannte Stadt ein wenig anzusehen. Er hegte keine großen Erwartungen, kannte aus den Kaurismäki-Filmen eine graue, unansehnliche Stadt voller skurriler und schweigsamer Typen, dem Alkohol zugeneigt und, wie er aus anderen Quellen wusste, erfindungsreich, was absonderliche Sportarten betrifft, wie etwa das Weitwerfen von Gummistiefeln und Mobiltelefonen oder das wettkampfmäßige Spielen der Luftgitarre. Umso mehr erstaunte ihn, wie viel die Stadt wirklich zu bieten hatte, wie die Mischung alter und neuer Architektur eine ganz eigene Atmosphäre schuf und welch unerwartete Sehenswürdigkeiten er fand, einen Dom, eine Kathedrale, sogar einen ausgedehnten Park im Stadtzentrum mit Straßencafés und Biergärten und Statuen berühmter Leute. Und ja, sogar die nicht-steinernen, die echten Menschen überraschten ihn, waren freundlich und hilfsbereit, gaben ihm in ausgezeichnetem Englisch Auskunft, wenn er ihrer bedurfte, schienen mit den Kaurismäki-Figuren genauso wenig verwandt wie seine eigenen Landsleute. Nur als er zum Abendessen in einem kargen Restaurant etwas abseits des Zentrums gelandet war, sah er einige düstere Gestalten, die sich an der Bar stumm an ihren Flaschen festzuhalten schienen und, wenn sie diese geleert hatten, selbst für die Bestellung einer weiteren nicht redeten, sondern bloß dem Barkeeper mit der leeren Flasche winkten. Julian war irgendwie froh darüber, endlich doch noch das triste Finnland seiner Vorstellung gefunden zu haben, schließlich war ein unausgesprochener, aber im Hinterkopf fest verankerter Zweck dieses Trips gewesen, sich ein wenig selbst zu bemitleiden. Dazu schien eine Umgebung, die dem düsteren Bildnis seiner Vorurteile entsprach, besser zu passen als diese allzu freundliche Normalität, die er unter Tags noch erlebt hatte.

Als er am nächsten Tag mit seinem Fahrrad Richtung Norden losfuhr, war er optimistisch, mit jedem Tritt in die Pedale weniger Erfreulichem näher zu kommen. Mochten diese Hauptstädter verdorben sein von den Segnungen des modernen Lebens, auf dem Land wenigstens sollte wohl die Einsamkeit und Depression der alten Zeiten überdauert haben. Dass dem in der eigenen Heimat nicht so war, war schließlich auch vor allem dem Tourismus zu verdanken, dort wo das Land noch weitgehend unberührt geblieben war, herrschten abweisendes Verhalten Fremden gegenüber und Verschlossenheit wie eh und je.

Bereits vertraut mit dem Schmerz, der sich nach langem Sitzen bei ihm zu melden pflegte, und in Erwartung, dass sich dies beim Radfahren verschlimmern würde, nahm er der Empfehlung seiner Ärztin folgend alle vier Stunden eine Schmerztablette ein, und spürte derart betäubt nur ein dumpfes Ziehen in der Leistengegend, das erst am Ende des Tages stärker wurde. Er versuchte, den Schmerz so gut es ging zu ignorieren, und wenn das nicht länger möglich war, nahm er einfach eine doppelte Dosis der Tabletten und beruhigte sich mit dem Gedanken, dass er wohl gerade daran sicher nicht sterben würde.

Es dauerte eine Weile, bis er die breiten, mehrspurigen Straßen der Stadt hinter sich gelassen und endlich kleinere Verkehrswege erreicht hatte, auf denen ihm kaum mehr Autos entgegenkamen oder ihn überholten. Aber

selbst dann fuhr er noch immer auf Asphaltstraßen, ge-
säumt von einem von Birken und Fichten gebildeten
Grünstreifen, hinter dem sich bis zum Horizont meist nur
mehr flaches Ödland erstreckte. Erst am zweiten Tag, nach
einer Übernachtung in einem „Hotelli" in einer Kleinstadt,
fuhr er dann auf Schotterpisten weiter, wie er sie hier erwartet hatte. Den ganzen Tag über kreuzten lediglich drei
Autos und ein Moped seinen Weg und in der Ferne, er war
sich nicht völlig sicher, glaubte er, einen Elch gesehen zu
haben, was die zahlreichen rotgelben Warnschilder mit einem schwarzen Elch im Zentrum, denen er entlang der
Wege immer wieder begegnete, aber sehr wahrscheinlich
scheinen ließen. An den folgenden Tagen sah er dann
gleich mehrere Elche, und diesmal war er sich völlig sicher
dabei, am Morgen ein Einzeltier, in der Abenddämmerung
eine Dreiergruppe, die Tiere waren schon aus der Ferne
betrachtet riesig und Julian war froh, dass sie jeweils rasch
wieder in den Wäldern verschwanden. Am Abend des dritten Tages, in einer Art Pension am Rande eines Dorfs, begegnete er einem Samen. Der Mann, den er altersmäßig
nicht einzuschätzen wusste, hatte einen leuchtend blau-ro-
ten Überwurf über seine Stuhllehne gehängt und auf der
Eckbank eine mehrzipfelige Mütze in denselben Farben
abgelegt, und war neben Julian der einzige Gast an diesem
Abend. Nachdem sie beide an getrennten Tischen ihr
Abendessen eingenommen hatten – es gab eine Art
Fleischeintopf, bei dem ihm, wie er dachte, vielleicht schon
wieder ein Elch begegnet war – saßen sie schließlich an der
Bar nebeneinander, wo Julian noch ein Bier trinken wollte
vor dem Schlafengehen und der Same an einem Getränk
in einer Tasse nippte. Eine Weile war es völlig still im
Raum, es liefen weder Radio noch Fernseher, und auch der

andernorts im Hintergrund fast durchgehend wahrnehmbare Verkehrslärm war hier nicht zu hören, als der Same plötzlich auf Finnisch zu sprechen anfing und der Wirt, der seine beiden Gäste zuvor am Tisch und jetzt an der Bar bediente, ungefragt ins Englische zu übersetzen anfing.

„Er sagt, er ist auf dem Weg nach Süden, nach Turku. Er soll an einem Begräbnis teilnehmen." Mit tiefer Stimme sprach der Wirt ein hartes, abgehacktes Englisch und schaute zwischen Julian und dem Samen hin und her. Julian blickte überrascht auf und nickte, er war sich nicht sicher, wie er reagieren sollte.

„Es ist sein Sohn, der gestorben ist", übersetzte der Wirt weiter, was der Same in seine Tasse zu sprechen schien. „Er ist vor langer Zeit weggegangen aus dem Norden und er hat ihn schon lange nicht mehr gesehen."

Erneut nickte Julian, gab ein „Okay, I see" von sich, bloß, um irgendwas zu sagen, und der Same sprach unbeirrt weiter und der Wirt dolmetschte weiter.

„Jetzt wird er zum ersten Mal seine Enkeltochter sehen. Sie ist erst fünf und war noch nie im Norden bei der Familie ihres Vaters. Er denkt, dass sie auch in Zukunft nicht mehr kommen wird, die Mutter ist keine Sami und sie scheint sich auch nicht für die Sami zu interessieren."

„Das klingt sehr traurig", antwortete Julian auf Englisch und sah dabei abwechselnd den Wirt und den Samen an, „und es tut mir sehr leid, dass er seinen Sohn verloren hat."

Der Wirt übersetzte und es klang um ein Vielfaches länger als das Wenige, das Julian gesagt hatte. Der Same nickte langsam, blickte auf Julian und redete weiter.

„Mein Sohn ist nicht allein, viele Junge gehen in den Süden und mit ihnen verschwindet mein Volk. Aber das kann man nicht ändern." Der Wirt übersetzte noch, als der Same mit einem letzten Zug seine Tasse leerte, plötzlich aufstand, noch etwas murmelte und mit seiner Jacke und Zipfelmütze unter dem Arm die Gaststube verließ.

„Er wünscht Ihnen eine gute Reise, er rät Ihnen, die Straße nicht zu verlassen, er hat gehört, dass sich Bären in der Nähe herumtreiben."

„Bären?", fragte Julian erschrocken. „Ist das tatsächlich gefährlich? Ich meine, ich habe ja nicht vor, die Straße zu verlassen, aber…"

„Sie müssen keine Angst haben", unterbrach ihn der Wirt und schüttelte bedächtig den Kopf. „Ich glaube, er wollte sich nur wichtig machen. Wir haben schon ewig keinen Bären mehr gesehen in dieser Gegend."

Erleichtert nickte Julian, um sein Verständnis anzudeuten. Währenddessen stellte der Wirt zwei Gläser zwischen sich und Julian auf die Bar und befüllte sie aus einer mit Salmiakki beschrifteten Flasche mit fast schwarzer Flüssigkeit, die ein seltsames, Julian unvertrautes Aroma verströmte.

„Ein finnisches Getränk. Kosten Sie. Das geht aufs Haus", sagte der Wirt und hob sein Glas, um mit Julian anzustoßen. Dieser bedankte sich, führte das Getränk vorsichtig an den Mund und nahm, noch ehe er gekostet hatte, den intensiven Geruch nach Salmiak und Lakritze wahr. Er nippte, verzog ob des unerwartet salzigen Geschmacks ein wenig das Gesicht und hörte, wie der lachende Wirt ihn fragte: „Gut? Viele mögen das nicht, es schmeckt… anders."

„Das stimmt", antwortete Julian ebenfalls lachend. „Das ist wohl Lakritze, aber irgendwie salzig, nicht wahr? Bei mir zuhause nennen wir das ‚Bärenscheiße'." Er übersetzte ‚Dreck' mit ‚Scheiße', weil er das angemessener fand. „Aber nicht, weil es so schlecht schmeckt wie Bärenscheiße", beeilte Julian sich zu ergänzen, „sondern zum Teil wohl, weil es so aussieht, und vor allem, weil der Hersteller ein Mann namens Bär war."

Der Wirt schüttelte ungläubig den Kopf. „Wirklich? Salmiakki schmeckt gut, Bärenscheiße riecht wie die Hölle. Ich dachte, dass wir Finnen eigenartig sind, aber vielleicht sind wir normal und die anderen Völker sind in Wahrheit eigenartig."

Nachdem Julian den Rest des Getränks in einem Zug geleert hatte, lehnte er dankend Nachschub ab und bestellte ein weiteres Bier, um sich den seltsamen Geschmack aus dem Mund zu spülen. Inzwischen hatte ein weiterer Gast den Raum betreten, auf Finnisch ein Getränk bestellt und den Wirt in ein Gespräch verwickelt. Julian lauschte fasziniert diesem aus stakkato-artigen Lauten gebildeten Gespräch der beiden Männer und trank währenddessen langsam sein Bier aus, bedankte sich beim Wirt und ging über eine dunkle, enge Treppe in sein Zimmer im ersten Stock.

Zu müde zum Lesen, brachte er rasch seine Abendtoilette hinter sich und legte sich ins Bett, dessen Matratze sich hart, beinahe wie aus Stein anfühlte. Als er mit offenen Augen an die Zimmerdecke starrend auf den Schlaf wartete, der sich auf der harten Unterlage schwer einzustellen schien, erinnerte er sich der kurzen und so traurigen Erzählung des Samen. Und als er endlich langsam in den Schlaf hinüberglitt, verwirrten sich seine Gedanken zu der Überlegung, ob es wohl schlimmer war, selbst zu sterben oder weiterzuleben im Wissen, dass deine ganze Welt im

Untergang begriffen ist und mit dir alles, was dein Leben ausgemacht hat, für immer verschwinden wird.

Ich bin der Schnee, ich bin der Winter

Am Ende seiner Tour, nachdem er noch einige Tage über von Birken gesäumten Straßen gen Norden gefahren war, vorbei an zahlreichen kleinen und großen Seen, ausgedehnten Wäldern und noch viel ausgedehnter scheinenden Ebenen, machte er zufrieden, aber erschöpft von der körperlichen Anstrengung in Kuopio Halt und genoss für einen Tag das eigenartige Flair dieser Stadt, die einer Insel in einem Binnenmeer glich, einem Meer, bestehend aus scheinbar tausenden von Seen. Seine Schmerzen waren immer stärker geworden mit der Zeit und hatten ihn das Gefühl, dass eine Fortsetzung der Radtour nicht mehr ohne Probleme möglich sein würde, nicht mehr länger ignorieren lassen. Nachdem er sich einen ganzen Tag ohne Erfolg umgeschaut hatte und letztlich mit einem Foto, das er etwas verschämt auf seinem Smartphone zeigte, auf das richtige Geschäft verwiesen worden war, erstand er in einer „Apteekki" ein Hämorrhoiden-Kissen, von dem er sich Erleichterung erhoffte.

Als er im Begriff war, die Apteekki zu verlassen, vernahm er überraschend den Klang der deutschen Sprache, sah sich um und erblickte eine Frau mittleren Alters, die energisch auf ein kleines Kind einredete. Dieses gab in trotzigem Ton auf Deutsch „Nein, das mag ich nicht!" zurück, wandte sich einer zweiten Frau zu und redete in einer anderen Sprache, die sich nicht wie Finnisch anhörte, mit jammernden Klängen auf diese ein. Da trat der Apotheker an die kleine Gruppe heran, beugte sich zum Kind hinunter und hielt diesem mit finnisch klingenden Begleitlauten einen Lolly vor das Gesicht. Nach kurzem Zögern und einem Blick auf die beiden Frauen nahm das Kind diesen entgegen und schien dem Apotheker mit wiederum finnisch klingenden Worten zu danken, woraufhin sich die Situation entspannte und sich alle zusammen in Richtung des Tresens bewegten.

Wie aus einem eigenwilligen Traum erwachend, löste sich Julian aus der Beobachtung der Gruppe, trat, die seltsame Begegnung mit dem dreisprachigen Kind bedenkend, aus dem Laden und beschloss spontan, noch ein paar Tage mit einem Mietauto durch dieses Land mit seinen seltsamen Einwohnern zu fahren, noch ein paar Eindrücke von der Küste einzusammeln und, wenn sich die Gelegenheit dazu ergeben sollte, zu testen, ob die langen, einsamen Pisten Finnlands in Höchstgeschwindigkeit dahinzufliegen nicht doch einen interessanten Kick ergeben könnte.

Die Verhältnisse schienen ihm hervorragend geeignet dafür, die Luft war klar wie selten, er glaubte sogar, den kommenden Winter schon zu riechen. Dabei fiel ihm ein, dass er einmal gelesen hatte, dass der Geruch nach Schnee, den so manche Menschen als Vorahnung des nahenden Winters wahrnehmen, eigentlich der Geruch von nichts sei. Normalerweise würden wir irgendwelche Moleküle riechen, die im Wasserdampf der Luft enthalten sind, da aber im Winter, oder in einer Zeit, bevor es schneit, die Luft sehr trocken ist, können wir dann eben gar nichts mehr riechen.

„Das heißt, wir riechen dann die Abwesenheit von etwas. Vielleicht wird ja auch jemand an mich denken", dachte Julian, „wenn ich nicht mehr da bin, gerade *weil* ich nicht mehr da bin. Dann bin ich der Schnee, dann bin ich der Winter."

Das Spinnennetz

Dr. Kovaleva saß an ihrem Schreibtisch am Computer, stellte durch einen kurzen Blick auf ihre goldene Uhr fest, dass es bereits kurz nach zwölf geworden war, und überlegte, ob es Zeit wäre, eine Kollegin aus der Nachbarabteilung abzuholen, um gemeinsam etwas essen zu gehen. Ein Blick aus dem Fenster zeigte, dass der viel zu frühe Schneefall nachgelassen hatte, sie würde sich nicht wieder wie eine Mumie einwickeln müssen für den kurzen Weg zur Mensa. Doch noch bevor sie sich zum Aufstehen entschlossen hatte, zeigte ihr ein am Bildschirmrand auf- und abschwenkendes Fähnchen die Ankunft einer neuen E-Mail an. Sie öffnete die Nachricht, die ihre Kollegin Dr. Hartbacher gemailt hatte, las sie, las sie ein zweites Mal und schloss mit einem Seufzen das Mailprogramm.

„Was für eine Perfidie", dachte sie, „wenn einem das Leben sogar beim Sterben dazwischenkommt. Ein verdammter Autounfall, ein Zusammenstoß mit einem Bären in der Einöde Finnlands, als hätte der Mann nicht genug Pech gehabt in seinem Leben." Sie griff nach einer kleinen Plastiktüte auf ihrem Schreibtisch, entnahm ihr eine CD und drehte diese nachdenklich in ihren Händen. ‚Arnold Schönberg - Essential Recordings' lautet der Schriftzug am Cover. „Jetzt geht sich nicht einmal mehr diese eine CD aus, Herr Jelinek. Sie hätten das gewiss lustig gefunden." Sie schob die CD zurück in die Plastiktüte und griff zum Telefonhörer.

Dank

Mein Dank geht auch dieses Mal an meine Testleser Hans-Jörg, Iris, Gertraud, Regina und Annemaria, deren Kritik und Hinweise wieder sehr hilfreich waren.

Gerhard Krumschnabel, geboren in Kufstein, lebt in Innsbruck und arbeitet als freiberuflicher Schreiber wissenschaftlicher Texte. Dies ist sein vierter Roman.

Außerdem von **Gerhard Krumschnabel** erhältlich:

Die Erfindung der Schwerkraft oder Gabriel und die Unordnung der Dinge

Ein Erzähler skurriler Geschichten über Darwin und die flache Erde, Kannibalismus und die Zahl Pi, stößt auf den Bericht eines missglückten Banküberfalls, der sein Interesse erregt. Auf der Suche nach Aufklärung begegnen ihm alte Bekannte und seltsame Orte, sowie sein Freund Gabriel, der sich zwischen zwei Frauen nicht entscheiden kann. Die ehrgeizige Schriftstellerin Monika beschert ihm aufregenden Sex, die liebenswerte Regina Nähe und Ernsthaftigkeit, aber auch Probleme mit einem Stalker. Eine dritte Frau, eine Prostatauntersuchung und seine demente Mutter machen ihm ebenfalls zu schaffen. Die bei gelegentlichen Besäufnissen abgehaltenen Besprechungen dieser Probleme der beiden Freunde sind möglicherweise nicht das Einzige, was die beiden verbindet.

Roman, 2023. 244 Seiten.

Außerdem von **Gerhard Krumschnabel** erhältlich:

Mein holpriges Leben, einige Missgeschicke, und wie ich schließlich die große Liebe fand

Mein Name ist Bruno. Ich liebe Regina und Regina liebt mich, doch sie weiß es noch nicht. Aber ich bin entschlossen, sie davon zu überzeugen und wenn Sie meine Lebensgeschichte kennenlernen, mit all den Missgeschicken, denen ich dabei begegnete, werden Sie verstehen, dass ich ein Nein nicht einfach hinnehmen werde.

Roman, 2024. 159 Seiten.